鳴海 章

# 鎮魂

## 浅草機動捜査隊

実業之日本社



実業之日本社文庫

鎮魂　浅草機動捜査隊　目次

# 序章　虚言通報者

びん、と音を立ててチェーンが伸びきり、白っぽい合板のドアが十センチほど開いたところで止まった。玄関内の照明は消えている。暗い中、玄関前の通路の天井に取りつけられた蛍光灯の光が入りこんで、女の白い顔をぼうっと浮かびあがらせていた。

稲田小町《いなだこまち》は、たった今までドアにうがたれたのぞき穴に提示していた警察手帳をドアの隙間《すきま》に移動させ、穏やかに声をかけた。

「一一〇番通報された方ですね」

「うちには来ないでくださいとお願いしたんですが」

か細く、震えているが、抗議の響きは明らかだ。しかし、とりあえず通報者本人であることは確認できた。

小町は、女の瞳に怯《おび》えの色があり、ほんの一瞬、眼球が小さく左右に震えたのを見た。警察手帳を折りたたみ、上着の内ポケットに仕舞う。

「申し訳ありません。女の人の声が聞こえたということですけど、一階の一番奥の部屋ですよね？」

「声じゃなく、悲鳴です。それと重い物を落としたみたいな、床を踏んづけているみたいなドスン、ドスンって音もしました」

「悲鳴が聞こえる前ですか」

「よく憶《おぼ》えていません。それ、大事ですか」

ドアの陰に立つ制服警官が聞こえよがしにため息を吐《つ》く。

緊急指令が入電したのは十五分か二十分ほど前で午前二時をまわろうとしていた。小町は相勤者の小沼優哉《おぬまゆうや》とともに捜査車輛《しゃりょう》で国際通りを北上中で田原町《たわらまち》の交差点にかかろうとしていた。ぼや騒ぎがあり、臨場したが、すでに火は消し止められていて消防車、最寄り交番の警官が来ていたので浅草分駐所に帰ろうとしているところだった。

現場は松が谷三丁目の二階建てアパートで、小町たちが走行しているところとは目と鼻の先だったのである。一一〇番通報してきた女は二階に住んでおり、現着したときには、交番から二人の警官が来ていた。部屋の前にはその内の一人が残っている。もう一人は、小沼とともに近所に住むアパートの家主のところに行っている。

通報は階下の一室で大きな物音と女の悲鳴が聞こえたという内容だ。小町たちが姿を見せると二人のうち、やや年かさ——それでも三十前後だろうと思われた——の方が制帽のつばを持ちあげていった。

三回目です、と。

この二ヵ月ほどの間に同じ女から真夜中の通報があり、今夜が三回目だということだ。

内容はいずれも同じ、階下の部屋から女の悲鳴が聞こえたという。くだんの部屋を訪ねると、住人の女が出てきて同棲《どうせい》相手との痴話喧嘩《ちわげんか》で、お騒がせしてすみませんといわれたという。二度とも、だ。すでに騒ぎはおさまっていたし、女にも怪我《けが》をしている様子はなかったのですぐに引きあげたらしい。今夜は一階の部屋を訪ねたものの応答がないので通報者の部屋を訪ねたところへ小町と小沼が到着した。

小町は都道四六四号線、通称土手通りに面したかつてのマンモス交番二階にある機動捜査隊浅草分駐所で一班、五名の部下を率いている。機捜は二十四時間、分駐所で待機しているか捜査車輌を使って警邏《けいら》にあたっており、指令が入れば、可及的速やかに現場へと駆けつけ、初動捜査を行うのが任務だ。隊員は全員刑事だが、刑事事件のみならず覚醒剤《かくせいざい》や少年犯罪など、あらゆる事案、ときには苦情にさえ対応する。

到着したとき、二人の制服警官は苦り切っていた。階下の部屋に応答はなく、通報者に声をかけても何の反応もなかったせいだ。小町は自ら通報者を訪ねることにし、一方、小沼には若い方の警官といっしょに家主の自宅へ行き、一応声をかけてくるように命じた。

警察手帳を開いて写真付きの身分証とバッジを提示し、女性警察官だとわかるようにのぞき穴の前に立って警察ですと声をかけた。制服警官はすぐわきで小さく首を振っていたが、ほどなくドアロックを解除する音が聞こえた。しかし、チェーンは掛けられたままだったのである。

小町は言葉を継いだ。

「ちょっとお話をうかがわせてもらえませんか」

「イヤです」

女は間髪を容《い》れず答えた。

「うちには来ないでっていったのに」

「どうしてですか」

「逆恨みされるのが怖いし、どうせ私の通報なんか嘘《うそ》だと思ってるんでしょ」

「そんなことはありませんよ」

小町の胸がちくちく痛む。

通報者は滝井菜緒子《たきいなおこ》、三十八歳。年齢よりは若く、というか、暗がりに立っているせいもあるのだろうが、幼くさえ見えた。身長百五十センチ前後、小太りで、小花模様のパジャマに白っぽいカーディガンを羽織っている。

虚言癖があるようで、といったのはすぐそばに立っている警官だ。二度の通報が空振りに終わったことで辟易《へきえき》しているようだが、それだけではなかった。

当初、菜緒子は夫が単身赴任中で自分は大手ゼネコンで設計の仕事をしているために東京から離れられないといっていた。ところが、二度目に臨場したときに訊《たず》ねたら自分は独身で、建設会社で働いてはいるが、大手ゼネコンの下請けをしているだけで、彼女自身は設計技師でもなかった。

　小町が通報者に声をかけるというと、制服警官が早口で説明した。

　一一〇番に通報してきたからといって必ずしも事件だとは限らない。近所の住人とトラブルになり、仕返しをするため嘘の通報をしてきたり、イタズラ電話によって出動してくる警官たちを見て笑っている不届き者もいる。通報者は名乗らないこともあるし、嘘っぱちの名前を告げることもあるが、一一〇番に通報されれば、いくら非通知設定にしていてもかけてきた電話の番号、発信場所はすぐに特定できるようになっている。虚偽通報は軽犯罪法違反か、悪質であれば、刑法二三三条の偽計業務妨害罪になることもある。さらにいえば、警官はお人好《よ》しでは務まらない。

「下の部屋の人なんですけど、声をかけても何とも答えないんです。ひょっとしたら出かけているかも知れないし」

「やっぱり私が嘘を……」

　小町はさえぎるように首を振った。

「そうは思っていません。気になるので、もう少し詳しくお話を聞きたいだけです。よろしければ、ドアを開けてもらえませんか」

　しばらくの間、菜緒子は小町を見つめていた。やがてドアが閉まる。警官は小町に目を向けようとせず制帽のひさしを持ちあげ、頭を掻《か》いていた。

チェーンが外され、ドアが開く。玄関の照明が点《つ》いていた。

「失礼します」

小町は玄関に入り、後ろ手にドアを閉めた。


きれいに磨きあげられた黒のパンプスと、古びて幅広になった古いピンクのミュールが並べられた狭い三和土《たたき》に立ち、小町は菜緒子と向きあった。菜緒子は左手で右肘《ひじ》を支え、右手の親指を下唇にあてている。爪《つめ》を噛《か》みたいのをこらえているように見えた。

「警察って嘘つきね」

菜緒子の口調は決してきつくなく、事実を淡々と述べているといった感じだ。

小町は何とも答えず見返していた。菜緒子も小町を見つめていた。まっすぐ向けられた瞳がまたぴくっ、ぴくっと震えた。

菜緒子がつづけた。

「私の部屋には来ないでといった。電話に出た人は行かないといった」

虚言癖はあるかも知れないが、今、目の前に立っている女は無力で、心底怯えているのは間違いなかった。

なぜか。

階下から聞こえてきたという重い音と女の悲鳴――順番は逆かも知れない――が事実で、そこに暴力の臭《にお》いを感じ、自分にも危害が及ぶかも知れないと考えているからに他《ほか》ならない。

それとも全部妄想？　存在しない暴力の影に怯えているうちに幻聴が起こったのか……。

否。

小町はうなずき、あっさりと答えた。

「警察は嘘を吐く」

菜緒子が小さな目を見開いた。

「どうして？」

「あなたは悲鳴を聞いた。誰かが暴力にさらされている可能性がある。怪我をしているかも知れないし、もっと悪くすれば命を落としているかも知れない。過去に二度、あなたは通報し、そのたびに最寄り交番の警察官が一階の女性のところに行っている。彼氏か夫かはわからないけど、喧嘩したといって、迷惑をかけたと詫《わ》びた。我々はあなたの名前は出さないし、一階に住んでいる人が詫びたことをあなたに伝えることもしない」

身じろぎもしないで菜緒子は聞いている。

小町はつづけた。

「だけど、今夜は我々の呼びかけに一階の住人は応じなかった。何にもない。だからあなたに話を聞きに来た」

「嘘を吐くのはよくないことでしょう」

「その通り。良くない。でも、自分の身を守るためなら仕方ない」

「自分の身を守るための嘘は許されるってこと？」

「誰が許すの？　神様？　大事なのは今日を生きのびること。嘘を吐いてでも生きのびること。警察の見解じゃなくて、私の個人的な意見だけど。自分を守るために必要であれば、いくらでも嘘を吐けばいい。大切なのは生きつづけること」

菜緒子の瞳の振動がぴたりとおさまった。小町は穏やかに質問を切りだした。

「最初に聞こえたのは重い音？　それとも悲鳴？」

菜緒子がわずかに目を細め、小町を見つめたまま低い声を圧《お》しだした。

「悲鳴」

「突然悲鳴が聞こえたらびっくりするわね。そのとき、あなたは何をしてたの？」

「テレビを見ながら洗濯物をたたんでた」

「番組は？　何を見てた？」

「ドラマ」

つづけてタイトルを口にしたが、小町は知らなかった。三日に一度、二十四時間勤務がある当務制の機捜に来てから連続ドラマは見なくなった。

「それ、何時から始まるの？」

「十時」

「悲鳴が聞こえたとき、ドラマは始まったばかり？　それとも終わりに近かった？」

「真ん中くらいかな。悲鳴が聞こえたから後半は全然憶えてない」

午後十時半前後かと小町は思った。

「悲鳴を聞いて、ドラマのことはあなたの頭からふっ飛んじゃったわけね。わかった。それからあとは何をしてた？」

たたみかけると菜緒子は視線を逸《そ》らし、右下を見た。記憶をたどるときの典型的な表情だ。やがてぼそぼそと答えはじめた。

「悲鳴が聞こえて、重い音がして……、静かになった。私も静かにしてた。息を殺して、音をたてないように……、怖かったから。たたみかけの洗濯物を膝《ひざ》に置いたまま、じっとしてた」

「そのとき、テレビは？　ドラマの後半は憶えてないといったけど、まだドラマを放送してたかどうかもわからない？」

低く唸《うな》った菜緒子が顔をしかめる。相変わらず右下の一点を凝視している。だが、首を振った。

「ごめんなさい。憶えてない」

「謝ることはないのよ。夜遅くに悲鳴が聞こえれば、誰でも怖い。固まっちゃって不思議じゃない。それで、ずっと悲鳴はつづいていた？」

菜緒子が首を振り、顔を上げた。

「いえ、悲鳴は一回だけ。音は二回か、三回聞こえたけど。それから急に静かになったんでよけいに怖くなって、次に悲鳴が聞こえるまで動けなかった。変な話だけど、悲鳴が聞こえてほっとしたの」

「わかる。何か大変なことが起きてるけど、とりあえずその女の人は生きてるもんね。そのとき、洗濯物は？」

「え？」

「洗濯物をたたんでる最中だったんでしょ。膝の上で、そのままになってた？」

目をぱちくりさせたあと、菜緒子がうなずいた。小町は重ねて訊ねた。

「テレビも点けっぱなしよね？　どんな番組を放送してたか憶えてる？」

「バラエティだった」

菜緒子がお笑いタレントの名前を二人挙げた。調べれば、放送時間はすぐにわかるだろう。

「そのときも悲鳴はすぐに聞こえなくなった？」

「いえ、今度はつづいた。ずっと。何回も何回も。アパートのほかの人たちも聞いてるはずなのに」

「ほかの人のことは、今はわきにおきましょう。それで、あなたは？」

「また、全然動けなくなった。耳もふさげなくて……」菜緒子が顔をしかめる。「ごめんなさい。よく憶えてない。気がついたらすごく静かになってて。いくら待っても全然音が聞こえてこなくて、めちゃくちゃ怖くなって」

「一一〇番に通報したのね？」

小町の問いに菜緒子がこっくりうなずく。

入電時刻は午前二時ちょっと前だ。すぐに最寄り交番から二人組が来て、直後、小町が臨場している。最初に悲鳴を聞いてから通報まで三時間以上が経《た》っている。二度目に悲鳴が聞こえたのはお笑いタレントが出演しているバラエティ番組の時間帯で、それから通報までどれほどの時間が経っているかはわからない。

シャツの胸ポケットに入れてあるスマートフォンが振動した。取りだすと小沼の名前が表示されていた。

「ごめんなさい」小町は菜緒子に詫び、画面に触れて耳にあてた。「はい、稲田」

「家主さんをお連れしました。一階の部屋の前です」

「わかった、今行く」

スマートフォンを仕舞い、菜緒子に礼をいって部屋を出た。

玄関前に制服警官の姿はなかった。


午前三時という時間帯だったが、七十年配の家主はパジャマに白いコートを羽織った恰好《かっこう》ながら髪はきちんと整えられ、髭《ひげ》も剃《そ》っていた。分厚いレンズのはまったメガネをかけている。一階のもっとも奥にある部屋の前で家主から鍵を借りた小町は訊《き》いた。

「住んでる人のお名前は？」

「立原珠莉《たちはらじゅり》」

家主に先んじて交番から駆けつけた二人組警察官の年かさの方が答えた。小町が菜緒子の部屋に入ると一階に降り、小沼が家主を連れてくるのを待っていたようだ。

「どうも」

小町は白い綿製の手袋を着け、もう一度ドアをノックし、声をかけた。

「立原さん？　立原さん？　いらっしゃいますか。警察です」

ドアの左側には縦長の窓があり、エアコンがはまっていた。エアコンの上部は磨《す》りガラスになっていて部屋に照明が灯《とも》っているのがわかる。台所かも知れない。菜緒子の部屋では三和土の先が短い廊下でその先にドアがあった。間取りはわからなかったが、それほど広くはなく、ノックは聞こえているはずだ。

小町は家主をふり返った。

「それじゃ、開けます」

家主がうなずいた。

鍵を差しこんで回し、ロックを解除したところでもう一度声をかけた。

「警察です」

ドアをわずかに開けたとたん、悪臭が溢《あふ》れだした。家主が咽《のど》を鳴らし、咳《せ》きこむ。小町はさらにドアを開けた。チェーンはかかっていない。三和土にはぱんぱんにふくれあがったゴミ袋がいくつも重なっていた。短い廊下の先のドアは開け放たれ、リビングがのぞける。

「だらしない」

家主が怒りを隠そうともしないでいい、前に出ようとする。小町は家主の前に割りこんで進路をふさぐ。むっとしたように小町を睨《にら》む家主の肩に小沼が手をかけていった。

「ちょっとこちらでお待ちいただけますか」

小町は玄関に入り、リビングをのぞいた。茶色の髪をした女がうつ伏せで倒れている。全裸だった。呼吸しているかどうかはわからない。女のわきに赤ん坊が仰向《あおむ》けに寝かされていた。

灰色の顔をしている。

死亡しているのは明らかだった。

# 第一章　昏睡

# 1

横たわっている女の白い背中は三十歳前後に見えたが、前にまわって顔をのぞきこんだ小町は唇を結び、胸のうちでつぶやいた。

やっぱり……。

老婆のようにしわくちゃで、閉じたまぶたは落ちくぼみ、濃い影を宿している。ストレートの髪には三分の一ほど白い筋が混じっていた。奥歯の形がくっきり浮かぶほど頰《ほお》が削《そ》げ、顎《あご》が尖《とが》っていた。目尻や唇の端に深いしわが刻まれ、ほうれい線が目立つ。吹き出物に吹き出物が重なり合い、引っ掻いて傷になっていた。

覚醒剤《かくせいざい》常習者によく見られるシャブ顔だ。

うつ伏せに見えたが、女は左の脇腹を下にしていた。腰をひねり、上になった右足を前に踏みだすようにしているので玄関に背を向ける恰好になっていたのだ。床にだらしなく広がった腹がゆるやかに膨らみ、しぼむのを見て、小町は玄関先の小沼に声をかけた。

「救急車」

右の手袋を外し、しゃがみ込んで女の首筋に触れる。肌は温かかったが、かさかさに乾いていた。小町はつづけていった。

「呼吸は落ちついていて、脈はしっかりしている」

曲げた左肘の内側に目をやる。静脈に沿ってかさぶたが並んでいた。引っ搔かれて剝《は》がれ、流れだした血が肌に付着して乾き、黒くなっている。くり返し注射針を刺すうちに傷口が膿《う》んできたのだ。それでもまだケロイドになっていないことからすると注射を打ちはじめてそれほど長い時間は経っていない。

小町はふたたび小沼に向かって声を張った。

「昏睡《こんすい》状態。おそらく覚醒剤の離脱」

「了解しました」

家主の腕を制服警官に引き継いだ小沼がスマートフォンを取りだすのを見て、小町は女の観察をつづけた。

手首には幾筋ものの傷があった。注射痕に比べるとはるかに古く、こちらは白っぽいケロイドになっている。傷に傷が重なり、膨れあがっているところもあった。

女の顔に視線を移す。鼻筋が腫《は》れ、暗紫色に染まっていた。唇の左端が切れ、顎に垂れた血が固まっている。傷の様子からして鈍器などを使われたのではなく、前に立つ相手に右の拳《こぶし》で殴られたように思えた。

しゃがんだまま、反転し、赤ん坊を見下ろす。

青白い粘土で精緻《せいち》に作られたような顔は微動だにしない。ひと目で息をしていないのはわかった。わずかに開いた唇の間に小さな歯がのぞき、ガラスのような瞳に蛍光灯の光が映っている。

結果はわかっていたが、小町は赤ん坊の口元に手をかざしてみる。手のひらに呼吸は感じられない。それでも首筋に触れた。冷たく、ぬめっとしていて、指先に脈は触れなかった。小さなTシャツを着せられ、おむつをしている。黄色のTシャツの胸には赤、青、白の丸みを帯びた活字体でHAVE A NICE DAYと印刷されていた。血痕も外傷も見当たらない。

何のために生まれてきたんだろ、この赤ちゃん……。

当然ともいえるが、唐突に浮かんだ疑問に目をしばたたき、小町は立ちあがった。乳児から——たとえ胸のうちでも遺体とはいえなかった——目を逸らし、思いをふり払って部屋をぐるりと見まわした。

玄関から短い廊下を経て中に入ると左がキッチンで右のドアがおそらくユニットバスで、並びの引き戸が物入れだろう。

部屋は一間だけ、板張りで広さは七、八畳の広さほど、グリーンのカーペットが敷かれていた。玄関からキッチン、部屋の隅にまでぱんぱんに膨らんだ東京都推奨のゴミ袋が積みあげられている。ゴミ袋には燃えるゴミと印刷されているものの、透けている中味を見ると分別はデタラメのようだ。

　部屋の半分ほどをベッド――毛布や枕、ぬいぐるみが乱雑に置かれている――が占め、反対側の壁には作り付けのクローゼットがあって、その前にドレッサー、チェスト、薄型の小型液晶テレビが並んでいる。テレビの前にはガラス天板の座卓があってビールの空き缶、吸い殻が山盛りになった灰皿が載っていた。床には衣類や空のペットボトル、カップ麺《めん》の容器が散乱していて、白い食器の破片らしき物まで目についた。まるでゴミ溜《た》めだが、女はその中で横たわっていた。

　ふたたび女と乳児に目をやった。曲げた両腕は乳児に向かって手を差しのべようとして力尽きたように見えなくもない。

　小町は革製スニーカーを履いたまま、踏みこんでいた。短い廊下の先のドア前に立ちふさがり、胸の前で両腕を組んでいた滝井菜緒子の姿が脳裏を過《よ》ぎった。小町を玄関に入れたが、それ以上は一歩も前へ進ませないといった顔つきをしていた。

　手袋を着けなおし、上着のサイドポケットから小型のＬＥＤ懐中電灯を取りだしてクローゼットを開けた。防虫剤とかびの臭いが入り混じって押しよせてくる。懐中電灯のスイッチを入れ、かかっている服の間やその下に置かれている半透明の衣料ケースを照らして誰もいないか確かめる。クローゼットを閉め、となりのドアを開いた。ドアのわきに取りつけられた照明のスイッチを入れ、中を見る。

予想した通り一坪もないような狭苦しいユニットバスで、洗面台、洋式トイレ、バスタブが配置されていた。バスタブの中にも膨れあがったゴミ袋が積み重なっている。洗面台とトイレはひどく汚れていた。

「誰かいる?」

声をかけたが、返事はなく、かさりとも音はしない。洗面台の前に張られた鏡は曇っていた。鏡の右下に縦長の白い紙が貼ってあった。足を踏みいれ、近づく。ゲームセンターなどによくある写真シールだったが、剝がされ、白い台紙が残っているだけだ。全部で五枚あり、もっとも下の一枚だけが三分の一ほど残っている。

懐中電灯の光を当てて、しげしげと眺めた。二人が写っている。いや、正確には三人かと思いなおした。左側に立っている女が赤ん坊を抱き、躰《からだ》をくっつけている子供が右手でVサインを出していた。

小町は目を細め、シールを子細に観察した。

赤ん坊を抱いているのが今素っ裸で倒れている女で、抱かれているのが赤ん坊かと思った。そうするとVサインを出している子供は誰か。たとえ子供であろうとクローゼットとユニットバスのほかに身を隠せそうな場所はない。

「救急車、到着しました」

小沼が声をかけてくる。

「了解」

小町は懐中電灯を消し、浴室を出た。

小沼が出動を要請した救急車には四人の隊員が乗っていた。リーダーは初老といってもいいくらいの年回りで、あとの三人は三十代くらい、うち一人は女性だ。まず部屋に入るとリーダーが女と赤ん坊をざっと調べた。すぐに女は担架にうつされ、仰向けに寝かされたあと、ブルーの毛布をかけて幅広のバンドで固定された。

赤ん坊が心肺停止状態なのは誰の目にも明らかなので、まずは女性を乗せた担架が運びだされた。外階段を降り、アパートの玄関先に置かれたストレッチャーに担架が載せられる。

路地に出たところで男女一人ずつの隊員がストレッチャーを押し、残った一人が救急車に向かって駆けだした。リーダーがアパートの部屋に戻る。小町は家主といっしょにストレッチャーとともに救急車に向かった。

後部扉をはねあげた救急車の後ろでストレッチャーが止まったとき、ストレッチャーに載せられている女――すでに顔は透明なグリーンの酸素マスクに覆われ、ぱさぱさの髪が乱れて広がっていた――を見て家主がうなずいた。

「立原珠莉さんに間違いありません。私が会ったときは、あんなにひどくはなかったが」

「どういうことですか」

「立原さんの顔を見たのは契約のときだけでね。お嬢さんというにはとうが立ちすぎていたけど、今じゃ、何だか婆《ばあ》さんみたいだ。わかるでしょ」

「ええ、まあ」

ストレッチャーの前方の脚が救急車に押しあてられ、折れ曲がるとそのままレールに乗って中へ入った。小町は家主の横顔に目をやった。

「ふだん入居者に会うことはないんですか」

「何のトラブルもなければ……」

わずかの間、家主は眉間《みけん》にしわを刻み、救急車を見ていたが、やがて小町に顔を向けた。

「不動産屋が入ってましてね。小さな街の不動産屋です。昔からの知り合いで、入居者の募集から契約、手続き、それと日常の管理まで一切任せてるんです。だからトラブルがあってもたいていは不動産屋に連絡が行く。今回は真夜中だし、電話じゃなく、お巡りさんが直接私の自宅を訪ねてこられた」

「レアケースということですか」

「そうなりますね」家主は救急車に視線を戻した。「それでも契約のときには入居者に一度会うんです」

「面接ですか」

「いやぁ、会うのは契約が済んだあとですよ。顔合わせというか、単なる挨拶ですね。私の自宅はここから百メートルくらい南にあるんですが、たいていは荷物なんかがまだ入っていないアパートの部屋で会って、互いによろしくお願いしますというだけです」

「立原さんに会ったのはいつ頃ですか」

「一年半くらい前ですかね。正確な日付はうちに帰って帳面を見てみないとわかりません」

「そのときだけなんですか」

「昔はね、家主と店子《たなこ》といえば、世が世なら親子も同然なんていったもんですが、今の人は嫌いますからね。プライバシーがどうたらとかいって。私も年をとって人に会うのが億劫《おっくう》になってきたし。それと立原さんはとくに問題がなかったんじゃないかな。家賃もきちんと入れてくれていたし、トラブルもなかったと思いますよ」

「苦情とかもありませんでしたか。あとは警察官が来たり、とか」

小町の問いに家主は首をかしげ、しばらくの間、考えこんだ。首を振る。

「別にありませんね。万が一何かあったとしても不動産屋が対応してたんでしょう。不動産屋が私にいってくるのは何号室の誰それが出ていったとか、逆に空いていた部屋が埋まることになって、何とかさんが引っ越してくるとか、その程度です」

救急車の中では二人の隊員が立原の上にかがみ込み、血圧や心拍などを調べている。

そのときアパートに残った二人の隊員が灰色の箱を抱えてやって来た。若い隊員がいう。

「保育器まで必要でしたかね」

青白い粘土細工のような赤ん坊の顔が小町の脳裏を過ぎっていく。それに心肺停止と判断し、まずは珠莉を運びだすよう決断したのは救急隊員のリーダーなのだ。

そのリーダーが答える。

「おれはあと半月で定年だ」

「怖いものなし、ですか」

「後悔したくないだけだよ」

あと半月——三月いっぱいで定年という言葉にはっとした小町だったが、表情を変えずに家主をふり返った。

「立原さんのそばに心肺停止状態の赤ん坊が寝かされていました」

「死んでたってことでしょ？」

死亡を宣告できるのは医師だけだ。それまではあくまでも心肺停止なのだ。小町は家主の問いには答えず言葉を継いだ。

「一応、確認していただけますか。たぶん立原さんの子供だと思うんですけど」

「無駄ですよ。私が見たってしようがない」

断ち切るように家主が答える間に保育器が救急車に運びこまれる。小町は家主に顔を向けた。

「無駄というのは？」

「私は立原さんに子供がいるなんて知りませんでしたからね。顔も見たことないです。うちの入居条件は一人暮らしの女性にかぎるとなってるんです。子供がいると、どうしても部屋を汚すでしょ。不動産屋に行けば、立原さんの書類もあるはずです。朝の九時に開店ですけど、社長は八時半には出てると思います」

不動産会社に行くのは、所轄署——アパートの位置からすれば、下谷《したや》警察署——の刑事になるだろう。機動捜査隊が担当するのは初動捜査で、あとは所轄署に引き継ぐのが決まりだ。

悲鳴と重い音が聞こえたという通報で臨場してみると、昏睡状態の女と心肺停止状態の乳児が見つかった。現時点では滝井菜緒子の通報内容と、発見された二人が直接関係すると断定できないが、捜査は必要になる。おそらく珠莉は覚醒剤取締法違反だし、赤ん坊の死因も調べなくてはならない。珠莉と赤ん坊が親子でなかったにしろ、おむつをしている子供が死亡している以上、保護責任者遺棄になるし、死因によっては傷害致死、殺人の可能性もある。

　だが、いずれにせよ下谷署の刑事が臨場すれば、小町の仕事は終わる。

　保育器を載せ、降りてきた初老のリーダーに近づき、声をかけた。

「ご苦労さまです。機捜です」

「ご苦労さまです」

「見通しはどうですか」

「母親の方は意識は戻ってませんが、何とかなると思います」

　赤ん坊については触れようとしない。触れる必要もないのだろう。搬送先を訊ねると台東区千束《せんぞく》にある総合病院の救急医療センターだという。

「それじゃ、我々はこれで」

　そういってリーダーがヘルメットのへりに手をあてて敬礼する。小町も無帽ながら挙手の礼を返した。

　救急車がサイレンを鳴らして走り去っていくのを見送り、小町は家主のかたわらに戻った。小沼と交番から駆けつけた二人組もそばにいる。

「刑事さん」家主が声をかけてきた。「どうして立原さんが倒れていることが警察にわかったんですか」

「ご近所から通報がありまして……、倒れてるということじゃなくて、ちょっとおかしいといったところですが」

「ご近所って同じアパートの住人ですか」

「いえ……」小町は首を振った。「今はまだお答えできないんです」

「そうですか」

家主はあっさりうなずいた。菜緒子は今までに二度通報し、最寄り交番から警察官が来ているはずだが、家主に事情を聞いてはいないようだ。ひょっとしたらアパートの管理を任されている不動産会社には行っているかも知れない。

家主が自分の躰を抱くようにして両方の二の腕をさすった。首をすくめて躰を震わせる。

「気が抜けちまったのかな。寒さがしみてきやがる」

「遅くまでご苦労さまでした」

「いえ。それじゃ、私はもう帰ってもよろしいですか」

「今夜のところは」小町はうなずいた。「ご協力に感謝します。また明日にでも別の者がうかがうことになると思いますが、その節にもよろしくお願いします」

「わかりました」

交番勤務の二人組に目をやると若い方が進みでて家主に声をかけ、連れていった。遠ざかったのを見て、小町はもう一人の制服警官に声をかける。

「お疲れさま。警察署《PS》からは？」

「とりあえず当直の刑事が来ます。もうそろそろ現着するはずなんですが」

警官の言葉が終わらないうちにシルバーのセダンがやって来て、アパートにつづく路地の出口に停《と》まった。コートを羽織った男が欠伸《あくび》をしながら近づいてくる。

「来ました」

制服警官がいくぶんほっとしたようにいう。

刑事は四十前後くらい、髪は乱れ、へこんだ目が眠そうだった。小町はアパートの二階にちらりと目をやった。菜緒子の部屋のドアが細く開いている。玄関の照明は消えたままなので中は見えなかったが、隙間に目をあてている菜緒子の様子が浮かんだ。

「お疲れっす」

下谷警察署の当直刑事はぼそっといい、また欠伸をした。午前三時をとっくにまわっている。

## 2

十二月、一月、二月と来て、三月も十五日、かれこれ三月《みつき》半か、早いな……。

捜査車輛の助手席で辰見悟郎《たつみごろう》は車窓を流れていく甲州街道沿いの景色を眺めながら胸

のうちでつぶやいた。

年をとるほどに時間の流れが速くなっていくような気がする。

昨年十二月の初め、足立区青井の二十四時間スーパー駐草場で強盗事件発生の報を受け、臨場した。被害者は女性、被疑者は中年男で、現場は被害女性が所有する車の中という。

男女となれば、強制猥褻《キョウワイ》事案の可能性もあり、辰見たちの機動捜査隊のみならず最寄り交番、所轄署から地域課員、さらに自動車警邏隊まで加わって、深夜にもかかわらず総勢二十人ほどの警察官が走りまわる大捕物となった。

発生から一時間ほどで現場となったスーパー駐車場の外れに身をひそめていた被疑者の身柄を確保したが、何とも馬鹿馬鹿しい事件だった。

被害女性はインターネット上のサイトに〝自分が今はいているパンツを売る〟と告知した。購入を申しこんできた客の目の前で脱いで渡し、価格は一万円。応じたのが被疑者だ。たしかに女は被疑者の目の前でパンツを脱いで渡したが、男が金を払わないまま車から逃げだしたので、即刻一一〇番通報した。

どちらにも怪我はなく、一件落着したが、男は詐欺だと喚《わめ》いていた。女はウェブサイトに二十八歳と書き込んでいたが、実際は五十二歳。その上太っており、張り手を食らった瞬間のあんこ型力士そっくりのご面相をしていた。そのため金を払わず逃げだしたのだが、それでいてパンツを手放そうとはせず、取り押さえられたときにも持っていた。

胸ポケットに入れた携帯電話が振動する。取りだし、開いて、ディスプレイを見た。電話をかけてきた相手の名前が表示されているが、ちらちらして見づらい。目を細め、携帯電話を遠ざけて何とか小沼と読みとれた。

通話ボタンを押し、耳にあてる。

「はい」

「お疲れさまです。分駐所にいますか」

「いや、車で移動中……」

答えながらフロントガラス越しに前方を見やる。

「泪橋《なみだばし》の交差点を渡って、もうじき分駐所だ」

捜査車輌は都道四六四号線を南下しており、道路の右側にベージュの四階建ての交番が見えていた。かつては日本一大きなところからマンモス交番と呼ばれ、所轄署の一つの課に相当する破格の扱いを受けていたが、現在ではほかの交番と同格になっている。その二階に機動捜査隊浅草分駐所が置かれていた。

「綾瀬《あやせ》の方でちょっとした騒ぎがあってな」

「酔っ払いが暴れてるってアレですか」

「そうだ」

パンツ強盗のあったスーパーの近所のマンションに隣接する駐車場で金属バットを持った男が暴れているという通報が入り、辰見は相勤者の浜岡《はまおか》とともに臨場した。男は酒を飲んでひどく酔っ払っており、駐車場に停められていた軽自動車の窓ガラスを叩き割った。

十人近い制服警官とともに取り囲んだのだが、男は喚き散らし、めちゃくちゃにバットを振りまわして抵抗したものの足をもつれさせて転んだ。はずみでバットが手から離れた瞬間、わっとばかりに取り押さえた。

男は現場近くに一人で住んでいて、窓ガラスを割った軽自動車は離婚した妻が所有、現場となった賃貸マンションに男も住んでいた。酒癖が悪いうえにろくに収入もないため離婚されたのだが、その後は住む家もなく、ネットカフェや公園を転々としていた。それでも酒は飲めたらしい。酔っ払った挙げ句、近所の公園に落ちていたという金属バットを手にして現場——かつての自分の住まいに戻った。

さんざん悪態を吐いたあと、男は泣きだした。やり切れなかったのは辰見と同じく六十歳だったことだ。

『六十にもなってよぉ、寝るところもなけりゃ、行くところもねえんだよ』

綾瀬警察署地域課が男を連れていき、辰見たちは分駐所に引きあげることにした。

「それで引きあげてきて、間もなく帰着だ。そっちは？」

「班長と入谷に来てましてね」

機動捜査隊浅草分駐所は警視庁第六方面本部麾下《きか》にあり、台東区、荒川区、足立区を担当している。小沼が公園の名前を口にして、そのすぐ近くにあるアパートに班長稲田小町警部補とともに臨場しているといった。

公園の名前には覚えがあった。管轄区域である台東区内の公園なので何度もそばを通っているが、辰見の記憶は五十数年前の男児誘拐事件に関わるものだ。

「アパートの一室から女の悲鳴が聞こえて、重い物を落とすような音もしたという一一〇番通報があって臨場したんですが、部屋の住人である女は昏睡状態になってましてね」

ぴんと来た。

「シャブか」

「そうみたいです。班長が左腕に注射痕があるのを見てます。それだけじゃなくて赤ん坊の死体がありまして……、死亡日時、死因ともにわかってませんが、部屋の住人の女といっしょに搬送しました」

「部屋の住人って、親子じゃないのか」

「アパートのオーナーがいうには入居条件が単身女性限定ってことなんです。赤ん坊なんて見たこともないといってまして……」

分駐所の前にかかり、ハンドルを握っている浜岡が辰見に目を向ける。顎をしゃくり、前方を示した。

「でも、たぶん親子でしょうね」

「班長は？」

「今、入谷警察署《PS》から当直が来て、状況を説明してます」

「わかった。そっちに行く」

電話を切った辰見は浜岡にいった。

「まっすぐ言問橋《ことといばし》西の交差点まで行って、言問通りだ。入谷まで行く」

公園の名前を付けくわえた。

浜岡がうなずく。

「わかりました。赤色灯、点けますか」

「この時間だから道路は空《す》いてるだろう。必要ない」

「はい」

あっという間に言問橋西交差点に達し、右折して言問通りに入る。辰見は腰の左側がシートに押しつけられ、手錠ケースが食いこむのを感じた。浜岡と組むようになってから規則通りに拳銃、手錠、警棒を身につけるようにしていた。

以前は警察手帳と携帯電話くらいしか身につけず、装備品はまとめて捜査車輛のダッシュボード内にある保管庫に放りこんでいた。機動捜査隊員は二十四時間におよぶ当務中、休憩時間をのぞいて装備品を身につけていなくてはならない。

一日中拳銃なんぞぶら下げていた日にゃ、背骨が曲がっちまうとうそぶいていたものだ。だが、装備品は第一に自分の身を守るためにある。そのことを浅草分駐所に来て一年、ようやく刑事の入口に立った浜岡に教えるためには、自ら携行して見せなくてはならない。

本当にそうか、という思いがする。

今から六時間後、午前九時に当務が終わり、明後日——三月十七日に就くのが最後の当務となる。十九日から三十一日までは休暇をとらされ、定年退職となる。

四月一日以降、何をするのか……。

決まっていない。

下谷署から来た当直の刑事に小町は臨場してからの経緯を伝えた。通報があった立原珠莉の部屋を訪ねたが、応答がなかったため、通報者の滝井菜緒子に会って話を聞き、同時に家主に来てもらった。珠莉の部屋のドアには鍵がかかっていたので、家主から合い鍵を借りて入った。珠莉は昏睡状態、近くに乳児の遺体があった。

聞いているうちに下谷署の刑事も目が覚めてきたらしく、引き締まった顔つきになる。

メモ帳を上着の内ポケットに入れ、小町を見る。

「シャブとみて間違いなさそうですね」

そういった刑事の胸元で電子音が鳴った。ワイシャツの胸ポケットからスマートフォンを取りだし、ディスプレイを一瞥《いちべつ》してつぶやく。

「係長からだ。失礼」

くるりと背を向け、スマートフォンを耳にあてて遠ざかっていく。はい、いいえと答えているのが聞こえた。

小沼が近づいてきた。

「とりあえず近所で聞き込みですか」

「そうね」

小町は電話中の刑事に目をやったまま、答えた。

女の悲鳴と重い音を聞いたと菜緒子が通報してきている以上、ほかにも音を聞いた者がいても不思議ではない。とくに珠莉のとなりの部屋ならはっきりと聞こえただろう。珠莉の部屋に出入りした人物、そのほか近所で不審な人影や車などの目撃者もいる可能性がある。

電話を終えた刑事に最寄り交番から臨場した制服警官が近づいた。小町といっしょに菜緒子の部屋へ行った年かさの方だ。若い相勤者は家主を送っていって、まだ戻っていない。制服警官がぼそぼそと低い声で話し、刑事がうなずく。二人の会話は聞きとれなかった。

制服警官が顔を上げ、刑事がその視線を追う。二人の視線の先には菜緒子の部屋があった。いつの間にかドアは閉ざされていた。

刑事が戻ってきた。

「係長から聞いたんですが、赤ん坊の死亡が確認されたそうです。明日……、じゃない、今日か……、午前十時から搬送先の病院で司法解剖を行います。死亡時刻と死因を特定しなくちゃなりませんので」

「そうですね。で、立原珠莉の方は？」

「昏睡したままですね。とりあえず尿からはシャブが検出されました。命に別状はなさそうですが、意識が戻るまでにはしばらく時間がかかりそうです」

わかるでしょうといいたげに刑事が小町を見る。

覚醒剤の離脱によって昏睡状態に陥ると数時間から数日は意識が戻らない。ときには二度と戻らないこともある。

小町はうなずいた。

「わかりました。それじゃ、とりあえず近所で聞き込みますか。通報では悲鳴や物音が聞こえたってことですし」

「いやぁ……」刑事は顔をしかめ、頭を掻いた。「係長とも話したんですが、通報は一件だけだし、時間も時間でしょ。事情を聞くにしても明るくなってからの方がいいだろうということなんですよ。それとまずは立原珠莉の意識が戻ってから話を聞くのと、赤ん坊の死因をはっきりさせる方が先ですね。赤ん坊ってのは案外簡単に逝っちまうもんですから」

平然という刑事を小町はまじまじと見返した。刑事がわずかに顎を持ちあげ、小町を睨みかえす。

小町は低い声を圧しだした。

「立原珠莉には顔面に殴られた傷がありましたけど」

「その点もね、立原の意識が戻った時点でちゃんと聞きますよ。さっきもいいましたけど、通報は一件だけだし、それも騒ぎがおさまって、ずいぶん経ってからっていうじゃありませんか」

少し離れたところに立って背を向けている制服警官に目が行きそうになる。こらえた。小町と菜緒子のやり取りをドアに耳をつけ、聞いている制服警官の姿が脳裏を過ぎっていく。おそらく今夜の通報が三度目であることも刑事に告げたのだろう。

刑事がつづけた。

「シャブがらみとなると生活安全課《せいあん》とも調整しなくちゃならないし、いずれにせよあとは下谷署《うち》の方で引き取ります」

機捜の仕事は終わった、帰れといっているのだ。小町は手袋を脱いだ。

「了解。それではあとをよろしく」

うなずいた刑事がひたいの横に手をあて、敬礼の真似事《まねごと》をする。答礼せず、小沼といっしょに捜査車輌を停めた近所の公園に戻った。車は公園の南側を走る道路に停めたのだが、シルバーグレーの似たようなセダンが三台並んでいた。先頭が小町と小沼の乗ってきた車、二台目が下谷署の刑事が乗ってきたのだろう。白黒のパトカーは一台もない。最寄り交番の二人組は自転車か徒歩で来たのだろう。

三台目のドアが開いて、辰見と浜岡が降りたった。小町は自分たちの乗ってきた車の脇を通りすぎて辰見に近づいた。

「ご苦労さん」

辰見が声をかけてくる。小町がうなずいた。

「本当、ご苦労さんね」

遠慮なくため息を吐いた小町は首筋を揉《も》んだ。辰見が訊いてくる。

「何があった？」

「女の悲鳴がして、重い物を落とすような音が聞こえたって一一〇番があって、それで来たんだけど」

つい先ほど下谷署の刑事に話したことをもう一度くり返し、その結果相手からいわれたことも伝えた。ひと通り話し終えると辰見が訊いた。

「滝井って女に会ったのは班長一人なんだな？」

「そう。今夜が三度目だし、交番から来た連中は彼女の話をまともに聞くつもりはなかったようなんで」

「狼《おおかみ》少年か」

辰見がつぶやく。

少年じゃなく、少女……、いや、中年に近いかと小町は胸のうちで訂正する。化粧っけがなく、パジャマにカーディガンという恰好だったせいでよけい地味に見えた。

「だが、間違いなく怯えていたわけだ」

辰見の言葉に目を上げた。

「私はそう見た」

「班長の目を信じる。間違いなく滝井は悲鳴と物音を聞いてる。立原の顔面には殴られた跡があった」

「ええ」

「前の二回、立原は臨場した警官に痴話喧嘩だと説明した。そうなると相手は男だが、警官は男を見てないんだな？」

「そう。それに赤ちゃんも見ていない。家主の話じゃ、アパートは単身者限定で立原に子供がいるとは知らなかった」

「まだ、立原の子供だと決まったわけじゃない」

辰見の言葉に小町は唇を結んで突きだしたが、うなずいた。辰見がつづける。

「だが、シャブは出てるし、顔の傷は班長が見た通りだろう。滝井が物音を聞いたときには誰かがいた。そしてそいつが立原の顔を殴り、部屋を出ていった。赤ん坊がいつの時点で死んだのかはわからない」

「死因も……」

赤ん坊ってのは案外簡単に逝っちまうもんですからといった下谷署刑事の声が脳裏を過ぎっていく。

辰見が肩をすくめた。

「とりあえずは下谷の刑事《やっ》がいう通りだな。朝になってから周辺の聞き込み、赤ん坊の死因の特定、あとは立原の意識が戻るのを待つしかない」

「機捜《うちら》の仕事はここまでですしね」

浜岡が口を挟む。穏やかに、しかし、間髪を容れず辰見がいう。

「事件の半分以上は初動で片付くという話もある」

「本当ですか」

浜岡が訊き返すと、小沼がしみじみといった。

「たしかに初動が大事ですよね。ここに我々がいるのも何かのお導きかも知れない」

小町は小沼をふり返った。

「どうして？　何のお導きだっていうの？」

「Y事案」

小沼がぼそっといい、辰見がうなずいた。

## 3

午前九時——次の担当である笠置《かさぎ》班との引き継ぎを終えると、二十四時間にわたった稲田班の当務は終わる。

機動捜査隊は午前九時から翌日の午前九時までを一当務——間に四時間の休息、仮眠が義務づけられている——とし、当務明けを非番、さらに翌日を労休とするローテーションをくり返す。引き継ぎを終えたあとは非番だが、ただちにお疲れさまでしたと退勤できるわけではなく、たいてい書類作りが待っている。

当務中であっても時間があれば、書類作成をしていてかまわないが、いつ出動が下令《かれい》されるかわからないし、捜査車輌でのパトロールも多い。捜査状況報告書、逮捕手続書、弁解録取書等々を作るのは当務明けになる。

さらに一班を率いる立場ともなれば、班員が作成した書類に目を通さなければならない上、未明に臨場した事案のように通報者である滝井菜緒子から話を聞いたのが小町一人となれば自ら捜査状況報告書を書かなくてはならない。

すでに昼近くになっていた。稲田班で残っているのは小町と辰見の二人だけで、その辰見も席を外している。班員が作成した書類はすべて読み、決裁印を捺《お》してあったが、菜緒子に関する報告書作成が残っており、いたずらに時間だけが流れていた。

菜緒子から聞いた話を機械的に書いてしまうのはそれほど難しくない。菜緒子が話したままを書く。それだけだ。特別な場合をのぞいて臨場した警察官の所見など必要ない。事案そのものもすでに下谷署に引き継いでいて、乳児死亡事案が殺人事件となり、捜査本部でも立たないかぎり機捜がふたたび関わることはない。

今のところ考えられるのは立原珠莉の覚醒剤取締法違反、乳児に対する保護責任者遺棄、それに珠莉自身への暴行傷害だ。覚醒剤は下谷署生活安全課が担当するだろうし、あとの二件については珠莉が回復して事情聴取に応じられるようになり、乳児の死因が特定されなくては、どの程度の事件になるのかわからない。

以前、菜緒子が二度にわたって一一〇番通報したとき、珠莉は臨場した警察官に対して痴話喧嘩だと説明している。傷害は重罪だが、一方で警察には民事不介入という壁がある。家庭内のことだから放っておいてといわれると、瀕死《ひんし》の重傷を負っているか死亡でもしていないかぎり手をつけられない。

だが、菜緒子の表情を思いだすと捨てておけない気がする。ひどく怯えていたのは間違いない。一方で悲鳴と物音を聞いただけで誰か、もしくは何かを目撃したわけではなく、しかも珠莉の部屋が静まりかえり、しばらく経ってから通報、その後は警察と直接関わるのを拒んでいる。

小町は〝持ってる刑事《デカ》〟といわれてきた。警官の中には何年、何十年にわたって熱心に職務に取りくんでいても一度も事件らしい事件に遭遇しない者もいれば、座っているだけでも事件の方から飛びこんでくる者もいる。後者を〝持ってる〟と称する。持って生まれた刑事としての運くらいの意味で給料が上がるわけではない。

報告書を書きあぐねているのは、心の底まで怯えきっていながら恐怖に耐え、通報してきた菜緒子の誠意に警察官として応えたいと思っているためだ。それで機械的に作成していいものか迷っていた。

小町はスマートフォンを取りだし、インターネットに接続した。

小沼がいっていたY事案について調べてみようと思ったからだ。目の前のノートパソコンでもインターネットを利用できるが、私的な好奇心を満足させるためだけである。

分駐所へ帰ってくる車中で小沼はY事案というのは一部の警察官の間で使われている

隠語だといった。語源となったのは五十四年前——昭和三十八年に起こった男児誘拐事件で、Yは被害者のイニシャルであり、誘拐の頭文字でもある。

最初に出てきたウェブサイトを見て、小沼がY事案といいだした理由がわかった。今朝臨場した際に車を停めた公園こそ、当時、戦後最大といわれた誘拐事件の発生現場だったのである。

いつの間にか小町は夢中になってウェブサイトを次々開き、読みふけっていた。


階段を上りながら辰見はふと思った。

駅の階段を駆けあがらなくなって何年になるだろう、と。

六十歳を超えた今でも被疑者が逃げだせば、走る。階段を駆けあがっていけば、一段トバシで追いかける。

追うのは犬の性《さが》と長年うそぶいてきた。

日本堤交番の四階に着いてふっと息を吐いた。ほんのわずかだが、呼吸が乱れている。そろそろタバコをやめる潮時かと思いかけたが、残り一当務だと思いなおした。禁煙より先に刑事でいられなくなる。

「健康なんざ、クソ食らえか」

つぶやいて廊下を歩きだした。

少し先の右手に左右に開いた分厚い鉄製の防火扉があった。中に入るとカウンターになっていて、奥の机に向かって新聞を読んでいた制服姿の男——拳銃出納係が立ちあがった。辰見より一歳年上なので去年定年退職しているが、任用延長制度を利用していた。勤務内容も階級も変わらないが、給料だけ半分になったとぼやいている。

辰見は左手にぶら下げてきた帯革をカウンターの上に置いた。帯革は丸めてあり、拳銃、警棒、手錠のケースが中味が入ったまま、着けてあった。拳銃の撃鉄を留めているバンドを外していると出納係が声をかけてきた。

「ご苦労さん。今朝は遅めだね」

「相方の報告書を読んでたんで」

「教育係も大変だ」

「柄じゃないんだけど」

浜岡は三通の捜査状況報告書を作成した。辰見は一通ずつていねいに読み、事実誤認があれば、赤色のボールペンで訂正を入れた。誤字脱字も気がつけば傍線を引いたが、それほど気にしない。報告書では時間と場所、関係した人物の名前や電話番号といった情報、事案の経緯が正確に記されていれば充分だと思っている。

幹部警察官には、ひたすら字句の正確さにこだわる者もいて、誤字の一つでもあれば、文字通り鬼の首でも取ったように細かく指摘してきたが、そういう連中にかぎって現場を正確に認識できない。

　三通目が綾瀬の事案だ。別れた女房の軽自動車の窓ガラスをたたき割った男は最寄り交番の馴染《なじ》みらしかった。駐車場で奇声を上げたり、深夜、元妻の部屋に押しかけて呼び鈴を鳴らしたりしては一一〇番通報されていた。元妻がストーカー防止条例に基づいて接近禁止の手続きをしている最中に器物損壊で逮捕された。

　生命、身体、財産に具体的な被害が及ばないかぎり警察としては動きにくいという典型的なケースであり、そのあとに臨場した入谷の公園そばアパートの事案にも似たようなところがあった。

　拳銃を左手に持った辰見は右の親指で銃本体の左側にある小さな突起を前へ押し、レンコン状の弾倉を横に出した。金色に輝く執行実包の丸い尻が五つ、環になっている。銃口を天井に向け、実包を右手で受けた。

　出納係が差しだした手に五発の実包を載せた。厳密にいえば、警察官等けん銃使用及び取扱い規範に違反しているが、二人ともまるで気にしなかった。

「いいよねぇ」

　出納係がしみじみという。目を上げ、見返すと出納係が顎で帯革を示した。

「ビアンキのサムブレイクホルスター」

「はあ?」

語尾が上がった。何をいわれているのかさっぱりわからなかった。

出納係が熱をこめて解説してくれた。銃把を握ったとき、自然に親指《サム》が拳銃留めバンドによる結束を解除《ブレイク》するようになっているというのだが、ようは親指でホックを外すだけのことだ。

「早く抜けるだろう」

「どうかな」辰見は首をかしげた。「勤務中に拳銃《チャカ》抜いたのは二回か、三回か。どっちも相手に警告して、周囲の安全を充分に確認した上だった。このチャカ入れを使うようになってから拳銃使用はない」

「それにしてもビアンキとはねぇ。辰ちゃんが銃に興味があるようには見えないけど」

「さっきからいってるびあんきって何だ？」

「ホルスターのメーカーだよ。ほら、ここに刻印があるだろ」

出納係が指さしたところにＢＩＡＮＣＨＩと型押ししてあった。

「へえ、初めて気がついた」

「自分で使ってるじゃないか」

「ズボン吊《つ》りみたいなチャカ入れを使ってたんだが、肩凝りがひどくてね。ぼやいたら班長がこれをくれたんだ」

「彼女は拳銃に詳しい」

「警察官にしては珍しいな」

辰見の嫌みにも出納係は動じる様子はなかった。

「それにしても最近は真面目《まじめ》に自分で出納に来るようになったな。前は若い相方に持たせてよこしたのに」

「今日返したら、あと一回だからね」

銃把の下に取りつけてあるナス環から留め具を外しながらいった。弾倉を出したまま、銃把を出納係に向けて差しだす。

「最後くらいお巡りさん気分を味わいたいのかも知れない」

「気分ねえ」

苦笑した出納係が拳銃を受けとった。


二階の機捜隊分駐所に戻ると班長席に稲田だけがいた。両目を中央に寄せ、ひたいに縦じわを刻んでスマートフォンを睨んでいる。あまりに真剣な眼差しに見ているこっちの方が頭痛になりそうだと思いながら辰見は班長席の斜め前、自分の席の椅子《いす》を引いて腰を下ろした。

稲田が顔を上げ、辰見に気づいてまばたきする。眉間のしわが消えた。

「ずいぶん真剣に見てましたな」

「Y事案……、今朝、小沼がいってたでしょ。それで五十四年前の誘拐事件についてネットで調べてたんです」

ほかの隊員がいるところでは、あくまでも班長と部下だが、まわりに人がいないと稲田は年寄りをたて、ていねいな物言いをしてくれた。

首を振ってつぶやいた。

「それにしても身代金は五十万円だったんですね」

「そう。たったのね。それで四歳の子供がさらわれて、殺された」

「たったって……」稲田が少しばかり困った顔になる。「そういう意味でいったんじゃないんですけど。それに昭和三十八年当時なら大金だったでしょう」

「決して少ない金額じゃなかったろうけど、目玉が飛びだすほど大金でもなかったでしょう。たしか犯人は誘拐を題材にした映画の予告編を見て犯行を思いたったはずだが、あの映画で犯人が要求した身代金は二千万円だか三千万円だった」

「その予告編、今さっき動画サイトで見ました。三千万円でしたね」

「今なら平気で億というところだが、あの頃じゃ、映画とはいってもリアリティがなかったんだろうな。それで三千万か。現実の誘拐犯も予告編じゃなく、映画を全部見てれば、誘拐なんかしなかったかも知れない」

「私もそう思ったんですよ。それで動画サイトを調べたんです。予告編は何本かありました。だけど、どれも逮捕された犯人が死刑になったという新聞の見出しが映るところから始まってるんですよね」

「へえ、知らなかった」

誘拐に成功した犯人が大金を前に狂喜乱舞しているシーンが予告編になっているとばかり思いこんでいたが、まるで逆だった。

稲田がスマートフォンを机の上に置いた。

「逆に五十万円という金額が犯人にとっても、被害者の親にとってもリアルだったのかも知れませんね。犯行動機となった借金は六、七万円だったし、あとは付き合っていた女からちょこちょこと借りているだけだった。身代金を手に入れて、すぐ女に二十万円渡しているんですね。借りていた金に比べて、はるかに多い」

「いい恰好したかったんだろ」

「そうでしょうね」稲田がうなずく。「それに被害者の親にしても五十万円だったから現金を用意できたんでしょうし」

五十万円が五百万、五千万でも親は奔走しただろうと思う。しかし、現実的には稲田のいう通り五十万円だからこそ用立てられたに違いない。

手元に置いたスマートフォンに目をやったまま、稲田がつづける。

「事件が発生した頃って、犯人からの脅迫電話を被害者といっしょに聞くことも逆探知もできなかったんですね」

「人命より通信の秘密の方が重かった。だけど、それこそあの事件をきっかけに何もかも変わった。今、おれたちが当たり前のようにやってる捜査手法にしても子供の命という犠牲があって初めて許されるようになった」

それと先人たちの努力と知恵だと辰見は胸のうちで付けくわえた。

昭和三十八年の誘拐事件は解決までに二年三ヵ月を要した。難攻不落のアリバイを誇った犯人を自供に追いこみ、迷宮《オミヤ》入り寸前の事件を一転解決に導いたのは昭和の名刑事といわれた人物だ。もちろん一人ではなく、彼のまわりに身を惜しまず動きまわった捜査員たちがいた。

中心となった刑事は鬼とさえいわれた。酒もタバコもやらず、頭にあるのは事件のことだけ、家族さえ顧みることはなかったという。とても真似ができそうもないと思ったものだ。

鬼とも神様とも呼ばれた男は退職後、四年で亡くなっている。

退職後、かつての名刑事は自分が死刑台に送ったＹ事案犯人の墓所を訪ねている。先祖代々の墓には入れてもらえず、線香はおろか野に咲く花の一輪さえ手向けられていない土まんじゅうを目の当たりにして、手を合わせることすら忘れたというエピソードは有名だ。

稲田が目を上げ、辰見を見た。

「どうしてY事案なんて呼んでるんですか」

「さあ」辰見は首をかしげた。「おれがいいだしたわけじゃないからな。考えられるとすれば、警察《うちら》には敗北であるには違いないが、絶対に忘れちゃいけない事案という意味じゃないか」

「忘れちゃいけない、か」

稲田がくり返したとき、机の上の電話が鳴った。辰見は受話器を取り、耳にあてた。

「はい、機捜浅草」

「小沼です。今、千束の総合病院に来てまして」

「粟野力弥《あわのりきや》の美人母ちゃんが勤務してるところだな」

かつて小沼と警邏しているとき、自転車に二人乗りしている中学生を補導したことがある。そのうちの一人が粟野だが、今年の四月には警察学校に入ることが決まっていた。母親が台東区立の総合病院で看護師をしており、辰見も何度か会っていた。美人でグラマー、小沼が惹《ひ》かれていることも知っている。

「からかわないでくださいよ。今朝の赤ん坊の司法解剖がありましてね」

「死因は?」

訊いた辰見の言葉に稲田の表情が厳しくなる。

「脳挫傷、おそらくは強く揺すぶられたことによるものではないかということでした」

「ちょっと待て。班長に代わる」

辰見は受話器を差しだした。受けとった稲田が耳に当て、間髪を容れずいった。

「死因は？」

## 4

傘を打つ雨だれの音を聞きながら小町はゆっくりと歩いていた。右側に立原珠莉、滝井菜緒子の住むアパートが見える。今歩いている黒く濡《ぬ》れた舗装路は、十一時間前、下谷警察署の刑事と話をしていた辺りだ。

アパートの通路に人影はない。一階のもっとも奥まった珠莉の部屋は厳重に施錠されているだろうが、今のところ、黒と黄のテープも立入禁止の張り紙もなかった。

傘の縁を持ちあげ、二階を見た。小町と下谷署の刑事が話している間、細く開かれていた菜緒子の部屋のドアだが、今は閉ざされているだろう。おそらく不在だ。午前二時過ぎに警察が来たが、それだけでしかない。救急車が来たことはわかっているだろうが、珠莉が昏睡状態で、すぐそばに乳児の遺体があったことは知らないはずだ。

一時間ほど前、小沼から電話があった。千束にある総合病院からかけてきたのだが、乳児の死因は脳挫傷ということだった。

『実は肩や足の付け根なんかに火のついたタバコを押しつけた火傷《やけど》のあとがありましてね。そっちの傷は古いんで死因とは関係ないようですが。そのほか目につく外傷もありません。医者は強く揺すられたことで脳が損傷したと見ているようです』

当務明けに小沼が総合病院に行ったのは小町の命令によるものではない。辰見がからかっていたように病院には粟野の母親が勤めていて、彼女から話が聞けるのではないかと自発的に立ち寄ったのだ。

小沼はあまり期待しないでくださいといって分駐所を出ていった。あくまでも個人的な信頼関係頼りなのだ。しかもすでに珠莉の事案は下谷署に引き継いでいる。機捜が担当するのは初動捜査であり、引き継いだあと、事件に触れる必要も権限もない。それでも機捜隊員も人の子、臨場した事案の行く末は気になる。

『病院は別のことでも苦慮してるんです。赤ん坊が立原の子供かどうかがはっきりしないらしくて』

珠莉の戸籍は出身地である茨城県の地方都市に置かれたままで子供に関する記載は一切ないらしい。出生届を出した形跡もない。あくまでも粟野の母から聞いたのですがと前置きしたうえで小沼が声を低くしてつづけた。

『下谷ＰＳが立原の部屋を検索したらしいんですけど、母子手帳なんかもまったく見つかっていないらしいんです。それとですね、医者によれば、赤ん坊は一歳半か二歳になっているんじゃないかって……』

最初、小沼のいっている意味がよく理解できなかった。

『典型的な発育不良で、躰の大きさは生後半年くらいしかないそうなんです。原因は栄養不足じゃないかってことでした』

HAVE A NICE DAYと印刷されたTシャツを着せられ、おむつをしていた小さな躰が脳裏を過ぎっていった。

上下の前歯が生えていたことから医者は年齢を推定したらしかった。わずかに開いた唇の間にのぞく歯が蛍光灯の光を反射していたのを小町も見ている。

乳児は生後一年ほどで這《は》いはじめ、やがてつかまり立ちをして、一年半ほどで歩きだす。だが、見つかった乳児はずっと寝かされていたのか背中から尻にかけて床ずれがひどかったと小沼はいった。

『下谷PSの刑事課が来てて、うちらが入りこむ余地はなさそうです』

病院には来るなといっているのだ。小町は礼をいい、帰宅していいと告げた。電話を切ったあと、辰見に一部始終を話した。その後、辰見が分駐所を出ていき、小町は菜緒子についての報告書を作成した。意見は交えなかったが、乳児の死亡に何者かが関わっている以上、傷害致死か殺人の疑いも出てくる。菜緒子の話は細大漏らさず正確に記した。

報告書を作り終え、分駐所を出た小町はタクシーで未明の現場に戻った。何をするつもりもなかったが、じっとしてもいられなかった。それと五十四年前の誘拐事件の現場として周辺をもう一度自分の目で見ておきたいという気持ちがあった。

公園まで戻ったが、中には入らず周囲の道路を歩きつづけた。やがて右に公衆トイレが見えてきた。上半分が白い壁、下部にはベージュのタイルが貼《は》りつけられている。

五十四年前、誘拐事件の被害者となった男の子は公衆トイレの手洗い場で水鉄砲に水を入れようとしていた。被害者の母親が知り合いから壊れている水鉄砲をもらい、幼かった息子に与えたものだ。壊れていてもおもちゃは貴重だったのだろう。

水を入れたもののちゃんと遊べない水鉄砲を手にした被害者に誘拐犯が声をかけた。坊や、おじさんのうちで見てあげよう……。

交差点で足を止めた。三月の雨は冷たく、傘の柄を握る手を濡らし、骨まで凍りつかせようとしている。誘拐事件は三月三十一日に起こっている。春の彼岸を過ぎていたとはいえ、水遊びをするには肌寒かったのではないかと思った。

交差点を右に折れ、北に向かう。

公衆トイレのわきを歩きながら小町はもう一つの誘拐事件を思っていた。まだ小町が二十歳《はたち》だった頃、新米の保育士として千葉県内で働いていたとき、担当しているクラスの女の子が見えなくなった。園内には見当たらず園長はじめ保育士たちが手分けして周辺を探すことになったとき、小町はまっすぐ近所にある公園に向かった。

女児がいなくなる直前、小豆《あずき》色の車が保育園のそばからくだんの公園に向かうのをたまたま目撃していたからだ。同じクラスの子供の母親が乗っている車に似ていると思った小町は公園に行った。そして公衆トイレが気になった。いやな予感にとらわれ、何とか便槽の蓋《ふた》をずらし、のぞきこんで汚水に浮かぶ鮮やかな黄色の洋服を着た女の子を発見したのである。

保育士を辞め、警察官を志すきっかけとなった事件である。

今でも時おり、殺された女の子が夢に現れ、呼びかけてくる。

こまち先生、こまちせんせえ……。

信号に取りつけられた看板に公園入口とある交差点に達した小町は立ちどまり、左に目をやった。

昭和通りの向こうのビルをまっすぐに見通すことができる。ネットで読んだY事案に関する記事には公園からビルまで三百メートルとあったが、目の当たりにするとぐっと近くに感じた。目を細め、ビルを見つめた。そこには、誘拐犯が身代金の受け渡し場所に指定した自動車修理工場があった。

「こんなに近いんだ」

思わずつぶやいていた。

誘拐の現場となった公園は被害者の自宅に面していた。被害者にしてみれば、自宅の庭のようなものだった。しかも時刻は午後四時頃、夕暮れとはいえ、まだ充分な明るさが残っていて、公園には数人の人影もあった。

四歳の男の子とはいえ、目の前で遊んでいるようなものなのだ。親としてはそれほど心配しなかっただろう。日本中の親が誘拐事件の恐ろしさを知り、子供に対してことあるごとに知らない人についていっちゃいけないと注意するようになったのは、五十四年前の誘拐事件によってである。

事件の発生現場からつい目と鼻の先で身代金五十万円が奪われた。被害者宅、誘拐の現場、身代金の受け渡し場所——すべては手のひらのような一角で起こっていた。

胸がひりひりと痛む。

小町は北に向かって歩きだした。


ベビーカーを押している夫婦と小町はすれ違った。押しているのは夫で、となりを歩く妻が大きな傘をさしかけている。ベビーカーはビニールのひさしが張りだしていて、子供の顔は見えなかった。

冷たい雨が降っているせいで小学校に隣接した公園には二組の親子がいるだけで、どちらも通りぬけようと歩いている。一組は小さな傘をさした五歳くらいの男の子を連れ、抱っこ紐《ひも》に入れた赤ん坊を胸の前に抱えた母親、もう一組は若い父親が幼い娘の手を引いている。

ウィークデイの昼下がりに若い男性が子供を連れて歩いている姿は今ではさほど珍しくないのだが、それでも小町は思ってしまう。

どんな仕事をしているのか、どうやって生計を立てているのか……。

先ほどすれ違った夫婦のいずれも、公園を歩いている二組の親子連れにしても自分より若いだろうと思った。男が昼日中ぶらぶらしていることに抵抗を感じるのは、男は外に出て働き、女は家を守るとごく自然に受けとめているからだ。自分が古臭いのかも知れない。一方で自分は仕事に奔走し、気づけば間もなく四十歳になろうとしている。

小町は足を止め、小学校の校舎を見やった。雨のせいか、周囲に児童の姿は見えなかった。小学校に隣接した公園は三ノ輪駅のすぐ南にある。

五十四年前、Y事案の犯人は被害者の男の子を連れ、ここまで歩いてきて小一時間ほど休んだとネットに書かれていた。小町はスマートフォンのルート検索サイトを頼りに歩いてきたのだが、誘拐事件が起こった公園から一・八キロとあった。半世紀以上前とは建物も道路も変わっていて、歩く距離も違うかも知れない。それでも四歳の男の子には決して短くないように思えた。

不安はなかったのか、とも思う。見も知らぬ男について、自宅からどんどん遠ざかっていたのだ。誘拐殺人事件のおぞましさ、恐ろしさを世に知らしめたのはY事案である。Y事案の前にY事案はなかった。

被害者は人なつっこい子だったという。水鉄砲を修理してあげるという誘拐犯の言葉を疑わず、犯人の後になり、先になり、いっしょに歩いてきた。

事件から二年三ヵ月後、犯行を認めた犯人が供述した。

『手をつなごうとは考えなかった。おれみたいのが小さい男の子の手を引いていれば、絶対にひと目につくから』

おれみたいな、というのは犯人は足が不自由で、上体を大きく左右に揺らしながらでなければ歩けなかったことを指す。人目につくこと、誰かの記憶に残ることを避けようとしたというわけだ。

足が不自由になったのは小学生の頃、太平洋戦争のさなかのことだ。生家は福島県で、あまり裕福とはいえなかった。真冬でも草履ばきでの通学を余儀なくされ、足にアカギレができた。ひどくなっても医者に診てもらうどころか、満足に薬もなく、春になって自然に治癒するのを待つしかない。もっとものちに誘拐犯となった彼だけではなく、兄弟や近所の子供たちも同じだった。

元はといえば、足の指の間にできた小さなアカギレだった。そこから黴菌《ばいきん》が入り、足首から股関節《こかんせつ》まで腫れあがって、立ちあがることさえできなくなった。そのとき、小学校四年生だったという。

その後、二年にわたって学校には通えず、足首や股関節の大手術を何度も受けた。傷が癒えても立てなかったのだが、厳しかった父親が許さなかった。最初は松葉杖《まつばづえ》を使って、のちには杖なしでも歩けるように訓育した。子を思う親心でもあったのだろう。

ついに杖に頼らずとも歩けるようにはなったが、足を引きずり、上体を大きく揺らすのはどうにもならなかった。そのことがコンプレックスとなり、性格を変え、人生に大きく影響し、小さなアカギレから二十年あまりのち、誘拐殺人事件を引きおこすことにつながっていく。

小学校わきの公園を離れ、小町は地下鉄三ノ輪駅に向かって歩きだした。

Y事案の犯人は取り調べに対し、公園にはすっかり暗くなるまでいたといっている。自分と被害者の人相が判別できないよう闇に紛れようとしたらしい。そしてこの小一時間の間に子供が邪魔になると考え、殺すことを考えるようになったとしている。

『もし、この子を生きて返せば、足の悪いおじちゃんといっしょだったというに決まっている。そうなると自分が捕まると思って、恐ろしくなった』

未成年の頃から窃盗などで補導、逮捕歴があり、誘拐殺人事件の被疑者として浮上してきたときにも別の窃盗事件で逮捕され、服役していた。いくつかの犯罪を重ね、逮捕される前には、借金の返済を迫られ、金を借りた相手に返せなければ警察に突きだすと脅かされていた。返済のあてもないまま、血を売って生活費にあてるような生活をしながらたまたま見た映画の予告編から子供を誘拐して身代金を奪うことを思いついた。

被害者を連れだしたときから金目当ての誘拐という意識があり、生きて返せば自分が捕まるという思いにつながった……。

いかにも犯罪者の考えそうなことであり、自然な流れのようだが、小町は警察による作文の臭《にお》いも感じていた。四歳の男の子を誘拐し、気も狂わんばかりに心配している親につけ込んで身代金を要求、しかも脅迫電話を入れたときには、すでに被害者を殺害していた。決して許されないことであり、事件から八年後、死刑に処されている。

それでも誘拐犯が被害者といっしょに過ごした公園まで歩いてきて、犯人はひたすら迷い、自分が手を染めようとしている凶悪犯罪に恐れおののいていたのではないかと小町は感じていた。

その理由は誘拐犯と被害者がまだ歩きつづけているからだ。

地下鉄三ノ輪駅に達した小町は国道四号線日光街道を北上した。やがて南千住《みなみせんじゅ》警察署入口と表示された交差点に出る。南千住署は浅草分駐所の管轄内であり、何度も訪れている。そもそもY事案が発生した公園は台東区内だし、犯人と被害者は日光街道を台東区から荒川区へと歩いていった。いずれも小町にとっては管轄区域内である。

南千住警察署入口の交差点を左に折れ、警察署の前を通って裏手にある区民スポーツセンター内の野球場まで歩いた。Y事案の頃は東京スタヂアムという野球場であり、ここで犯人は被害者に小判焼きとキャラメルを買い与えている。すでに二人は四キロ近く歩いていて、うちに帰りたいといいはじめた被害者をなだめるのに菓子を買ったということだ。

だが、ずっと雨の中を歩いてきた小町には二人がひどく寒い思いをしていただろうと想像できた。三月下旬とはいえ、日はとっくに暮れている。焼きたての小判焼きは魅力的だったに違いない。

スポーツセンターを離れ、ふたたび日光街道に戻った小町はある寺に向かった。その寺こそ、終焉《しゅうえん》の地なのである。

犯人は寺の裏手に空き家があるのを思いだし、そこを自宅だと偽った。何とか被害者を空き家のそばまで連れていったが、当然、照明は点いておらず施錠されていた。うちの人が帰ってくるのを待とうといって寺の墓地に入り、適当な墓所に並んで座ったという。

今、寺にはY事案の被害者をなぐさめるため、地蔵が建立されている。小町は傘をたたみ、地蔵の前に立った。雨が小降りになったのと木立の中にあるため、雨だれはそれほど気にならなかった。

見上げるほど背が高い地蔵は右手に錫杖《しゃくじょう》を持ち、左手に幼い子供を抱いていた。手を合わせているのは抱かれている子供の像だ。地蔵も子供も手作りらしい赤い毛糸の帽子を被《かぶ》り、前掛けをしていた。

小町は手を合わせ、瞑目《めいもく》した。

閉じたまぶたの裏側に墓地に並んで座っている誘拐犯と幼い被害者の姿が浮かんだ。被害者は誘拐犯を疑うこともなく、また、疲れきっていて、男の膝に突っ伏して眠りこんでしまった。途中、公園で休憩したが、かれこれ二時間以上、距離にして四キロを歩いてきて、すっかりくたびれてしまった。焼きたての小判焼きで少し躰が温まり、甘いキャラメルが口の中に残っていたかも知れない。

安心しきって眠る子供の顔を見下ろしている犯人は複雑な表情をしていた。やがて恐怖の色が濃くなり、追いつめられて……。

手を下ろし、目を開けて、子供の像を見やった。脳裏にはたった今、闇の中で見ていた犯人の顔が残像となっていた。幻影に過ぎない。あるいは今まで見たことがあるY事案をモデルにしたドラマに出演していた俳優の面差しか。

もし、犯人に子供があれば、事件は起こさなかったかも知れない。自分も子供がないせいか、どうしても犯人の思いに引きずられていくのを感じた。自分の膝に頭を載せ、すっかり眠りこんでいる子供を見て可愛《かわい》いと思わなかったはずはない。愛《いと》おしさすら抱いただろう。

同時に困惑したのではないか。子供を持ったことがないだけに、これからどうすればいいのかわからなくなったのではないか。

無邪気に頼られ、困窮してしまった。

胸ポケットに入れてあったスマートフォンが振動して小町は我に返った。

警察官として、一人の人間として、今の今まで考えていたことに顔が熱くなるのを感じた。

頼られて、困窮なんて……。

スマートフォンを取りだす。画面には下谷警察署の文字が出ていた。通話ボタンに触れ、耳にあてた。

「はい？」

「稲田警部補のお電話でしょうか」

男の声がいった。張りがなく、疲れきっているように響く。

「そうですが」

「下谷の須原《すはら》です」

「すはらさん？」

「ええ、今朝お目にかかりました。昨日は当直に就いてましまして」

「ああ。どうも」

珠莉と菜緒子が住んでいるアパートにやって来た刑事を思いだした。疲れきっているのは無理もないだろう。おそらく当直明けで今日の仕事に就いている。警察署の規模、刑事課の規模にもよるが、所属する刑事には何日かに一度当直が回ってくる。

刑事は毎朝出勤して、夕方に退勤する日勤制なのだが、当直明けといっても非番になるわけではなく、そのままふだん通りの勤務に就く。

「実は今朝ほどの現場で見つかった赤ん坊の件なんですが、死因に不審な点がありましてね。たぶん立原珠莉が母親だとは思うんですけど、親子関係を証明する書類なんかも見当たらなくて」

知ってますというわけにはいかない。あくまで小沼が個人的伝手《つて》を頼りに聞きだしてきた情報なのだ。

「はあ」

「それでもう一度通報してきた滝井に話を聞こうとしたんですけど、今朝お話しした女性の刑事さんにになら話をするといってて、ほかの警察官とは話したくないといってるんですよ。当務明けというのはわかってるんですが、何とか一つ……」

「わかりました。もう、滝井さんは来てるんですか」

「いえ。稲田警部補に来ていただけることがはっきりしたら、もう一度連絡を入れることになってます」

「それから来るんですね?」

「たぶん。いずれにせよ警部補にはこちらに来ていただければ、滝井のところまで送りますので」

「わかりました。一時間後にはそちらにうかがえると思います」

「ありがとうございます。よろしくお願いします」

小町は通話を終え、スマートフォンを胸ポケットに戻した。

もう一度地蔵を見上げる。地蔵も子供も雨に濡れ、涙を流しているように見えた。

# 第二章　汚れた血

# 1

五センチほど開いた窓から白い前肢が入ってきて、次いで黒白のまだら猫の顔が現れた。左の耳から目にかけて顔の三分の一ほど、それに鼻の頭が黒い。

辰見は目を見開き、かすれた声を圧しだした。

「バット、お前……」

猫は上体をしなやかにくねらせ、アルミサッシの窓を押しあけるようにして入ってきた。丸い背にもひょうたん型の黒い斑《ぶち》がある。躰を半分ほどねじこんだところで、足を止め、辰見をまっすぐに見た。両目は黄金《きん》色だ。

近所の飼い猫らしく、いつも身ぎれいにしていた。窓を開けておくとどこか、、、、どこからともなく現れた。それでバットと呼んでいる。黄金バットが由来だ。どこからともなくやって来る、黄金ドクロの正義の味方など今どきの若者は知らないだろう。

「飯、食ってくか」

冷蔵庫の上にキャットフードの缶詰を積みあげてある。いつ現れるかわからないバットに供するため買い置きしてあるのだ。皿にあけて、目の前に出してやると黒い鼻を突っこむようにして、がつがつと食った。その様子を眺めているのが好きだ。缶には何年も手を触れていないのでうっすら埃《ほこり》を被っている。

四年、いや、五年になるのか……。

そう思いかけたとき、耳ざわりな電子ベルが響きわたり、はっと目を開いた。

思わず窓に目をやる。閉まったままだ。三月半ば、しかも雨が降っている。浅草分駐所を出て、まっすぐアパートに帰ってきたのは昼過ぎだ。スーツも脱がず、ベッドにごろりと仰向けになって眠りこんでしまったようだ。

窓の外はすっかり暗い。何時間寝たのだろうと思う。だが、中途半端な眠りでかえって疲れが倍増したような気がした。年はとりたくないもんだ。ふたたび電子ベルが鳴り響いた。

「はいはい」

起きあがった辰見はベッドわきのガラステーブルに置いた携帯電話を取った。湧《わ》きあがってきた欠伸をこらえず、大口をあけて間の抜けた母音を漏らした。背の小さな液晶窓が明るくなっているが、そこに浮かんでいる文字はにじんで読みとれない。

二つ折りの携帯電話を開き、通話ボタンを押して耳にあてた。相手がいきなりいった。

男の声だ。

「忘れたわけじゃねえだろうな」

「ああ」

反射的に言い返した。脳はまだ半分眠っているようだ。その証拠に相手の顔は浮かんだものの、とっさに名前が出てこない。

「ならいいが。こっちは東京の左側からわざわざ出てきたんだ。万が一ってこともあるから電話してみた。忘れてないなら、それでいい」

ようやく思いだした。電話をしてきたのは成瀬幹生《なるせみきお》――四年前まで浅草分駐所で一班を率いていた。稲田の前任者であり、辰見とは警察学校の同期、つまりあと半月で定年退職になる。

今は東京の地図でいう左側――国立《くにたち》警察署に勤務していた。自宅にもっとも近い所轄署なのだ。

閉ざされたままの窓に目をやったまま、訊いた。

「今、どこにいる?」

頭をはっきりさせたかっただけだ。質問に意味はない。

「国際通りを奴《やつ》のホテルに向かってる。ちょっと早く着いたんでね」

今度こそ思いだした。奴とは犬塚勝弘《いぬづかかつひろ》、成瀬と同じく警察学校の同期だが、もう何年も前に退職している。浅草警察署組織犯罪対策課に勤務、いわゆる暴力団担当刑事《マルボウデカ》をしていたときだ。今は国際通りに面した大きなホテルで保安部長をしている。

同期会をやろうといいだしたのが犬塚だ。同期会といっても集まるのは成瀬、犬塚、それに辰見の三人だけで、場所は国際通りを挟んでホテルの向かい側にある焼き肉屋だ。路地にびっしり並ぶうちの一軒だった。

せかせかした調子で成瀬がいう。

「ホテルに着いた。それじゃ、あとでな」

「ああ」

返事をして電話を切った。折りたたんだ携帯電話をワイシャツの胸ポケットに戻し、ついでに背広のサイドポケットからタバコとライターを取りだした。一本をくわえ、火を点ける。吸いこんで煙を吐いた。

どうしたっていうんだろうと思う。

夢とはいえ、バットの顔は鮮明だった。大きく見開かれた瞳の虹彩《こうさい》、髭《ひげ》の一本一本までくっきりと見えていた。睨みあっているときは、夢だと思っていなかった。

あいつは猫といっしょに死んだっけ、と胸のうちでつぶやく。もう三十年も前に知り合ったヤクザだ。いや、死んだときは引退していたので元ヤクザかと訂正する。亡妻が可愛がっていた猫といっしょに暮らしていたが、その猫が天寿を全うしたあと、かつて兄貴と仰いだ男が起こした事件のけじめをつけるため、自ら命を絶った。

あれから二年近い……。

またしても時の流れの速さに呆然《ぼうぜん》としてしまった。

タバコを灰皿に押しつけて消し、立ちあがった。自分の恰好を見下ろす。スーツとワイシャツは昨日の朝、出勤時に着て、そのまま一当務をこなしている。

「着替えるとするか」

わざと声に出してみたが、踏ん切りがつかなかった。緩めてあったネクタイを抜き、灰皿のわきに置いた。結局、着替える気になれず、台所を抜け、玄関に出た。靴を履き、ドアを開ける。

まだ雨が降っていた。

「クソッ」

玄関に立てかけてあったビニール傘を取ってからドアを閉め、鍵をかけた。すぐわきの階段を降り、ひさしが切れたところで傘を開くと雨の中へ踏みだした。

軽自動車でも一台がようやく通りぬけられるかどうかという狭く、曲がりくねった道を歩く。ぽつりぽつり灯っている街灯が濡れたアスファルトに反射していた。かつては向島《むこうじま》の遊廓《ゆうかく》だった地域にある二階建てのアパートに住んでかれこれ四十年近くになる。

路地を抜け、商店街に出る。ゆるやかに湾曲した片側一車線の道路の両側に店が連なっていた。ほとんどの店はすでに営業を終え、シャッターを下ろしている。明日の朝になっても開かないシャッターも多い。

目の前にカフェがあった。かつては鳶《とび》の事務所で中田組の看板を掲げていた。社長が八十になったときに引退し、事務所を閉じた。もともと賃貸だったのだろう。そのあとに若い夫婦が入り、カフェをはじめた。昭和の粋筋に魅力を感じ、ノスタルジックな雰囲気を出しているが、ドアには店内禁煙のシールが貼ってある。とても入る気にはなれなかった。

左に折れ、東向島《ひがしむこうじま》の駅に向かう。通りの左側に中華料理店がある。否。あった。下ろされたシャッターに張り紙があり、長年ご愛顧いただきましたが、店主老齢のため閉店のやむなきにいたり云々《うんぬん》と書かれている。店が閉まって半年以上、風雨にさらされた張り紙は煤《すす》け、波打っていた。

少し行くと右に小さな空き地があった。売り地と大書された看板が雨に濡れ、地面にはガス管に注意という赤い札が差してある。かつては老夫婦が営む豆腐屋だった。妻の方が重病をわずらい、亭主は治療費を稼ぐといって頑張っていた。夫婦ともに七十歳を超えていただろう。

妻が逝き、亭主は地方にいる息子の家に身を寄せた。しばらくの間、店には貸店舗の看板が下がっていたが、ついに借り手はつかず、二年ほど前に取り壊された。更地にしたもののいまだ買い手がなく、そのままになっている。元豆腐屋の店主がその後どうなったのか、辰見は知らない。

通りの左にコンクリート打ちっぱなしの三階建てが見えてくる。小さな窓には鎧戸《よろいど》が下ろしてあった。暴力団の組長の自宅であり、事務所だ。玄関は三階にあり、小さな窓には分厚い防弾ガラスがはまっているはずだ。

約一年半前、わが国最大の暴力団が内輪もめから真っ二つに割れた。鎧戸はそのときに取りつけられた。黒く塗られた金属製で陽光も銃弾もさえぎりそうだ。

事務所わきの道路を塞《ふさ》ぐように四輪駆動車とミニバンが停めてあった。かつては米軍御用達の巨大な四駆、その市販版を使っていたが、今は昨今流行のアメリカ製ＳＵＶになっている。

車内灯が点いていてハンドルのまわりを熱心に拭《ふ》いている男の姿が見えた。かれこれ三十年近く部屋住みをしている若い衆だ。今では五十近いだろう。だが、まだ若い衆のままだ。初めて見かけた頃は頭頂部の髪を逆立てていたが、今ではすっかり禿《は》げあがっている。

前から空車の赤いランプを灯したタクシーが近づいてきた。手を上げる。タクシーは一旦《いったん》停止し、二度切り返してＵターンする。ドアが開いた。

辰見は傘をすぼめ、後部座席に乗りこんだ。運転手がふり返る。

「ご乗車、ありがとうございます。どちらまで？」

辰見は国際通りにあるホテルの名前を告げた。

下谷警察署の玄関を入った小町は正面カウンターに近づいた。天井から受付と刻まれたプレートが下がっていて、その下の机に向かっている制服姿の男性警官に声をかける。

「機捜の稲田ですが、刑事課の須原さんをお訪ねしました」

「はい。少々お待ちください」

男性警官が電話機に手を伸ばし、受話器を耳にあてて四桁《けた》の番号を打ちこむ。相手はすぐに出たようだ。

「一階の受付ですが……、そうです。はい、わかりました」

受話器を戻して小町をふり返る。

「ただいま、こちらに参ります」

「どうも」

カウンターから離れるとほどなく須原が現れた。今朝と同じスーツを着て、腫れぼったい顔をしている。すぐ後ろに痩《や》せた男がつづいていた。白いTシャツにツィードっぽいジャケットを羽織っている。ひたいが禿げあがり、鼻の下にたくわえた髭は半分以上白くなっていた。

未明とは打って変わって須原はていねいに一礼した。

「わざわざお越しいただいて恐縮です。こちらは都の福祉保健局のお仕事をなさってる岡崎《おかざき》さん」

後ろの男を示す。小町は顔を向け、会釈をした。

「機動捜査隊の稲田と申します」

「福祉保健局で嘱託をしております。岡崎です」

二人は名刺を交換した。

受けとった名刺には右に東京都福祉保健局指導監査部とあり、岡崎光夫という名前の上に嘱託職員、カウンセラーと並べられている。名刺から目を上げ、須原を見やった。

「滝井さんに連絡をしたんですが、仕事を終えられてからこちらに来られるということで、あと三十分ほどかかりそうなんです。その前に岡崎さんから滝井さんの事情について説明してもらった方がいいと思いまして」

「わかりました」

「それでは、とりあえずこちらへ」

須原が先に立って一階の奥へ進み、会議室に二人を案内した。コの字に配置されたテーブルの角を挟んで小町は岡崎と向かいあい、須原は岡崎のとなりに腰を下ろした。

早速、岡崎が切りだす。

「さて、今朝ほどの件ですが、概略は須原さんから聞いています。まず菜緒子ちゃんについてですが……」

菜緒子ちゃん？——小町は胸のうちでつぶやき、岡崎を見返した。視線の意味に気がついたらしく言いなおす。

「滝井さんについてですが、虚言癖があるとか、彼女の話は妄想だとかいわれましたよね？」

小町はすぐに答えず須原を見やった。須原は目を伏せ、テーブルに置いた自分の手を見つめている。

岡崎がつづけた。

「今朝は稲田さんがたった一人で彼女に会って話を聞かれたそうですが、率直にいって、どのような印象を持たれましたか。やっぱり嘘を吐いている、と？」

「ちょっと待ってください」小町はさえぎった。「その前にどうして都の福祉保健局の方がいらっしゃるのか、そこからお話しいただけませんか」

岡崎は小さな目をいっぱいに見開き、まばたきをした。だが、絶句して小町を見つめていたのはわずかな時間でしかない。

「失礼しました。そうですね。まずは私の立場をご説明するべきでした。滝井さんがこちらに来るまで時間がかぎられているので、できるだけ簡単にお話しさせていただきます。わからない点があれば、遠慮なく質問してください」

「はい」

「まず、さきほど名刺をお渡ししたのでもうおわかりだと思いますが、私は東京都の正式な職員ではなく嘱託です。本職は大学の助手で、ほかに問題を抱えた子供や障害のある方のケアをしている施設で相談員もしています。まあ、研究の一環ともいえますが」

「研究といわれると、ご専門は？」

「専門は児童心理学と福祉です」

言葉を切った岡崎は唇を嘗《な》め、やがて決心したような顔つきで話をつづけた。

「コンプレックスPTSDへの対処を研究しています」

「すみません」小町は言葉を挟んだ。「頭にコンプレックスがついているということは単なるPTSDとは違うということですか」

「PTSD……、外傷性ストレス障害がごく短い時間、場合によっては一瞬の衝撃、たとえば交通事故や震災などによって精神的な障害を引きおこす状態を指しますが、コンプレックスあるいは複雑性を冠するPTSDは長期間にわたるストレスが原因と見られる障害を指します」

「長期間にわたってストレスをかけられた方が症状が重いということですか」

「必ずしもそうとは限りません」岡崎は首を振った。「ストレスによって引きおこされる精神的な障害は千差万別といいますか、個々のケースによって異なります。一人の患者について見ても複数のストレスがかかっていれば、障害も多岐にわたることがあります。ありていに申しあげれば、障害を引きおこしたストレスはこれだと特定できるものではなく、便宜的に区別しているだけといえます。あくまでも個人的見解ですが。ここまではよろしいですか」

小町はうなずいた。岡崎がつづける。

「さらにいえば、ＰＴＳＤとコンプレックスＰＴＳＤの区別も便宜的なものかも知れませんが、細かく分析することによって対処法が異なります。それに患者さんから見れば、障害が一つでも複数でも、軽かろうが重かろうが苦しいことには変わりありません。私もカウンセラーなどと称しておりますが、本当に患者さんを理解しているか大いに疑問です。本人じゃなければわからない苦しみってありますよね」

「そうですね。それじゃ、滝井さんも？」

「ずばり申しあげます。彼女は四歳のときから小学校五年生のときまで、八年間にわたって、母親の再婚相手、つまり継父による性的虐待を受けてきました。私が滝井さんに初めて会ったのは、もう十七年も前になります。彼女は児童相談所に来たばかりで、私もカウンセラーとしては駆け出しでした。私だけじゃなく、日本という国レベルで見てもコンプレックスＰＴＳＤや子供に対する不適切な養育に対する研究や理解が進んでいませんでした。子供に対する虐待なんかが社会問題となるのは一九九〇年代初頭で、理解が進み、対処に取り組むようになったのは二十一世紀になってから……、つい最近なんです。八〇年代まではしつけの問題……、いや、問題とすらみなされていませんでしたね。すべては家庭内で解決すべきだという風潮でした」

岡崎がテーブルに両肘をつき、身を乗りだしてくる。

「しつけというのは身に美しいという字を書きます。たとえば、言動が粗暴であったり、常識を欠いていたりした場合、それを矯正することだとお考えではありませんか。極端な暴力は論外にしても、ケース・バイ・ケースで多少は保護者が発動する強権も認められる、と。あくまでも子供のためですから」

小町はうなり、首をかしげた。

「そうですね。多少は必要かも知れません」

「違うんです」

岡崎が、きっぱりといった。

「しつけというのは、何かあったとき、親が子供を抱きしめてあげることなんです。まずは、ということですが。そうすることによって子供の中に親というか、頼りになる、自分を保護してくれる大人のイメージが定着します。このイメージが大事なんです。三歳、四歳、五歳、そして小学生とだんだん保護者と離れて過ごす時間が増えていくのが当たり前ですが、子供が何かに直面したとき、していいことと悪いことの判断をする際の基準が自分を保護してくれる大人に求められるのです。目の前にいれば、子供は保護者、たとえばお母さんの顔を見ます。その表情をうかがうものです。肝心なのは目の前にお母さんがいないときです。だけど子供の中にはお母さんのイメージがある。自分が悪いことをするとお母さんが悲しむ……、いいですか、お母さんに怒られるではなく、悲しむですよ、そこが肝心なんです。だからたった一人でいるときも悪いことはしない。これがしつけなんです」

岡崎は躰を起こし、椅子の背にもたれかかった。

「現在、滝井さんは自活していますが、そこに来るまではいろいろ大変でした。それまで継父に気に入られるためいい子でいなくちゃならなかった。だけど継父が彼女にしていたことは絶対に許されません。悪いことです。そこで我々としては最初に継父の行動が間違っていることを教えなくてはならなかった。四歳からの八年間に植えつけられたことを根本からひっくり返し、新たな価値観を持たせるんです。価値観の破壊というのは、言葉を変えると自分を客観的に見られるようにするという意味なんです」

「そんなことが可能なんですか」

「簡単ではありませんが、いろいろ方法はあります。その一つが人形劇です」

「人形劇？」

思わず訊きかえした。何をいっているのか、まるでわからない。岡崎が辛抱強くつづける。

「滝井さんの例でお話ししましょう。彼女が継父にされたことを自ら語るのは精神的にひじょうにきつい。そこで人形の家を使って、そこで起きた架空の物語にしてしまう。滝井さんの場合は熊《くま》の一家でした。最初はテーマの指定などせず、自由に物語を作らせます。そのうちお父さんと娘の物語を語りだしました。そこに至るまでには何年もかかりましたが……、とにかく彼女自身に起こったことを熊の父と娘の話として語りだした。あくまでも熊の一家の話です。そうすることによって彼女はだんだんと熊のお父さんの行動が間違っていたこと、してはいけないことだといえるようになっていったんです。物語に置き換えることで、お父さんはいけないことをしたとはっきりいえるようになりました。この話を他人……、彼女の場合は相談員である私に対してでしたが、語ることによって浄化される。これが自分の出来事を客観視するということなんです。その上で善悪を判断し、継父の呪縛《じゅばく》から逃れられるようになります。しかし、弊害がないとはいえない。お話を作りすぎるといったような……」

「人によっては虚言癖と受けとられる」

「そうです。稲田さんは今朝、彼女と話してみて、何を感じられましたか」

「怯えていると感じました。でも、その恐怖を乗りこえ、誰かを助けたいと願っているのも感じました」

「強すぎる正義感というのもかえって彼女を苦しめることになるのですが、古くからいわれる、情けは人のためならずというのは一つの真実だと思います。けれど勇気を持って誰かを救うことが結局は彼女が助かることにもつながるんです」

聞きながら小町は自分の職務じゃない、あるいは一介の警察官には荷が重すぎると感じていた。

ほどなく会議室の電話が鳴り、須原が受けた。受話器を置き、小町をふり返る。

「滝井菜緒子さんが到着したそうです」

「わかりました」

小町は立ちあがった。岡崎も立ちあがる。

「気をつけていただきたいのは、彼女は自分が作りあげた物語の世界にいるということです。彼女の語ることがすべて事実とはかぎらない。何が事実で、何が虚構なのかは稲田さんご自身に判断いただくよりほかにありません」

「私が、ですか」

「ええ」

岡崎はうなずき、須原に目をやった。須原があとを引き取る。

「滝井さんは稲田警部補とだけ話をしたいといってるんです。それが事情聴取に応じる条件でした」

小町はちらりと岡崎を見て、ふたたび須原に視線を戻した。

須原がくり返す。

「稲田警部補とだけ」

「はい」

肚《はら》をくるしかないようだ。

## 2

須原に従って、小町は下谷署の三階までやって来た。廊下を歩きながら須原がいう。

「一階は地域課や交通課、各種申請の窓口があるし、二階は刑事課に生活安全課でひっきりなしに人の出入りがあります」

「三階は？」

「警務と副署長室なんかです。静かなんですよ。岡崎さんからいわれましてね。できるだけ落ちついた環境で話をさせてやって欲しいって」

「そうですか」

「さて、こちらです」

立ちどまった須原がドアを手で示した。第三応接室と記され、小窓には使用中の赤い文字が出ていた。

須原が小町に目を向けた。

「ここから先はお願いします」

「わかりました」

ドアをノックしようと手を上げた小町だったが、須原を見やった。

「ところで、立原珠莉の容体は？」

「まだ眠りつづけてます。シャブの切れ目ですからね。あと一日か二日……」須原は首を振った。「いつ目を覚ますかはわかりません」

覚醒剤を使用すると頭が冴《さ》えわたり、筋肉の力は何十倍にもなって怖いものなしになる。だが、そういう気がするだけで体力はふだんと変わらない。むしろ常習者となれば、脳や内臓といった諸器官の機能は低下し、筋力も体力も落ちている。それでいて何時間も、場合によっては数日にわたって動きまわる。薬の効力が切れたあと、反動が来る。深い眠りは躰が休息を必要としているのだ。

小町はドアをノックし、静かに開けた。中はシンプルな応接セットが置かれているだけの狭い部屋で、奥のソファに座っていた滝井菜緒子が立ちあがった。黒のジャケットに襟のないシルクのシャツを着て、クリーム色のパンツ、黒のパンプスという、またしても地味な恰好だった。ソファには、きちんとたたまれたミントグリーンのコート、黒革のショルダーバッグが置いてある。

ドアを閉め、菜緒子の前に立った。笑みを浮かべる。

「こんばんは。わざわざ来ていただいて恐縮です」

「いいえ」菜緒子が首を振る。「私の方からお話をするんなら警察署の方でってお願いしたんです。アパートに来られるより気が楽なので」

「そうですね」

たとえ私服であったとしても警察官の匂《にお》いは消せないものだ。周囲の目が気になるのだろう。

小町は菜緒子をうながし、二人はテーブルを挟んで腰を下ろした。

「あの……」

菜緒子がもじもじする。

「どうかしました?」

「まだ刑事さんのお名前をうかがってないので、何とお呼びしたらいいかと思って。須原さんから電話をいただいたときも今朝来られた女性の刑事さんといっただけで」

「失礼しました」小町は名刺を取りだした。「あらためまして。稲田と申します」

警視庁警部補稲田小町とのみ印刷され、携帯電話の番号を手書きで加えた名刺だ。受けとった菜緒子がしげしげと眺める。

「本名なんですか」

「え?」

「小町さんって、何か芸名っぽくって恰好いい」

「そうですか」小町は苦笑した。「本名に間違いありません。親も酔狂な名前をつけたものだとは思いますけど、まあ、気に入ってます」

名刺を見つめつづける菜緒子の表情にはっとした。不用意に親のことを口にしたことを後悔する。菜緒子は親との確執を抱えているのだ。

気を取りなおして切りだした。

「早速ですが、今朝ほどの立原さんの件について聞きたいんですが」

「立原さんっていわれるんですね」

菜緒子は顔を上げ、名刺をジャケットのポケットに入れた。

「名前、知らなかったんですよ。実は顔もよくわからないんです。わかっているのは一階の一番奥の部屋から音が聞こえたというだけで。うちのアパートは門のそばに郵便受けがあるんですけど、部屋の番号があるだけで誰も名札なんて入れてませんし、通路とか、門のところとかですれ違えば、会釈するくらいで。どの人がどの部屋に住んでいるかも知りません。それに一階の奥ですよね。私は二階ですし」

小町は自分が住んでいるマンションの住人たちについて名前をはじめ、簡単なプロフィールを知っているが、入居契約をする前に最寄り交番に出向き、巡回連絡票をチェックしたからにほかならない。

菜緒子がかすかに笑みを浮かべる。

「人間関係が薄いですよね。不動産会社の人にいわれたのは、入居の条件が独身の女性に限るというだけで、どんな人が住んでいるかは教えてもらえませんでした。問題ないというだけで」

「立原さんと顔を合わせたことはないですか」

「会っているかも知れません。さっきもいったように通路とか、門のところですれ違えば、お互いに会釈したりはしますから。こっちが会釈しても無視されることもありますけどね。それに通報はしましたけど、警察は誰が住んでるとか全然教えてくれませんでした」

「個人情報とか、最近はいろいろうるさいんですよ」

菜緒子はあわてたように顔の前で手を振った。

「全然かまいません。私だって自分のことを知らない人にべらべら喋《しゃべ》られるのはいやですから。だから……」

菜緒子が目を伏せ、眉根《まゆね》を寄せる。

「赤ちゃんがいるなんて知らなかったんです。ニュースで見て、びっくりしました。心肺停止といってましたが」

「いたましいことですけど……」

語尾は濁したが、充分に伝わったようだ。うつむいたまま、菜緒子がうなずき、低い声でいう。

「一人暮らしの人ばかりだと思ってました。ショックですね」

「そうすると赤ちゃんの泣き声とかは聞いたことがないですか」

うなずきかけた菜緒子だったが、テーブルの一点を見つめ、はっとしたような表情になった。

「どうかされました?」

「そういえば、赤ちゃんと聞いて思いだしたんですけど、一度だけアパートの門を入ったところで家族連れっぽい人とすれ違いました。一階の通路を奥の方へ行きました。でも、その人が立原さんなのかはわかりません」

「いつ頃のこと?」

「一年くらい前……、いえ、もうちょっと前だったかも知れません。女の子がケープのついた真っ赤なコートを着てて、それが可愛いなと思いましたから」

「どうして家族連れだと思ったんですか」

「赤ちゃんを抱いた女の人と、三、四歳くらいの女の子の手を引いた若い男の人がいっしょだったんです。それでどこかのうちに遊びに来た人かなと思いました。だってうちのアパートは……」

「単身者限定ですものね。ところで、その女の人ですが、どんな感じでした？　髪の長さは？」

「そうですね」

菜緒子は右下に目をやり、眉間にしわを刻んだ。記憶をたぐり寄せようとしている表情だ。

「髪は長くて、染めてました。オレンジ色というか、黄色というか……、あざやかって感じじゃなくて傷んでるって感じで」

「太ってました？」

「いえ、痩せていたと思います。頰《ほお》もこけていました。背は私とあまり変わらないんで、百五十センチちょっとくらいかな。小柄な人だと思います」

珠莉の特徴に合致するように思われた。そのときに抱いていた赤ん坊が遺体で発見されたのか。須原に電話を入れ、珠莉の写真がないか訊いてみようかと思っているとき、菜緒子が左の手首を引っ搔くような仕種《しぐさ》をしているのに気がついた。

手首に細い傷が何本もついている。珠莉の左手にも同じような傷があったのを思いだした。小町の視線に気づいたらしい菜緒子が左手首を反転させた。

「刑事さんならリスカの痕《あと》なんていやになるくらい見てるでしょ」

リスカ――リストカットの略。カミソリを手首の内側にあてて静脈を切る。古典的な自殺の方法といわれるが、なかなか死にはいたらない。リスカという言葉は小町も知っていた。今ではごくふつうに使われている。

「そんなことは……」小町はうなずいた。「いやになるほどではないけど、見てます」

「死にたいからじゃないんですよ」

「え？」

「痒《かゆ》いんです」

「傷跡がってこと？」

「血管の内側がむず痒いんです。躰の中を汚されて、そのせいで血が汚くなっちゃったような気がして……、手首を切れば、血を出しちゃえるじゃないですか」

一呼吸おいて菜緒子は静かにいった。

「岡崎先生、来られてますよね」

小町は答えなかったが、菜緒子は納得したようにうなずいた。

「やっぱり」

何かいわなくてはと思ったが、言葉が出てこない。

菜緒子がつづける。

「それじゃ、ジョージとアンナの話も聞かれてますね」

菜緒子は自分の体験を話しはじめた。

ロースターの上で焦げて丸まり、薄青い煙をあげている塩ホルモンの断片を割り箸《ばし》でつまみあげ、辰見は口に運んだ。嚙む。こめかみ辺りにじゃりっと響き、ほろ苦さが舌の上に広がる。

「肉の焦げたのなんか食うと癌《がん》になるぜ」

顔をしかめて成瀬がいう。元々細身ではあったが、三年半前、機捜浅草分駐所から立川署に異動したときよりさらに痩せたように見えた。立川には二年勤め、その後、自宅にもっとも近い国立署に移った。

「二十年後に、か」

辰見はにやりとして訊きかえし、テーブルに置いたタバコに手を伸ばした。一本抜いてくわえ、使い捨てライターで火を点ける。煙とともに吐きだした。

「その頃にゃ、八十だ。早死にってわけじゃねえだろ」

犬塚がぷっと噴く。成瀬とは対照的な肥満漢だが、以前に比べるといくぶんほっそりしたように見えた。

成瀬は辰見を睨み、何かいいたそうな顔をしたが、唇を結んだまま、肩を落とし、うなずいた。

「そうだな」

炭化した肉を食べると癌になると聞くようになったのがいつ頃か、辰見はおぼえていなかった。少なくとも子供の頃には聞いていない。もっとも焼き肉を食べるようになったのは高校を卒業し、警察学校に入ってからだ。小学生くらいまでは肉など滅多に口に入らず多少焦げていようと気にしないで食べていただろう。

癌になるというなら焦げたホルモンよりタバコの方がはるかに可能性が高いはずだ。成瀬、犬塚ともに何年も前にタバコをやめている。

アルミの灰皿に灰を落とし、ふと思った。

おれもあと何年喫《す》ってるだろう……。

平成十四年、千代田区がタバコのポイ捨てを禁じたのを皮切りに路上での喫煙を制限する条例が東京のみならず全国各地で制定されていった。喫煙者である辰見にすれば、禁煙ファシズムであり、病的にさえ見えたが、街角からタバコの臭いは駆逐されていった。

タバコが喫える場所を探して歩く時間がどんどん長くなり、街灯や雑居ビルの一角に喫煙スペースを見つけると沙漠《さばく》でオアシスにたどり着いたように飛びこんで、むさぼるように喫ったものだ。喫煙可能な場所を探して歩く時間は年を追うごとに長くなっていき、苛立《いらだ》ちも感じたが、最近はタバコを喫わなくてもそれほど苦痛を感じなくなった。嫌煙ムードに慣れてきたというよりニコチンに対する欲求が減少してきたような気がする。

タバコだけではない。テーブルに並んだ塩ホルモンやカルビ、ロースの皿には二人前ずつ盛られていたが、どの皿にも半分ほど残っている。

分駐所を出て、食事もしないままアパートに帰り、つい眠りこんでしまった。腹は減っているはずなのに生ビールを中ジョッキで一杯、その後、二十度はあるという特製マッコリを中ジョッキに半分ほど飲み、二口、三口肉をつまんだだけで、胃袋に膨満感をおぼえてしまい、あとはナムルとキムチをあてにマッコリをちびちび飲んでいるだけだ。焼き肉屋での宴会というのに何ともしみったれている。だが、成瀬、犬塚ともに似たようなものだ。

成瀬は元々食が細かったが、犬塚は自他ともに認める大食漢で鳴らした。だが、今はすっかり食わなくなった。辰見は犬塚の手元に目をやった。

「体重制限でもしてるのか」

辰見の視線に気づき、犬塚がうなずく。

「ああ。女房にいわれてな。血糖値が高いんだ。この二年くらい、うちじゃ、サラダばっかりだよ。おれはイナゴじゃねえとか思って、外にいるときは焼き肉だの、とんかつだの、好き勝手に食ってた。だけどこの頃はさっぱりだな。あまり食いたいと思わなくなった。うちで晩飯を食うときにはビールも飲まん」

「へえ」

「感心するほどのことじゃない。おれにはもう六十なんだよ」

「おれは、じゃなく、おれも、だ」

訂正してやると、犬塚は苦笑してうなずいた。

成瀬がジョッキを持ちあげ、マッコリをひと口飲んだ。ジョッキをおろし、切りだす。

「で、あと何回だ？」

来た。

同期会の誘いは犬塚から来たが、ひょっとしたら相談を持ちかけたのは、成瀬だったのかも知れない。

「あと一回。明後日当務に就いたら、あとは明けだ」

当務明けは非番、次の日が労休になる。その次の日も労休、また次の日も……。

「わが社もお役所だな。有給はきれいに消化していけってことだ。次の当務で終わる」

自分で口にしながら胸底がひやりとする。

成瀬が重ねて訊いてきた。

「そのあとは？」

犬塚は黙って辰見を見ていた。

「別に何も考えてない。おれのことはともかくお前はどうするんだ？　お前だって今月末ってのは同じだろ」

すぐに答えようとせず成瀬は辰見のタバコに手を伸ばした。

「一本もらうぞ」

「ああ」

成瀬は吸いつけ、煙を吐いた。火の点いたタバコを指に挟んでしげしげと眺める。

「五年ぶりなんだがな。案外何の感慨もないもんだ」

もう一度吸いこみ、煙を吐いたあと、灰皿に押しつけて消した。マッコリを飲んで言葉を継ぐ。

「当初は再任用を考えてた。半年くらい前までだ。実は女房の兄貴が近所に住んでて、国立駅の近くで会計事務所をやってる。手伝ってくれって話が来てな。女房にも兄さんを手伝ってやってと頼まれたんだ。元ってのは会計事務所でもいろいろ重宝するらしい」

「必要としてくれるところがあるのはありがたいじゃないか」

辰見は素直に思ったままを口にした。

「こう見えて、おれは小器用だからね」成瀬が目を伏せ、皮肉っぽい笑みを浮かべる。

「家のローンも終わってるし、息子は二人とも所帯を持ってる。どっちもまだ子供がない。だから幸か不幸かお祖父《じい》ちゃんと呼ばれずに済んでるがね」

犬塚が割りこむ。

「お前には前からうちに来いっていってるだろ。何年も前からおれはチェーン全体の保安責任者をやれっていわれてるんだ。だけど今のホテルの保安部長に適当な後任がいないって断ってる。お前に期待してるんだよ。浅草《エンコ》、長いだろ？」

辰見は機動捜査隊に配属されるはるか前、浅草警察署刑事課で暴力団《マルボウ》担当をしていた時期がある。

成瀬が身を乗りだす。

「おれも犬塚からその話を聞いて、悪くないと思ってるんだ。あの業界に顔が利くってのはここらのホテルにはありがたいだろ」

「そうだな」

辰見はぼそりといい、タバコに手を伸ばした。

犬塚の後任として巨大ホテルの保安部長となれば、収入は今より上がるかも知れない。だが、金の問題ではなかった。

金の問題ではないところが最大の問題——胸のうちでつぶやき、新しいタバコに火を点ける——クソッ、悪いシャレだ。

煙を吸いこみ、ゆっくりと吐いた。

# 3

『この間、ふっとな、人生ってのは四季に似てるなと思った。春、夏、秋、冬……、それぞれ二十年ずつで、それでおれはちょうど秋の終わりにいるんだと思った』

赤い顔をてらてら光らせた成瀬がしみじみといった。となりで犬塚が鼻をつまんでひっぱるのをくり返し、煙ったそうな顔をしながらも何もいわずに聞いていた。

辰見は二杯目のマッコリを持てあまし、ジョッキの底に二センチばかり残ったのをちびり、ちびりと飲んでいる。酔ってはいない。だが、酒が身のうちに充満しているような気がしていた。

『おぎゃあと生まれて、二十歳になるまでが春。おれたちがちょうど警察学校《ガッコウ》を出て交《P》番《B》勤務を始めた頃だ』

辰見、成瀬、犬塚は同じ年に高校を卒業して警察学校に入った。生まれて初めての寮生活で、同じ時間に起こされ、三度とも同じ飯を食い、午後十一時ちょうどに消灯されて過ごした。初めて会った十八歳の頃から成瀬も犬塚も今と大して変わらないような気がする。だが、四十年が経っている。あの頃のアルバムを開けば、子供こどもした顔が並んでいるだろう。

二十歳――ごわごわした新品の制服を着て、オマワリの太々《ふてぶて》しさなど薬にしたくともなく、おどおどした目をして交番の前に立っていた。

『次が夏、激動の季節よ』

二十歳から四十歳までと考えると、たしかに夏というのが似合うような気がした。三人とも刑事になった。辰見はちょうど三十歳で、犬塚が二年早く、成瀬は辰見より一年あとだ。

刑事はドロケイに始まり、ドロケイに終わるといわれる。ドロケイとは泥棒刑事、盗犯係を指す。人を見たら泥棒と思えという刑事の基本を叩きこまれ、実に半分以上の刑事がドロケイのまま警察官人生を終える。

だが、その後、辰見と犬塚は暴力団担当、成瀬は知能犯係になった。

焼き肉屋を出たのは、午後九時だ。まだ早い、もう一軒行こうとは誰もいわなかった。成瀬は電車を乗り継いで国立まで帰り、犬塚はいったんホテル内にある事務所に戻ったあと、帰宅する。二人ともすでに子供は独立しており、自宅には妻だけがいる。

それじゃ、またと手をあげ、三方向に別れた。辰見には、どこといって向かう先などなかったが、アパートに帰るには地下鉄浅草駅に向かう成瀬と並んで歩くことになる。初老の男がいっしょに帰るという絵がどことなく気恥ずかしいように思えた。

それで左に曲がり、北に向かった。ぶらぶら歩きながら焼き肉屋で成瀬が語っていたのを思いだす。

『夏が終われば、次は秋だな。四十にして惑わずなんて、よくいってくれたもんだ。惑わずなんて恰好のいいもんじゃない。惑ってる余裕なんてなかった。世間じゃ働き盛りなんぞという年回りだったが、今から思えば、住宅ローンを背負って、あとは子供、子供、子供で振りまわされていただけのような気がする。ガキどもはちょうど中学生、高校生、大学生って時期で金がかかってしようがなかった。ようやく大学を出したと思ったらもう五十だ。秋が半分過ぎてて、疲れきってたな』

成瀬の終わらない話を聞きながら犬塚は口元に笑みを浮かべ、何度もうなずいていた。二人ともに自分たちの息子、娘のことを思いだしていたのだろう。

ずっと独身で来た辰見には浸りたくとも追憶そのものがない。勤務先と向島のヤクザ通りにあるアパートをひたすら往復していた。それは成瀬のいう秋——四十歳を過ぎてからも変わらなかった。中学生から高校生、大学生、そして二十歳と成長していく子供が目の前にいれば、少しは時の流れを実感できたのかも知れない。

十年一日どころか二十年一日だった。

ゆっくりと歩きつづけ、言問《こととい》通りを横断する。千束通りを一本西へ外れ、住宅街にぽつりぽつりと飲食店のある観音裏に入り、右へ左へあてどもなく歩きつづけた。

刑事になって最初に勤務したのは目白警察署で、三年間盗犯係をした。その後、築地《つきじ》署に移って暴力団担当となった。バブル景気に沸きかえっていた銀座を歩いたものだ。六年勤めたあと、浅草署に移って五年間、またしても暴力団担当だったが、犬塚とは勤務した時期が違っている。次に新宿東署に移り、強行犯係に五年いたあと、機動捜査隊浅草分駐所に来て、十年以上になる。

暗がりに点在するスナックや小料理屋の行灯《あんどん》を眺めつつ、歩きつづけた。思いかえしてみると十五、六年にわたって浅草、観音裏界隈《かいわい》を歩きまわっている。

いよいよ冬到来だとは、成瀬も犬塚もいわなかった。いわずもがなだからだろう。辰見はアリとキリギリスという童話を思いうかべていた。前に座っている二人は暖かな家で冬を迎える。

だが、おれは……。

今にして一つだけわかる。キリギリスも一生懸命だったということだ。アリから見れば、面白おかしく遊び暮らしているようにしか見えなかったかも知れない。だが、キリギリスはキリギリスなりに昨日より今日、今日より明日と少しでもうまくバイオリンを弾けるよう精進してきた。

いや、精進ってほどのことはないかと思いなおす。

好きな仕事をして、それなりに実績を挙げ、自他ともに認められてきた。精進などと殊勝にほざくことはない。好きなことに夢中で家にも家族にも目が向かなかっただけだ。

やはり遊びほうけていたキリギリスかと思いかけ、否定した。成瀬も犬塚もわかってくれていた。

『お前は刑事《デカ》一筋だったからなぁ』

成瀬がつぶやき、犬塚がうなずいた。

『だから、まあ……、気になるわけだ』

冬に放りだされる一匹のキリギリスかよと思ったが、あえて口にはしなかった。成瀬にしろ犬塚にしろ刑事という仕事に矜持《きょうじ》があったのは間違いない。同時に夫であり、父親だった。彼らにしてみれば、辰見の在《あ》りようは羨《うらや》ましかったのかも知れない。

ふいに目の前にきらびやかな街が広がった。いつの間にか吉原のソープランド街まで歩いてきていたのだ。もっとも焼き肉店からせいぜい五、六百メートルしかないのだから驚くほどの距離でもなかった。

辰見は右に曲がった。あと一本先に行けば、〈伽羅《きゃら》〉という店がある。かれこれ四半世紀前から変わらない。昭和五十九年に風俗営業等の規制及び業務の適正化等に関する法律、いわゆる風適法が大幅改正され、以降、吉原ではソープランドの新規出店がほとんど不可能になった。昭和が平成となり、さらに二十一世紀になっても風適法の改正が進み、規制はどんどん厳しくなっていった。

〈伽羅〉には真知子がいた。それこそ四半世紀前だ。警察学校の同期生に連れてこられ、店長がつけてくれたソープ嬢だ。ひと目で気に入った。安月給をやりくりして、二、三ヵ月に一度通い、店がはねたあと、いっしょに酒を飲むまでになった。

店は変わりないが、真知子は七年前に殺されている。

歩きつづけるうち、右手の暗がりに小料理屋の行灯が浮かんでいた。胸の底がきしむ。変わらないのは〈伽羅〉だけではない。小料理屋は真知子と何度か待ち合わせをし、酒を飲んだところであり、結婚すると告げられた場所でもあった。

逃がさないわよと真知子が笑った気がした。〈伽羅〉を避けたのではない。真知子の面影から逃げようとしたのだ。

だらだら歩く。象潟と記された古ぼけた看板に目が留まった。かつての地名で、今はとっくに住所表記が変わっている。ゾウガタと読んで、地元の年寄りに笑われ、キサカタと教えられた。小さな靴屋の店主だった。それがきっかけで一度だけ靴を買った。それほど高くはなかったが、丈夫で、今もアパートの下駄箱《げたばこ》に収まっている。店主は何年も前に亡くなっている。

ワイシャツのポケットに入れた携帯電話が振動する。取りだして開いた。目を細め、ディスプレイを見る。稲田と表示されていた。通話ボタンを押し、耳にあてる。

「はい、辰見」

「稲田です。辰見部長、今、どちらですか」

「どちらって……」

目を上げ、周囲を見渡して思わず苦笑する。浅草警察署がすぐ前にあった。

振り出しに戻るのかよ——胸のうちでつぶやく。

「観音裏だ」

「もう晩ご飯は済みました？」

「ああ。何かあったか」

「ちょっと……」

「刺身のうまい喫茶店で会おう」

「十分で行きます。辰見部長は？」

「二分かな」


「二分って、どこにいるのよ」

独りごちた小町はスマートフォンをシャツの胸ポケットに入れた。当務中、携帯電話はマナーモードにして胸ポケットに入れ、いつでも振動を感じられるようにしてあった。プライベートで出かけるときは着信音を大きめに設定してバッグに放りこんでいるが、聞き逃したかもと不安になって何度もチェックするのが癖になっている。わがことながら小心さに呆《あき》れてしまうほどだ。

雨は上がっていたが、空気は冷たく湿っていた。傘を細くしぼり、バンドで締めた。下谷署を出て、言問通りまで来ると横断歩道を渡った。反対側で東向きにやって来た空車のタクシーを止める。後部座席に乗りこんで告げた。

「浅草警察署までお願いします」

「はい、かしこまりました」

運転手がていねいに答え、ドアを閉めた。

刺身のうまい喫茶店こと〈ニュー金将〉は浅草署から徒歩二分のところにある。ひょっとしたら辰見は浅草署に行っていたのかと思ったが、分駐所にもっとも近い所轄署とはいえ、当務明けの今日は立ち寄る用などないはずだ。

〈ニュー金将〉は古い喫茶店をそのまま利用した居酒屋だ。マスターが毎朝築地市場で仕入れてくる鮮魚の刺身が売りで、実際安くてうまい。浅草分駐所に赴任して間もない頃、辰見に教えられた。店名にニューの文字が入る店は昭和四十年代にオープンしたところが多いと教えてくれたのも辰見だった。

左の車窓を通りすぎる金竜《きんりゅう》小学校を眺めながら小町は自らに訊いた。

どうして辰見部長に電話したのか。

答えはすぐに返ってきた。菜緒子が語った物語の内容が少しばかりきつかったからだ。

応接室で向かいあった小町はソファに浅く腰かけ、菜緒子の眸《め》をまっすぐ見つめて耳をかたむけていた。

あくまでも菜緒子の意思に基づく事情聴取であるため、彼女の自宅ではなく、下谷署で小町に話したいという希望を聞き入れた。菜緒子の話を黙って聞いたが、最初は好き勝手に喋らせるというのは被疑者に対する取り調べにも共通する手法ではある。

菜緒子はいきなりいった。

『森の中の一軒家には、熊の一家が住んでいました。お父さんのジョージとお母さんのベティ、子供のアンナの三人です。ジョージは真面目な大工さんでしたが、ある日、高いところから落っこちて大怪我をしてしまい、もうお外には出られなくなりました。だから代わりにベティがお出かけして、お仕事をしなくちゃならなくなったんです』

あらかじめ岡崎の説明を受けていなければ、理解するなど不可能だったろう。

滝井さんの場合は熊の一家でしたと岡崎はいった。当初はテーマを決めず、自由に語らせたといっていたが、実際には少々違ったようだ。菜緒子によれば、小学校四年生のときに児童相談所に保護され、その後、保護施設で岡崎と会っているのだが、お話の時間というのがあってドールハウスが置かれていたという。

『お父さん熊、お母さん熊、小さな女の子……、娘の熊とぬいぐるみが三つありました。そこで物語を作りなさいといわれたんですけど、何だか馬鹿にされたみたいな気がしました。それで最初は岡崎先生がお話をして、途中で質問してきて私が答えるという形で始まりました。あまり真面目には答えませんでしたけどね』

いきなり話しはじめたお父さん熊が大工で怪我をしてという物語を菜緒子が作ったのは施設に収容されてから実に三年後のことだったという。

ジョージ、ベティ、アンナというのは岡崎が熊のぬいぐるみにつけた名前だった。やがて菜緒子はジョージはベティの再婚相手で、アンナにとっては義父だという話を始めた。

左手首の傷をさかんに引っ掻きながら菜緒子はテーブルの一点を見つめ、取りつかれたように話しつづけた。菜緒子にとって義父にあたる男が実際に建築関係の仕事をしていたのか、怪我をして働けなくなったのが事実かはあえて訊かず、黙って聞いていた。

菜緒子は施設で作った物語と現在の自分とを混在させて話した。

『でも、アンナはまだ小さかったのでベティがいないと寂しくてたまりませんでした。だから毎晩泣いていたんです。そうしたらジョージがいい子にしていたらいっしょに寝てあげるといってくれたんです。アンナはジョージのいうことを聞くと約束しました。ジョージの布団は温かくて、大きな手で抱っこされるとアンナは安心することができました』

やがて菜緒子の話は生々しくなっていった。

『ジョージはアンナにおちんちんを撫《な》でて欲しいというようになりました。アンナはジヨージに嫌われたくなかったのでいうことを聞きました。最初にジョージが白いおしっこをしたときにはびっくりしましたが、二度目には慣れました』

言葉を切った菜緒子は小町を見据え、うっすら笑みを浮かべた。

『もちろん今では何をさせられていたのか理解してます。ひょっとしたら四歳の頃にも薄々わかっていたのかも知れません。怖かったんです』

小町はそこで初めて訊ねた。

義父——小町もジョージといった——の暴力を恐れたのか、と。

『いえ』菜緒子は即座に否定した。『嫌われるのが怖かったんです。ジョージに嫌われてしまえば、アンナは独りぼっちになってしまいますから』

そうした生活がつづき、小学二年生になった頃から今度は義父が菜緒子の躰を触ってくるようになったという。幼い性器や肛門《こうもん》を指でいじられながら口に男性器を入れられるようになり、四年生のとき、ついに……。

『それでお父さんがおまたに痛いことをするとお母さんにいいました。でも、我慢しなさいっていわれて。お母さんもお父さんに見捨てられるのが怖かったんでしょうね。痛くてたまらないので学校の先生に相談したんです』

学校から児童相談所に通報が行き、すべてが露見した。菜緒子は保護され、母親と義父は保護責任者遺棄容疑で逮捕された。その後、母親は離婚し、菜緒子は義父と二度と会わなかったという。

『母には恨まれましたね。お前が私の一生をむちゃくちゃにしたって』

菜緒子が語っていることが事実か否か、判断するのは小町だと岡崎はいった。未明に会った最寄り交番の警察官は菜緒子に虚言癖があるといい、臨場した下谷署の当直刑事――須原も信じた。過去二回の通報と同じように立原珠莉が警官の呼びかけに応答し、痴話喧嘩と答えていれば、小町をふくめ、全員が引きあげていた可能性はある。珠莉の顔には殴られたような痕があったが、本人が否定すれば、あえて踏みこまなかっただろう。民事不介入などと大袈裟《おおげさ》にいうまでもない。警察は暇ではないのだ。

だが、珠莉が返事をしなかった。それで仕方なく小町は通報者である菜緒子を訪ねたが、もし、交番の警官が声をかけたのであれば、菜緒子はかたくなにドアを閉ざしていたかも知れない。

タクシーは浅草寺の裏を抜け、左折した。

下谷署で話をしている間も菜緒子の眼球が素早く震えた。未明に部屋を訪ねたときにも同じ様子を見せている。

菜緒子が過去のいまわしい出来事を物語にしてしまって、誰かに語らなければ、救われないと岡崎はいった。だが、小町には必ずしも特別なことには思えなかった。

小町は盗犯係として刑事生活を始めたが、最初に気づいたのは嘘つきは泥棒の始まりという格言は逆だということだ。泥棒が嘘つきの始まりなのだ。最初はごく些細《ささい》なもの、チョコレートや消しゴム、安全ピンなどを万引きする。手を出す理由はさまざまだが、見つかってコンビニエンスストアなりスーパーなりの事務所に連れていかれると、たいてい同じことをいう。

初めてなんです、ほんの出来心で、ついふらふらと……。

本当に最初であれば、嘘ではないのかも知れないが、二度目は確実に嘘だし、何度捕まっても最初だと言い張る。ときに号泣し、大声で喚き散らしさえする。そして警察と家族に知らせないでと懇願するのだ。ところが、いざ警官がやって来て連行することになるとけろりと泣きやむ者がいる。担当したのが新米警官だったりすると窃盗犯の方が太々しく取り調べをリードし、挙げ句の果てには調書の誤字脱字を指摘したりすることまであった。

嘘に嘘を重ね、そのうち嘘の方が真実だと信じるようになっていく。そうした例をいくつも見てきた。

タクシーが浅草警察署の前で停まった。小町は料金を支払って降り、濡れた歩道を歩きだした。

話すことが浄化につながるというのは理解できる。菜緒子の話を一切否定せずに受けとめることで小町との間に信頼関係が生まれもする。ひと通り話を聞いたあと、小町は須原に内線電話を入れ、立原珠莉の写真を持ってきてもらった。

菜緒子はアパートの入口ですれ違った家族連れのうち、乳児を抱いていたのが珠莉だと認めた。だが、男と、男が手を引いていた女の子についてはまるで心当たりがないと答えた。

菜緒子の話を聞き、受けとめるのはしんどい。誰かに愚痴をこぼしたくなるのが人情というものだ。それで辰見に電話してみた。たまたま辰見は〈ニュー金将〉の近くにいて、とりあえず食事をすることにした。

「それだけよ」

小町は低くつぶやいて道路を横断し、観音裏の迷宮めいた住宅街に足を踏みいれた。ほどなく青地に将棋の駒《こま》を配した〈ニュー金将〉の行灯が見えてきた。

自然と足が速くなる。

## 4

浅草六区を抜けて言問通りを渡り、観音裏をふらふらしているうちに辰見は吉原に至った。何も考えず足の向くまま歩いた結果に過ぎない。避けようとして避けられずに浮かんできた真知子の面差しに苦笑いした。ぼんやり歩きつづけているうち、稲田から電話が入った。

現在に引き戻され、辺りを見まわしたとき、浅草警察署の建物に気がつき、ふたたび苦笑いしてしまった。

〈ニュー金将〉のドアを開けると店主がすかさずいう。

「らっしゃい」

まず声をかけ、それから顔を上げて辰見だと気づくと一瞬目を見開いたあと、にやりとする。

「ずいぶん久しぶりだねぇ」

「ご無沙汰《ぶさた》した。すまん」

辰見は左に目をやり、四人掛けのテーブルが空いているのを確かめ、店主に視線を戻した。

「あとで連れが来る。いいかな?」

「どうぞ」

テーブルを回りこみ、椅子を引いて腰かけた。カウンターに客の姿はなかったが、予約席と赤い文字で書かれたプレートが置いてある。ほぼ毎日来る常連客や家族用の席なのだ。決して敷居が高い店ではないが、どこの店にも仕来《しきた》りはある。たまにしか来ない辰見は遠慮した。

すぐに女将《おかみ》がやって来た。

「いらっしゃいませ。お久しぶりね。商売繁盛で結構……」

そういって女将は店主とよく似た笑みを浮かべる。長年連れ添った夫婦に顔が似てくるという話を聞いたことがある。

「といいたいとこだけど、辰見さんの商売じゃ、そうはいえないね。で、何にします？」

「酒。ぬる燗《かん》で」

「二合？」

すかさず訊きかえされ、思わずうなずいた。だらだら歩いてきたせいか、胃袋の膨満感は消えていたが、それでもまだ酒を飲みたいという気持ちにはなっていなかった。しかし、一合と言いなおすのもしみったれている。

「それにもずく酢」

「はい」

酒とあては待つほどもなく運ばれてきた。手酌で猪口《ちょこ》に二杯飲み、タバコをくわえて火を点けたとき、ドアが勢いよく開いて稲田が入ってきた。

「っらっしゃい」

店主が稲田を見て、辰見のいるテーブルを顎で指した。稲田は向かいに座るととなりの椅子にショルダーバッグと傘を置いた。

「我ながらグッドタイミングだったと思います」

　女将がやって来た。辰見の手元を見てから稲田が訊く。

「口開けなんで、生ビール飲んでもいいですかね」

「どうぞ」

　女将をふり返る。

「生、ください。中ジョッキで」

「はい、生中《ナマチュウ》。それから？」

　辰見の後ろに掲げられているホワイトボードに手書きでメニューが記されている。稲田はざっと見渡してからいった。

「カキフライ、ナスチーズ焼き、ハムサラダ……」

　ふたたび辰見の手元を見て訊いた。

「お刺身の盛り合わせ、お任せで。とりあえずはそれでお願いします」

「はい」

　店主に注文を通した女将が冷蔵庫のガラス戸を開き、冷やしたジョッキを取りだして生ビールのサーバーに行った。ジョッキにビールを満たし、運んできて、稲田の前に置いた。稲田がジョッキを持ちあげるのに合わせて辰見は猪口を持ちあげた。

「お疲れさん」

「お疲れさまでした」

辰見はほんのひと口飲んだだけだが、稲田はジョッキを口につけると底を持ちあげて飲んだ。白い咽が動くのに見とれているうちに空けてしまう。大きく息を吐き、空になったジョッキを女将に向かって振る。

「すみません。同じのをもう一つ」

「はい」

辰見は半分ほど飲んだだけの猪口をおろし、灰皿から火が点いたタバコを取りあげた。

「豪快だね」

「咽が渇いてましたからね。仕事終わりだし、ビールはちまちま飲んでると美味《おい》しくないです」

「たしかに」

辰見はタバコを吸い、煙を吐いた。ほれぼれするほど豪快に飲む稲田だが、それだけではない印象があった。店に入ってきたとき、顔は血の気が引いて白っぽく、いくぶん目が吊りあがっているような気がした。

二杯目のビールが運ばれてきたとき、串《くし》カツを追加注文する。二杯目の生ビールを三分の二ほど飲んだところで訊いてきた。

「私も日本酒いただいていいですか」

「ああ、どうぞどうぞ」

辰見は女将に猪口をもう一つ頼んだ。徳利《とっくり》を持ちあげ、稲田が手にした猪口に注《つ》いだ。二度目の乾杯をする。稲田は顔を仰向かせ、またしてもひと息にあおった。二杯目を注いでやった。

猪口に酒が満たされるのを見つめていた稲田の目からぽろりと涙がこぼれ落ちる。辰見は目を上げずに徳利を置き、上着の内ポケットに手を入れた。

出勤するときには二枚ハンカチを用意した。一枚はズボンの尻ポケットに、もう一枚を内ポケットに入れておく。ふだん使うのは尻ポケットの一枚、内ポケットのハンカチは予備だ。

刑事をやっていると、時ならぬ愁嘆場に出くわすことがある。二枚目のハンカチはそのためだ。辰見は黙って差しだした。

中ジョッキに一杯半のビール、猪口に二つの日本酒——たったそれっぽっちなのに酒が躰の内側で怒濤《どとう》、奔流となってあふれだした。

「ありがとうございます」小町は差しだされたハンカチを受けとり、照れ笑いを浮かべて目元を拭《ぬぐ》った。「すみません」

「いいさ」

辰見がぼそりと答え、新しいタバコに火を点けた。

疲れていた。未明に臨場したアパートの一室で乳児の死体を発見した。現場はたまたまY事案が発生した公園のすぐ近くだった。Y事案の被害者と小町が警察官になるきっかけとなった殺人事件の被害者、そして滝井菜緒子が義父に性的虐待を受けはじめた年齢がいずれも四歳と重なった。

知らず知らずのうちに三つの事件は小町の内側で融合し、一つの大きな闇となった。篠原夕貴《しのはらゆうき》――保育士をしていた頃、誘拐され、殺された女児だ。小町は救えなかった。そのことが警察官、さらに刑事となるきっかけになったが、今でも時おり、夢に出てくる。汚物の中に立って、小町を見てにっこりするのだが、短い歯は汚れ、開いた口から黄緑色の粘液がこぼれ落ちる。

闇は光が届かないためにどこまでも闇、それこそ無限だ。

「ダメですね、女はすぐにめそめそしちゃって」

「男はもっとだらしなく泣く」

ハムサラダとカキフライを運んできた女将は小町の涙を見ても何ごともなかったように料理を置き、何もいわず厨房《ちゅうぼう》に戻っていく。

辰見がいった。

「ぬる燗を二合、それとコップをくれないかな」

「コップね、はい」

小町は顔を上げた。

「私にもコップをください」

女将が小町に目を向け、鼻にしわを寄せてにっと笑ってうなずいた。

まずコップが運ばれてきた。ビールメーカーの名前が入った小さなコップだ。小町は徳利に手を伸ばし、まずは辰見の前に置かれたコップを満たした。ついで自分のコップを満たす。

三度目の乾杯はない。

小町はコップを取り、酒をごくごく飲みほした。大きく息を継ぐ。もう一杯注いでいる最中に徳利が空になったが、女将がすかさず二本目を持ってきた。

躰の内側、それも奥深いところから突きあげてきた激情が涙となってあふれだした理《わ》由《け》はわかっていた。同じ理由が辰見に電話をかけさせた。

あと一当務で辰見は機捜を上がる。今までに何人もの退職者を見てきた。重病、不祥事の後始末、家族の都合、パワーハラスメントでうつ病になった者、そして定年退職……。警察から追われるのでもなく、人間関係が良好であれば、また会おうという。だが、実際にもう一度会うことはない。

同じ場所に立って、同時に、同じ方向を見ていた仲間がどのような理由であろうといったん現場を去れば、二度と同じ空気を共有することはできない。

職務中に命を落としかねない危険な現場をともに踏むことが多い警察官だが、二度と同じ場所に戻れないという点ではほかの職業と変わりないだろう。ただ小町は保育士として半年働いただけで、以降、警察官以外の世界を知らない。

手にしたコップを見つめて、小町は静かに切りだした。

「今朝、公園に行きましたよね。そこで小沼からY事案の現場って聞いたんです」

なるほどこうした場で話をするとき、共通の隠語があるのは便利だ。気兼ねなく口にできる。

小町はつづけた。

「Y事案というのは知ってましたけど、現場があの公園だというのは初めて知りました。それで仕事が終わったあと、何となくネットで調べてみたんです。いろいろわかってくるうちにちょっと歩いてみようかなと思って。もう一度あの公園に戻って、それから今は小学校が併設されているもう一つの公園に行って、南千住警察《PS》署の裏にある野球場からお地蔵さんのあるお寺まで歩きました。風景はすっかり変わってるでしょうけど」

「寒かったろうな」

辰見がぼそりといい、小町はうなずいた。

「そうでしょうね」

「あれも三月だった」

「ちょうど今時期です」

「子供には長い道のりだ」

「ええ」

「疲れきって眠ってさえしまわなければ、ひょっとしたら……」

辰見が灰皿にタバコを押しつぶし、首を振ってコップを手にした。小町は辰見をまじまじと見た。

辰見も同じコースを歩いたに違いない。

ぼそぼそとつづけた。

「生き残った人間の願望に過ぎないのかも知れん。わからない。調書では歩いている最中に足手まといになるからやろうと考えたことになってる。だが、実際に何があったのか、結局、おれたちが知ることはない」

小町はつぶやくようにいった。

「土まんじゅうだけだったそうですね」

死刑になった犯人の墓のことだが、それだけで辰見には伝わったようだ。酒を飲み、苦そうな顔をしてうなずく。

「それも一つの刑事《デカ》としての在りようだろう」

犯人のアリバイを崩し、自供に追いこんだ元刑事が退職後に墓所を訪ねたことを指しているのだろうと思った。

辰見がつづける。

「おれは……、わからんな」

それから小町は須原から連絡が来て、下谷署に行き、菜緒子の事情聴取をしたことを話した。包み隠さず話せるのもあと三、四日だということは考えないようにした。

刺身の盛り合わせが来て、もう二合追加した。二人は酒を飲み、料理をつまみながら話をつづけた。もっぱら喋ったのは小町で、辰見はうなずきつつ静かに聞いていた。

篠原夕貴のことに始まり、機動捜査隊浅草分駐所に赴任してきてから携わった事案についてとめどなく話した。

酒が進んだ。

考えまい、考えまいとしても小町の胸底にはつきまとっていた。

ゆっくり話せるのは、今夜が最後……。

「やっぱ、お前って、最高だよ」

横向きに寝ているところに背中から抱きついてきた男が耳元でささやく。

吐息が熱い。

「ユリエ」

違う……、それ、アタシじゃない……、別の女……、あの女……。

左の腋の下から差しいれられた男の手が乱暴に右のおっぱいをつかむ。やわらかなおっぱいは開いた指の間からはみ出していく。

痛みが頭に響く。

うめいても男は力をゆるめない。指の間からはみ出したおっぱいの先っぽが固く張りつめていく。

男の手はおっぱいをつかんだまま、人差し指だけが別の生き物となって先っぽに触れる。かすかに、触れる。背中の真ん中から頭の天辺《てっぺん》へ、腰へ、電気が突っ走る。

薬のせいで剝《む》きだしにされた神経は敏感だ。快感は十倍、百倍……、気が遠くなりそうだ。

腰から回りこんできた、男のもう一方の手が足の間に乱暴に差しいれられる。いらいらしたように太腿《ふともも》の内側を押す。

乱暴にしないで……。

声は出せない。漏れるのはかすれたあえぎだけ。足を開き、男の手を受けいれる。芯《しん》に触れ、上下に動いたあと、湿った奥へ滑りこんでくる。

あふれる、あふれる、あふれる。

薬のせいだ。

快感は一万倍、一千万倍、一億倍……。

「ほら」

男の熱い息が耳にかかる。同時に裸の胸が背中を押してきて、うつ伏せにさせようとしている。

男が何をしたいのかはわかっていた。

「ダメ」

「あ、そっ」

男の両手がぱっと離れていく。真っ暗闇に放りだされた。氷のように冷たい闇の中、真っ裸で背中を丸め、浮いている。

どうしようもなく寂しい。

どうしようもなく暗い。

「いやぁ」

悲鳴を上げた。

ふたたび男が背中を押してくる。されるがまま、うつ伏せになる。躰の下に潜りこんできた男の手が右のおっぱいと足の間の奥深くに入ってくる。

もっと奥、もっと奥、もっと奥……。

咽がひりひりして、声が出ない。

背中に男が乗ってきて、すぐに後ろが広げられる。

「そこ、違う」

何とか声を圧しだす。

「しようがねえだろ、ババア。前はガバガバ、ユルユルなんだから」

押しこまれる。

痛みに意識が飛びそうになる。

薄く開いたまぶたの間から仰向けに寝たまま、動かない亜登夢《あとむ》が見える。顔がどんどん白くなっていく。目をうっすらと開いていて、蛍光灯の光が映っている。

HAVE A NICE DAYのTシャツを着て、おむつをしている。いつまでも赤ちゃんでいてと願ったら、そのままでいてくれた亜登夢。

動かない。

台所の戸の陰に立っている萌夏《もえか》。

まったくイヤな目……、アタシ、そっくり……。

うつ伏せで後ろに入れられたまま、怒鳴る。

「あっち行きな」

萌夏は動かない。アタシそっくりの目でじっと見ている。

うっとうしい。
いやだ、いやだ、いやだ、いやだ、いやだ……。
目を開けた。
白い天井が見えた。
ここはどこ？
アタシ、何してるの？
亜登夢は？
萌夏は？
お腹《なか》が苦しい。胃がむかむかする。
ああ、吐きそう。

# 第三章　母性《エゴ》

# 1

しばらく前に目覚めてはいたが、まぶたを持ちあげるのが億劫《おっくう》で小町は温かく、甘美な世界をただよっていた。だが、必ずしも快適ばかりとはいえない。固い床に仰向けになっているせいで背中が痛かった。

ジッ、ジッ、ジッ、ジッ、ジッ……。

耳元で音がする。マナーモードにしたスマートフォンが振動している。せき立てるように短い間隔の振動は電話が入ったことを知らせていた。

目を開けた。蛍光灯に照らされた白い耐火ボードの天井が見える。どこにいるかはわかっていた。六本木にある古い賃貸マンション——自分の部屋だ。〈ニュー金将〉で辰見と飲んだ。それもかなり大量に、だ。話をした。仕事のことばかりだったのは憶えている。だが、どうやって帰ってきたのか……。

相変わらずスマートフォンが振動していた。

「誰だよ、もう」

スマートフォンに手を伸ばし、目の前に持ってくる。ディスプレイには080で始まる電話番号だけが浮かびあがっている。少なくとも電話帳に登録していない相手からの電話だ。通話ボタンを押し、耳にあてて目を閉じた。

「はい……」

声が咽にひっかかる。咳払《せきばら》いをした。

「失礼しました。稲田です」

「労休のところ恐れ入ります」

男の声。ごく自然に労休という以上、警察官だろうと推察できる。声に聞き覚えがあるような気がしたが、顔は浮かんでこない。

「下谷署の須原です」

またかよと舌打ちしそうになるのを何とかこらえる。

「ああ、どうも」

何も考えず、小町は上体をさっと起こした。とたんに頭がぐらぐらする。まるで沈殿していた酒がかき混ぜられ、脳いっぱいに広がった感じだ。鳩尾《みぞおち》あたりがむかむかする。

それでも何とか声を圧しだした。

「おはようございます」

「おはようございます。昨日はありがとうございました」

「いえ」

「今朝早く立原珠莉の意識が戻りましてね。半分だけなんですが」

「半分？」

機械的にくり返し、足元を見た。革製スニーカーを履いたままだ。手を伸ばし、靴紐を解いてゆるめた。足の甲の血管が広がり、さっと血が巡っていくのを感じる。

「ええ」須原の声が耳元でいう。「医者が話を聞こうとしたんですけど、自分の名前もろくに思いだせない様子でですね、それで実際に臨場してですね、立原が発見されたときの状況をですね、よくご存じのですね、稲田班長にですね……」

ですね、ですねの反復は言いにくいことを伝えようとしているためだろう。小町の声は低く、かすれがちで、抑揚を欠いている。お世辞にも機嫌が好《よ》さそうには聞こえないだろう。須原が何をいいたいか察しはついたが、愛想よくする気分にはならなかった。

「はい」

ぶっきらぼうに答えると須原が電話の向こうで息を噛《の》んだ。わずかに間をおいたあと、一気にまくし立てる。

「労休のところ、たいへん恐縮なんですが、こちらに来ていただいて立原の話を聞いていただけないかと思いまして。何しろ死体も発見されているし、立原の体内からは覚醒剤が検出されているんです」

「見つかったんですか」

「え？」

「パケか、ポンプか」

パケは小分けした覚醒剤の結晶が入れてある小さなビニール袋、ポンプは注射器を指す。これも目が覚めているのを示すために機械的に訊いたに過ぎない。珠莉の左腕の内側には静脈にそって針を刺した痕があり、かさぶたを掻きむしって剝《は》がし、流れだした血が固まって黒くなっていた。

手首にはリストカットの痕跡が白いケロイドになっていた。

『血管の内側がむず痒いんです』

そういったのは滝井菜緒子だ。四歳から十一歳まで母親の再婚相手に性的虐待を受けていた。

『躰の中を汚されて、そのせいで血が汚くなっちゃったような気がして……』

血を流せば、きれいになると思ったといった。その話を辰見にもしたが、躰の中を汚されるという感覚を男性が生理として理解できるとは思えなかった。

そのときになって気がついた。三和土に鍵束が落ちている。警視庁のマスコット〈ピーポくん〉のキーホルダーでまとめた鍵の束は小町のものだ。その中にはこの部屋の鍵も入っている。

鍵は郵便受けから中に落としちゃってくださいといっている自分が浮かんだ。自分のことなのにまるで外から眺めているようだ。たしかに小町がいっていた。

聞いていたのは……。

すべてを思いだしたわけではない。スチル写真のように細切れのカットが明滅する。小町を抱えている辰見と、ショルダーバッグの中に手を突っこんで掻き回し、鍵束をつかみだした自分、マンションのドアの前だ。

心臓が全力疾走を始める。背中にじわりと汗が浮いた。半ば無意識のうちにスニーカーのかかとをこすり合わせ、蹴るように脱ぐ。鍵のそばにスニーカーが転がった。

「……病院なんですが」

須原の声が耳元に帰ってくる。告げたのは珠莉が搬送された千束にある総合病院の名前だ。

「まことに恐縮なんですが、もし、可能であれば……」

「わかりました」

さえぎるように答えていた。どうして私なのかという疑問は湧いたが、それより急に激しくなった動悸《どうき》を須原に悟られたくなかった。腕時計を見る。ぎょっとした。すでに十時をまわっている。

「一時間ほどで行きます」

「助かります。受付に私か、うちの者を待たせておきますので。どうかよろしくお願いします」

「了解」

小町はスマートフォンを切り、もう一方のスニーカーを脱ぐと三和土に手をついて鍵束に近づきながらひとりごちる。

「シャワー、浴びなくちゃ」


地下鉄日比谷線三ノ輪駅で降りた小町は進行方向とは逆にホームを歩き、国際通り出口につづく階段を上った。地上に出て、路地を一本通りすぎてから左に曲がった。左手に小学校の校舎が見えてくる。

東に隣接する公園がY事案で犯人が被害者とともに日が暮れるまで座りこんでいた場所だ。公園までは行かず、小学校手前の交差点を右に曲がる。あとはまっすぐ七、八百メートル歩けば、珠莉が搬送された病院に着く。

うつむき加減で歩きながら右のこめかみに指をあて、そっと揉みほぐしていた。三ノ輪、竜泉、飛不動前の交差点と馴染みの地名がつづく。三年半前、浅草分駐所に赴任してきた当初はどの通りも路地もすべて同じに見えた。今ではすっかり馴染み、どこを歩いているかがリアルタイムでわかる。

やがて斜めに走る道路にぶつかった。お歯黒《はぐろ》どぶの名残だ。左に行けば吉原に至る。その先が警視庁第六方面本部、さらに東に土手通りがあり、北上すれば浅草分駐所に行きつく。

Y事案、昨日未明に臨場した珠莉と菜緒子が住むアパート、機捜分駐所……。

手のひらの上をぐるぐる回っているような気がして、咽もとにえぐみを感じ、こめかみを押す指に力をこめた。

道路の右側にある処方箋受付と看板を出している薬局の手前を左に曲がり、病院の裏口から入った。大規模な総合病院であり、老人保健施設を兼ねている。東京二十三区で初めての区立病院だ。広々としたロビーを抜け、総合受付とプレートが下がっているカウンターに近づこうとしたとき、背後から声をかけられた。

「小町」

足を止め、ふり返った。名前を呼び捨てにできる知り合いはそれほど多くない。のっそりと背が高く、顔の長い男が立っていた。数少ないうちの一人だ。

「モア長」

モア長こと、森合《もりあい》巡査部長が笑みを浮かべる。小町は近づいた。

「おはようございます……、っていうか、どうしてモア長がここにいるんですか」

巡査部長は名字に部長を付けて呼ばれることが多い。たとえば本庁刑事部のトップも部長には違いないが、名字の下には刑事部長と付けるか、殿上人《てんじょうびと》と呼ぶ。巡査部長は階級社会の警察にあって下から二番目だ。

森合は長い顔からイースター島のモアイ像を連想させるため、モリアイのリとイを取ってモア長と呼ばれることが多い。現在は本庁捜査一課にいるが、小町にとっては刑事初任地の大森警察署の相勤者、つまり最初の相方で、刑事のイロハをすべて叩きこまれた。

「まあ、いろいろあってな」

ロビーを足早に近づいてくる男の姿が見えた。下谷署の須原だ。

「おはようございます。先ほどはどうも」

「こちらこそ失礼しました」

ちょこんと会釈を返した。小町は須原から森合へ目を動かした。機先を制するように森合がいった。

「だいぶ腫れぼったい顔をしてるな。昨夜《ゆうべ》はずいぶん飲んだか。お前がそんな顔してるときの無愛想さはちょっと触れない」

「容姿に関わる発言は立派なセクハラです。私が当務中でなくて幸いでしたね。即刻射殺ですよ」

「怖っ」森合がにやにやしながら両手を上げた。「お前がいうと冗談に聞こえない」

「あら」小町はにっこりしてみせた。「冗談じゃありませんよ」

須原が目を剝《む》いて小町と森合の掛け合いを聞いていた。森合が咳払《せきばら》いをしていった。

「改めて紹介しよう。大森ＰＳ時代におれの部下だった。お前が転勤したあと、来たんだ。初任でね」

「森合学校の同窓生というわけですか」

小町と須原が互いに目礼する。

「今回の事案に臨場したろ。須原は昨日電話してきて、おれに知らせた。小町は持ってる刑事《デカ》だ。だから困ったことがあったら頼りにしろとアドバイスした」

「よけいなことを」

「何かいったか」

「いえ、別に」

「それで今朝も電話があってな。搬送された女や住処《ヤサ》の状況を把握してるのは小町だからな。連絡してみろといったんだ。おれもちょっとお前に会いたいと思ってたし」

「私に？」

「ああ」森合は長い顎を胸につけるようにしてうなずいた。「だが、用があるのはお前じゃなく、間もなく定年の奴がいるだろ」

森合が顔をしかめる。

「おれも年だな。さっと名前が出てこない」

「辰見部長ですか」

「そうだ。彼にちょっと相談したいことがあって、お前に連絡を取ってもらおうと思ったんだ。仕事といえば仕事なんだが、まあ、半分くらいなんで分駐所に行くのもちょっと大袈裟だからな。どこかで会えないかと思って。携帯に電話してみてくれないか」

「今、ですか」

「何か問題でもあるのか」

「いえ」

小町は首を振り、ショルダーバッグからスマートフォンを取りだした。当務に就くわけではないので襟のないシルクシャツを着ており、胸ポケットがなかった。周囲を見まわす。少し離れたところに電話ボックスが並んでいて、携帯電話のマークが貼られている。

電話ボックスのそばに行き、辰見に電話をかけた。二度目の呼び出し音で辰見が出る。

「はい」

「おはようございます。昨日はありがとうございました」

すぐ後ろに森合が立っているので、それ以上はいえなかった。

「昨日の事案がらみで、今、千束の病院に来てるんですけど、かつての私の上司で今は捜査一課にいる……」

「森合さんか」

「はい。モア長が辰見さんとお話ししたいといって、今、そばにいるんですけど、電話代わってもいいですか」

「ああ、いいよ」

小町はスマートフォンを森合に差しだした。

「辰見部長が出てます」

「ありがとう」受けとった森合が背を向け、小町から離れていった。「おはようございます、森合と申します。お休みの日に申し訳ありません」

森合の広い背中を見ながらずいぶんていねいな物言いだなと思った。


電話を終えた森合が手帳に辰見の電話番号を書きとったあと、スマートフォンを小町に返して病院を出ていった。小町は須原と並んで森合を見送りながら訊いた。

「モア長の用って何だったの？」

「さあ。聞いてません」首を振った須原が小町に目を向ける。「案内します。立原は救急病棟にいます」

並んで歩きだして、すぐに須原がいった。

「今回はいろいろお手数かけて申し訳ありません」

「いえ、気にしないで。あなたも生徒の一人ならモア長の人使いの荒さは知ってるでしょ」

「そうですね」須原がちらりと苦笑する。「昨日、稲田班長が臨場されたとき、ひょっとしたら以前モア長がいってた人かなと思ったんです。今は機捜にいると聞いていたもので。それでモア長に電話してみたんです。かくかくしかじか、こういう人が来ましたけどって」

「やたらつんけんしてる女って？」

「いえ、まさか。そうしたらモア長がそうだっていって、小町は……、失礼、私がいったんじゃなく、モア長がいったんですけど、持ってるデカだから何かあったら連絡してみろって」

生真面目に職務をこなしていても事件にぶち当たらない刑事もいれば、泥酔した挙げ句、自宅玄関で眠りこんでいるときに電話で叩きおこされ、事件に巻きこまれていく者もいる。本人が望む、望まないにかかわらず事件の方から次々飛びこんでくる刑事を〝持ってる〟というと教えてくれたのは森合だ。現在、本庁捜査一課で一つの係を実質上率いている——組織図での責任者は警視もしくは警部——森合が刑事の資質として重視しているのがこの点だ。

須原がつづけた。

「私は今銃器薬物対策係《じゅうたい》にいるんで、当直が明けても立原の件は担当しなくちゃならなかったんです」

違法薬物に関わる逮捕者の送致だけを見ても年間二千件に近い。ここ数年、危険ドラッグなどと称して新種の薬物が出回っているが、検挙されるのは圧倒的に覚醒剤事犯が多く、送致件数の七割以上を占める。つまり日々四人ほどが挙げられているのだ。

「ヅケてる奴をパクって、入手経路を調べて、販売ルートを摘発して、ようやくパクったと思ったら、またヅケてる奴がパクられたり、暴れたり……」

覚醒剤を使用することをヅケると称する。去年の夏、拳銃二挺《ちょう》を持ってアパートに立てこもった和歌山県の事案でも犯人は覚醒剤を使用していた。

ガンマニアを自覚している小町は立てこもり犯が持っていた拳銃がコルトガバメントとオーストリアのステアーGBであることに注目した。どちらもセミオートマチックであり、犯罪現場で使用されるのは珍しいところから入手経路の追及に注目していたが、捜査状況が公表されることはなかった。

半ば予想してもいた。警察内部で犯人が所持している拳銃が珍しいものであることを主張し、入手経路を追いかけましょうと声を上げたところで、変人扱いされ、無視されるのがオチだ。警察にとって拳銃は、どのようなタイプであれ、拳銃以外の何ものでもない。

渡り廊下で別の病棟に入る。第三レントゲン室、第三CT室、第三超音波検査室といった看板が目につく。やがて第三処置室というプレートが掲げられた部屋の前に出た。

「第三ばっかりね」

「ここでは救急病棟を第三病棟として、施設の頭には全部第三と振ってあるそうです。昨日、聞いたんですけどね。だから病院内で第三といえば、それだけで救急を意味するとわかるようで」

「どうして第三だったのかしら」

「さあ。第四だと死を連想させるからじゃないですかね」

答えながら処置室の前を通りすぎる。

「立原はすでに処置室を出て、この奥にある回復室の方に移されています。まだ状態が安定していないので回復室で様子を見て、落ちついたら一般病棟の方へ入れるようです。うちらの本格的な取り調べもその頃からになるでしょう」

第三ナースステーションの窓口で須原は声をかけた。

「下谷署ですが、師長さんはいらっしゃいますか」

「はい」

返事が聞こえ、すぐに中年女性が出てきた。ショートカットでパンツスタイルの白衣を着ている。はち切れそうな胸元に着けたネームプレートには栗野と刻印されていた。

〝……るせえんだよ、ばばあ。早くこれをほどけよ。お前なんかガバガバだからケツでやらせてんだろ、ばばあ〟

ぎしぎし軋《きし》むような怒鳴り声がイヤフォンから流れつづけ、小町は顔をしかめてノートパソコンのディスプレイを見つめていた。

## 2

映っているのはパイプベッドを一つだけ置いた部屋——回復室だろう。怒鳴っているのが珠莉だ。臨場したときには意識を失っていたので声を聞くのは初めてだ。救急病棟にある第三ナースステーションを訪ねると看護師長の粟野という女性が出てきて、珠莉は鎮静剤を投与されて眠っているという。粟野に案内され、ナースステーションの奥に行くとノートパソコンを示された。

二股《ふたまた》に分かれたイヤフォンが接続されていて、小町と須原が同時に使えるようになっていた。一時間ほど前、ちょうど須原が小町に電話してきた頃に撮影された回復室の様子だといって粟野が再生を始めた。珠莉の声を聞いて、イヤフォンを使うようにいわれた理由はすぐにわかった。

覚醒剤常習者特有の軋むような大声で珠莉が連呼しているのは男女の性器や排泄《はいせつ》器官

の俗語なのだ。ナースステーションに出入りしているのは医師や看護師だけではないのだが、医療関係者どころか警察官でも聞くに堪えないほどあからさまで卑猥《ひわい》な言葉で医師、看護師を罵倒《ばとう》しつづけていた。

ばばあ呼ばわりされているのは目の前にいる粟野だ。

「ずっとこんな調子だったんです」

粟野がいった。うなずいた小町はイヤフォンを耳から抜き、粟野がノートパソコンに手を伸ばして動画を静止させた。須原もイヤフォンを外す。

「それでドクターが鎮静剤を処方しました」

「これは通常の手順なんですか」

小町はディスプレイを左手で指して訊ねた。

パイプベッドに仰向けに寝かされた珠莉の腹部には幅二十センチほどの白いベルトが巻かれ、同じベルトで両腕も躰の横で固定されている。左右の腋の下はわずかに開いていた。足も三十センチほどの間隔で開かれ、両足首に腹部より少し幅の狭いベルトが巻かれている。ベルトはベッドの下に回りこんで珠莉を拘束していた。

「はい」粟野がうなずく。「搬送されてきたとき、覚醒剤中毒の可能性があるといわれました。意識が戻ったあと、暴れて、ドクターやナースに怪我をさせたり、自傷の恐れもありますので」

静止した画像ではブルーの上下を着た医師が珠莉の顔のそばに立ち、ベッドの反対側に男女一人ずつ看護師――女性の方が栗野――、珠莉の足元にもう一人女性看護師が立っていた。

「それじゃ、搬送されて、すぐに？」

「そうです。搬送されてきて、処置室に入れたときに拘束帯のついたベッドに寝かせました。ひと通り処置をしたあと、ドクターの指示で念のため、拘束帯をかけたんです」

「意識が戻ったのは今朝早くということなんですが、そのときからこういったひどい状態だったんですか」

「いえ、当初は大人しいというかぼうっとしてる感じでしたが、だんだんと大声を出すようになって、それで回復室に移したんです。このベッドにはキャスターも付いてますからそのまま押して処置室から動かしてきました」

ノートパソコンに視線を戻すと須原が低い声でいった。

「いけねえ」

上着の懐に手を入れ、二つ折りにしたＡ４判の書類を取って差しだしてくる。

「立原に関する資料です。今の時点でわかっていることだけですが」

「ありがとう」

受けとった。写真がクリップで留めてある。ふっくらとした顔立ちは必ずしも美人ではなかったが、幼い感じで可愛らしいという印象だ。

「ずいぶん若いときの写真ね」

「二十二、三の頃のようですね。今から……」

「五年前？」

写真をめくって資料の冒頭に記された生年月日を見て、小町は思わずいった。平成二年生まれで、現在二十七歳、九月の誕生日が来て二十八歳になる。ディスプレイを見やった。ちょうど激しく顔を動かしたところだったので顔がぶれている。

昨日未明に臨場したとき、昏睡している珠莉の顔を見ていた。頬骨と尖《とが》った顎が目につき、顔はしわだらけで肌に張りはなく、四十歳前後か、もう少し上に見えた。資料には本籍地のほか、現住所として昨日行ったアパートの所在地が記入されている。家族の欄には本籍地に在住している両親、弟、妹の名前はあったが、夫や子供に関する記載はない。

そのとき看護師が近づいてきて、小町と須原に小さく会釈をすると粟野に声をかけた。

「回復室の患者が目を覚まして大声を出しています」

「えっ」粟野が立ちあがった。「あれだけ鎮静剤を投与したのに？」

小町も立ちあがった。

「立原珠莉ですか」

「はい。覚醒剤のせいか、鎮静剤の効果が薄かったようです。今から回復室に行きます」

須原も立ちあがっている。

小町は訊きかえした。

「我々もよろしいですか」

「中には入れませんが」

「構いません。邪魔にならないようにします」

「それじゃ、参りましょう。こちらです」

粟野が先に立ち、ナースステーションを横切った。


アパートを出た辰見は国道六号水戸街道に出て来合わせたタクシーを止め、浅草ROXの辺りと告げた。運転手は白鬚橋《しらひげばし》を渡って隅田川の西岸を南下、言問通りを経て国際通りにぶつかったところで左折、浅草ROXのわきに停車した。料金を払い、車を降りる。所要時間は道路の混雑具合にもよるが、十分から十五分というところだ。

昨日とは一転して暖かな陽《ひ》が射《さ》す歩道を歩きながら十一年かと改めて思う。浅草分駐所勤務になってからだ。出勤時にはバスを利用することが多かった。

浅草と向島は隅田川の両岸にあってほぼ正面に向かいあっているが、アパートから分駐所のある日本堤交番まで電車で移動しようとすれば、スカイツリーラインで浅草に出るか、北千住経由で南千住か三ノ輪で降り、あとは歩くしかない。浅草駅までなら乗り換えなしで行けるものの二キロほど歩かねばならず、南千住なら一キロ弱だが、乗り換えが面倒だった。帰りは分駐所からアパートまで歩くことも多かった。

正規の出勤としては明日が最後になる。

左の路地に入り、少し進むと目指す喫茶店の看板が見えてきた。休日だろうと、前夜いくら深酒をしようと午前六時には目が覚めてしまう。そうかといって起きたところですることもなく、テレビを見る気にもなれないまま、ぼんやりしているときに稲田から電話が入った。昨日臨場した事案がらみで千束の病院に来ているといい、次いで森合に代わった。

相談したいことがあると森合がいい、了解してＲＯＸの裏手にある喫茶店を指定した。ガラスのはまった自動扉が開き、コーヒーの匂いが立ちこめる中に入った。カウンターの内側に立つ店主が声をかけてくる。

「いらっしゃい」

浅草警察署で暴力団担当をしていた頃から来ているのでかれこれ二十年以上になる。店主も年をとったのだろうが、馴染みの笑顔は変わらない。

「どうも」

店の奥にいた男が立ちあがった。グレーのスーツを着た背の高い男で顔が長く、頰骨が突きでていた。

なるほどと胸の内でつぶやく。

『イースター島にモアイ像ってあるでしょう。顔が似てて、名前が森合だからモア長って呼んでたんです』

かつて稲田がいっていたのを思いだす。

ちかづくと森合が軽く一礼した。

「お呼び立てして申し訳ありません。森合です」

「辰見です」

並んで座ったあと、辰見は店主にコーヒーを注文した。昼近くになるが、まだ空腹を感じない。胃袋には昨夜の酒がまだ残っている感じだ。

コーヒーが出たところで辰見は上着のポケットからタバコとライターを取りだした。

「かまいませんか」

「ええ」森合が頰笑《ほほえ》み、ワイシャツの胸ポケットからタバコを出す。「辰見さんが来て、一応お断りしてからと思ってたもので」

二人はそれぞれタバコに火を点けた。

「病院には班長を訪ねて来られたんですか」

「いえ。今回の事案を担当してる下谷の須原という男が昔……、大森にいた頃に私の下にいたもので。それで昨日、電話を寄越しましてね。須原には小町のことを話してたんです。持ってるデカだって」

稲田が初めて刑事の任に就いたのが大森警察署で、そのときの相勤者であり、教育係だったのが森合だという話も聞いている。それでも小町と呼び捨てにしているのを聞くと胸の底をさわさわと撫でられるような落ちつかない気分になった。

嫉妬《しっと》か。

思いがけなく湧きあがってきた感情に戸惑いつつも煙を吐いて灰皿に灰を落とした。

「須原から聞きましたが、なかなか大変だったようですね」

「死体《ホトケ》が出ましたからね。それもまだ赤ん坊だ」

店主は入口ちかくに立っており、ほかに客の姿はなかったが、内容が内容だけにさすがに低い声でいった。

うなずいた森合がタバコを吸い、大量の煙を吐きだしてタバコを消した。

「定年だと聞きまして、一度お会いしておきたかったんです。辰見さんのことは小町から何度もうかがってましたんで」

「そうですか」

小町という呼び方にまたしても胸にさざ波が立つ。コーヒーカップを持ちあげ、ひと口すすった。

「班長は相変わらず持ってますよ。引きが強いというか。臨場したら部屋主は意識不明、そばにホトケだ。それで通報者に話を聞いたら要領を得ないだけでなく、通報してきた女もいろいろ抱えていた。昨夜《ゆうべ》はさんざん聞かされました」

森合がにやりとする。

「ずいぶん飲んだようですね。病院に来たとき、あいつ、真っ青な顔して今にも吐くんじゃないかって感じでした」

「結構やりましたからね」

「篠原夕貴の話も聞かれましたか」

森合の言葉に辰見は目を細め、手にしたタバコを見つめた。フィルターまであと一センチほどになっている。煙がまっすぐ立ちのぼっていた。稲田がまだ保育士をしていた頃、担当していた園児が別の園児の母親に連れ去られ、殺害された。殺された女児の死体を見つけたのが稲田だ。

「ええ」辰見はうなずいた。「被害者《マルガイ》の名前は昨日初めて聞きましたが」

「あの事案が小町をデカにしました。私のところへ来て、半年くらい経った頃ですかね、話をしたんですよ。マルガイの夢を見るって」

森合の言葉にうなずきながらも辰見は昨夜稲田がいっていたことを思いだしていた。

『小さな池の中に立って、私を見てるんです。池といっても溜《た》まってるのは水じゃなく、汚物なんですよ。発見した場所が場所ですから……』

次いで名前を呼ばれると稲田はいった。

「あれから二十年以上が経ってるんですが、今でも夢を見てるようですか」

「ええ」

辰見はタバコを灰皿に圧しつけて消し、新たなタバコをくわえて火を点けた。

「あいつにとってはいつまでも未解決事件なんだなぁ。犯人《ホシ》ですがね、十二年で出てきたそうです」

幼児の誘拐殺人、死体遺棄で十二年。ひょっとしたら仮釈放で出所したのかも知れない。長いのか、短いのか辰見には判断がつかなかった。

森合は新しいタバコを吸いつけ、煙とともに吐きだした。

「無理だったようですね」

うなずいた辰見は胸の内でつぶやいていた。

あのときと同じ席じゃないか……。

七年前、小沼が浅草分駐所に異動してきて半年くらい経った頃だ。浅草周辺で女性ばかりを狙った連続殺人事件が起こり、犠牲者の一人が大川真知子だった。辰見は当時浅草警察署刑事課にいた川原という男を通じて被害女性たちに関わる情報を手に入れた。

めだ。

特別捜査本部が立ったが、機動捜査隊は通常任務の合間にのぞく程度でしかなかったた
川原は定年間近だった。

森合が座っている席に川原がいて、辰見はあのときも今も同じスツールに腰を下ろし
ている。小沼は辰見のとなりにいた。そして今、辰見は定年退職を目前に控えている。

川原が在職中に担当したヤクザがらみの殺人事件が二十七年後の別の殺人事件——け
じめをつけるため、亡妻の愛猫が死んだあとを追った元ヤクザの事案だ——につながり、
辰見は捜査に加わった。

二十七年前の事件の真相がわかったとき、川原は成仏させられたと手を合わせた。罪
状を戒名と称し、真相を解明して犯人を逮捕したとき、成仏させたという。たいていは
殺人のような重大事件であり、事件解決が被害者の成仏につながると刑事たちは考える。

だが、稲田の場合は……。

「うちは息子が二人いましてね」

森合が唐突にいい、辰見は少しばかり面食らって目をしばたたいた。にやりとした森
合が言葉を継ぐ。

「上は建築設計の仕事、下は銀行員になりました。親父《おやじ》と同じ仕事は絶対にいやだと思
ったみたいで」

「そんなもんですかね」

　家があってもキリギリスか……。

「そのせいか小町を娘みたいに思っていたところがあった……」森合はかすかにうなり、首をかしげた。「いや、やっぱり違うか。娘というにはちょっと年を食いすぎですね」

かれこれ四十になるなと思いながら辰見はうなずいた。

　森合はつづけた。

「ヤキモチなのかと思うんですよ。小町がね、辰見さんのことを話すとき、みょうに嬉《うれ》しそうでしてね。私としては何だか面白くない」

　ヤキモチというあけすけな吐露にどぎまぎしながらも嬉しそうに自分のことを話しているという稲田の顔が浮かぶとまんざらでもなかった。

　森合が長い顔を辰見に向ける。

「小町に未解決事件を抱えつづけさせておいていいものか、考えることがあるんです」

　辰見は水を飲み、ゆっくりと圧しだした。

「自分で片を付けるしかない。一人前のデカですから」

「そうですね」

　森合がうなずいた。

回復室の扉の間から見えた光景は小町に昔のホラー映画を思いださせた。映画では、悪霊に取り憑《つ》かれた少女の形相が凄《すさ》まじく変化し、ベッドの上に仰向けに寝たまま、何度も跳びはねるのだ。

そして悪魔払いに来た神父を猥褻《わいせつ》なセリフで罵《ののし》る。

拘束帯にくくりつけられながら躰を海老《えび》ぞりにし、勢いよくベッドの上に落ちるのをくり返しながら珠莉は医者や粟野たち看護師を罵倒《ばとう》しつづけた。

「てめえ……、離せっていってんだろ、この腐れ……」

女性器の俗称を叫ぶ。

頬骨と顎が飛びだし、真っ白な顔には深くしわが刻まれている。唇はひび割れ、頬やひたいは吹き出物で埋めつくされていた。

「ひでえな、こりゃ」

となりで須原がつぶやいた。

## 3

カランカランカラン……。

ドアの上部に取りつけられたカウベルが鳴り、小町は目を向けた。ドアを押しあけ、二人の子供を連れた女が入ってくるのを目にして木の椅子から立ちあがった。

女は落ちついた栗色《くりいろ》のショートカットで、黄色のニットアンサンブルに白いパンツ、プリント柄のデッキサイダーを履いていた。小町の記憶にあるより少し太っていて、髪はずいぶん短くなっていた。片手でベビーバギーを押し、幼い男の子の手を引いていた。手を挙げると気づいてぱっと笑みを浮かべて近づいてきた。

「しばらく」

「ごめんね、急に呼びだしちゃって」

「どういたしまして。稲田がおごってくれるっていうんだもの、ホイホイ飛んできたよ」

女——中條逸美《なかじょういつみ》は手を引いてきた男の子にいいかけた。

「おば……」

小町は笑みを浮かべたまま、首をかしげて逸美を見る。

「お姉ちゃんにご挨拶は?」

逸美を見上げていた男の子が小町に顔を向ける。

「お姉ちゃん、こんにちは」

「こんにちは」

小町はにっこり頬笑んで挨拶を返した。

黒いベストに同色の前掛けをした女性店員が子供用の椅子を運んでくる。逸美は礼をいって子供用椅子を受けとり、テーブルの奥側の椅子と交換した。その椅子に男の子を座らせ、ベビーバギー、元の椅子を並べる。通路に少しばかりはみ出していた。

「邪魔にならないかしら？」

「大丈夫です」

店員が答え、テーブルにメニューを置き、空いた椅子を持って厨房に戻っていった。椅子に腰を下ろすと逸美がちょこんと頭を下げた。

「わざわざ遠くまでお越しいただいて恐縮です」

「いえ、こちらこそずっとご無沙汰していて」

待ち合わせ場所は中目黒駅と祐天寺《ゆうてんじ》駅のほぼ中間に位置するレストランだった。自宅から近く、駐車場があって子供連れでも気楽に利用できるとして逸美が指定したのだ。

「電話、嬉しかった。ありがとう」

「いえ、こちらこそ。それにしても何年ぶりかしら」

「顔を合わせるのは三年ぶり……、もうちょっとかな。私がまだ西新井《にしあらい》支店にいる頃だから」

警察官同士が外で話をするとき、本庁を本店、所轄署を支店ということが多い。

逸美とはたまにメールのやり取りをしていたが、直接会うことはなかった。逸美は警察学校の同期生で三年前、西新井警察署の生活安全課少年係勤務を最後に退職している。子供用椅子に座っている長男を出産するためだ。

長男は潤一郎《じゅんいちろう》、ベビーバギーで眠っている長女は千花《ちか》といった。どちらもメールで写真が送られてきている。

小町は店内を物珍しげに見まわしている潤一郎に目を向けた。

「すごいねぇ、写真で見たときは赤ちゃんだったのにもうこんなに大きくなったんだ」

「二歳半と一歳」

逸美が二人の子供を見ながら答える。小町は改めて千花を見た。

「下の子、一歳なの？」

「そう。もうそろそろつかまり立ちをする頃かな」

ちょっとした衝撃を受けていた。

昨日の当務明け、千束の総合病院に行った小沼の報告によれば、立原珠莉の部屋で死亡していた乳児は一歳半か二歳ということだった。だが、二歳半の潤一郎はもとより一歳の千花よりはるかに躰が小さかった。

栄養不足により発育不良で躰の大きさは生後半年くらいでしかないといった小沼の言葉が脳裏を過ぎっていく。

一時間ほど前、暴れだした珠莉を若い男性看護師、粟野が押さえつけ、駆けつけた医師が鎮静剤を注射した。小町は回復室の入口からすべてを見ていた。

拘束帯で固定されていた左腕は静脈が確保され、カテーテルが取りつけられていた。点滴をするためだが、鎮静剤の注射はカテーテルを通じて投与された。数分で落ちつきを取りもどしたものの、またしても珠莉の話を聞くことができなくなったのである。

小町は昨日、臨場した際の様子を詳細に須原に告げ、病院を出てきた。

駅まで歩いているうちにふと逸美を思いだした。小町にとってはもっとも身近にいる若い母親であり、警察官としては少年係勤務が長かった。退職直前、小町とともに取り組んだ事件では覚醒剤中毒の母親といっしょにいた少女の保護に奔走している。

手を挙げて店員を呼び、逸美がお勧めだというハンバーグランチ二つ、潤一郎用にキッズプレートを注文する。店員が遠ざかると逸美が声を低くして訊いてきた。

「それで何があったの?」

職務を離れて三年になるが、勘は鈍っていないようだ。

「昨日の朝、松が谷で意識不明の女と赤ちゃんが見つかった事案なんだけど」

二歳半とはいえ、潤一郎の前で遺体という言葉は使いたくなかった。逸美がうなずく。

「ニュースで見た」

「あれ、私が行ったんだ」

小町は通報を受けて臨場し、珠莉と乳児を見つけたこと、珠莉が覚醒剤を常用している疑いがあり、乳児の死因が外部から強い力を受けたことによるというのをぼかしながら話した。

「殺人《コロシ》だね」逸美があっけらかんという。「少なくとも保護責任者遺棄だ」

「ちょっと」

小町はちらりと潤一郎を見て、視線で逸美をとがめた。だが、逸美はまっすぐに小町を見返している。

「大丈夫。パパも同業だから。配慮すべき点には配慮するけど、この子たちを無菌状態にするつもりはない」

きっぱりといい切る逸美を見て、母は強しという言葉が自然と浮かんだ。

「あの子のこと、憶えてる？」

逸美が訊いてくる。

「伊藤早麻理《いとうさおり》ね」

さらりと名前が出てきた。逸美といっしょに捜査にあたった最後の事案で保護された少女だ。うなずいた逸美が言葉を継いだ。

「今は中学二年生なんだけど、学校にはあまり行ってないみたい。あのあとどうなったのか気になってたんで、ときどき夫に頼んで西新井支店にいる知り合いに訊いてもらってるんだ」

「あの子の母親が元に戻っちゃったわけ？」

覚醒剤事犯は薬がやめられずくり返し逮捕され、刑務所に送られるケースが多い。だが、逸美は首を振った。

「そっちは大丈夫みたい。これから先はわからないけどね。とりあえずやめてはいる。でも、うつ病っぽくなっちゃったようで、今はあの子に頼りきってるらしい。そばにいて、お母さん、あなたがいなくなったら……」

逸美が左の手首を上向きにし、その上で右の人差し指を滑らせた。リストカットだ。

どいつもこいつも——小町は腹の底で吐きすて、首を振った。

「子供は自分のものだと思ってるのかしら。エゴじゃない」

「私はね、母性そのものがエゴじゃないかと感じてるの。まだママとしては二歳半なんだけどね」

小町は目を細め、逸美を見返した。

「子供を産んでみて……、ごめんなさい。稲田に偉そうにいうつもりはないんだけど」

「事実よ」

「そうね。子供を産んで、わかったことがいくつもあるの。とくに潤はね、夜泣きがひどかった。一晩中ギャンギャンやられた夜もあったけど、うちには私一人だったのよ。ちょうど捜査本部《チョウバ》が立ってて、夫は一週間も帰ってきてなかった」

「もちろん。それでも現場はしんどいわ。そっちの現場ほどじゃないだろうけど」

　にやりとしていう逸美に小町はうなずいた。そっちの現場も想像できないけどね、と胸の内で答える。

「そういうときに思うのよ。私がいなければこの子たちはどうなっちゃう？　生きていけないでしょって。でも、泣かれつづけるとねぇ、神経がまいっちゃうのよ。あやしてもあやしても泣きやまなくて、そのうち私の方が泣きたくなる」

　逸美が小町に向きなおった。

「幸い下の子はあまり手がかからなかった。一度眠っちゃうと雷でも台風でも全然平気。ぐっすり眠ってる」

　今もベビーバギーの中で穏やかな顔つきで眠っていた。

「潤のときには育児書を読んだり、講習会に出たりした。夜泣きに悩まされたのもあるけど、とにかく何もかも初めてだったんで。それで勉強したのね。さっきいったでしょ、私がいなければ、この子たちはどうなるんだって」

「ええ」

「自分を鼓舞するのにいい聞かせるんだけど危ない面もある」

「どういうこと？」

「覚悟の上でしょ」

「じゃあ、私には誰がいるのって考えかねない。それから先、子供に迷惑をかけられてる自分は被害者だって思いこんじゃう。それが放棄や虐待につながる。そこまで行かなくてもノイローゼみたいになっちゃったりね。それは私もあった。精神的にまいっちゃって」

「大変だね」小町は首を振った。「ごめん。他人事《ひとごと》みたいな言い方しかできなくて」

「いいよ」

「逸美はどうやって乗り切ったの」

「食べた。とにかく腹一杯食べて、朝を待った。明けない夜はないって本当よ」

逸美の体型が変わった背景には出産だけでなく、その後の子育ても関係していたのかと思った。

「私がまいっちゃったら子供だけでなく、夫も、わが家も、そして私自身もダメになっちゃう。とにかく乗り切ろうって感じ。何度もくり返しているうちに私もだんだん強くなっていく。そして考えるようになるのよ。世界中を敵に回してもこの子たちだけは私が守るって」

「母は強し、だね。それが母性か」

「母性ってさ、聞こえはいいけど、もう一方で何人《なんぴと》たりともこの子たちを私から奪うことはできないって思っちゃうことなのよ。たとえ、夫でもね。これだけ苦労してるんだから、この子たちは私のもの……、これってエゴ以外の何ものでもないでしょう？」

「え？　まあ……」

料理が運ばれてきて、救われる形になった。食べはじめたのを潮に話を変え、昨日、泥酔した顚末《てんまつ》を話した。

爆笑に次ぐ爆笑のあと、ふいに真顔になった逸美が訊いた。

「ところで、どうして辰見部長に電話しようと思ったの？」

小町は口元に浮かべた半笑いが凍りついているのを自覚していた。


レジで精算を済ませた小町はレストランの裏手にある駐車場に回った。黒い軽自動車のわきに逸美が立って待っていた。

「ごちそうさま。乗って。駅まで送っていく。中目黒でいいかしら？」

小町はうなずいた。

「ありがとう」

後部座席をのぞくと長男はちゃんとシートベルトを締め、長女は座席に取りつけられた椅子の中にいた。目を開き、小さな両手を顔の前で動かしている。

「潤一郎君は前に乗りたがらないの？」

「助手席はパパやお客さん専用と決まってるの。うちには二台持つ余裕がないから夫を駅まで送っていくのにも使ってるのよ」

黒い車体はぴかぴかに磨きあげられ、車高は低くおさえられ、後部にはウィングが付いていた。

「意外ね。逸美ならもっと可愛らしい車に乗ってるかと思った」

「黒って汚れが目立つから大変なんだ。パールピンクとかシルバーなら多少ずぼらを決めこんでも大丈夫なんだけど、たまに夫も使うんで。おれがピンクの軽に乗るのかよって。シルバーはちょっと年寄り臭いし。妥協の産物ってところね。さあ、どうぞ」

「失礼します」

小町は助手席に乗りこみ、逸美が運転席に座ってエンジンをかけた。駐車場を出て、すぐに左折、次の交差点をふたたび左折して狭い商店街を走りだした。昼下がりで自転車や歩行者、軽トラックが行き来しているのでゆっくりと進んだ。

「さっき稲田がいってた赤ちゃんのことだけどね、立原の戸籍は田舎に置いたままだし、独身で子供はないって話だよね」

「そう」

「文科省が毎年やってる調査だと居所不明児童生徒は全国で大体千二、三百人くらいといわれてるのね。そのうち東京都内だけで大体三分の一くらいを占める」

「東京が一番多いの？」

「多いのは大阪だけど……」逸美は低く唸《うな》り、言葉を継いだ。「これは家族と一年以上連絡がとれなくて、小中学校に通ってきていない児童や生徒の人数なの。でも、あくまでも学校側がちゃんと児童の名前を把握してて、登校してない子の人数で、住民票はあるけどそこに誰もいなくて記録上は抹消されていたり、赤ちゃんのときに義務づけられている健康診断なんかを受けていない子供は入っていない。むしろ問題はそっちなんだ」

小町は逸美の横顔に目を向けた。母親ではなく、少年係の警察官の口調になっている。

「法務省が調べたところでは、戸籍のない者は全国で六百人くらい、そのうち六歳から十五歳、つまり義務教育の年齢にある者は四分の一、百五十人弱くらいというんだけど、そっちは文科省があとを引き継いで教員委員会なんかを通じて調査したら不登校の児童生徒はいるけど、まったく学校に籍がなかったのはたった一人しかいなかった」

逸美は前方を向いたまま訊いてきた。

「何か臭わない？」

「辻褄《つじつま》合わせ」

「私もそう思った。全国で一人しかいないはずなのに私が現役の頃にも学校の名簿に名前が載ってない子が何人かいた。西新井ＰＳの管内だけで、の話よ。それとさっき伊藤早麻理の名前が出たでしょ。あの子は児童相談所《じそう》に送られて、母親がシャブで服役している間は保護施設に入ってた」

「その辺りは聞いてる」

「その児相なんだけどね、通告件数だけを見るとデータが公表された一九九〇年には千件ちょっとくらいだったものが二〇〇一年には二万五千件近くになってて、二〇〇八年だと約四万五千件になってるのね」

「ずいぶん増えてるね」

「そこなんだなぁ」逸美が首を振る。「とりあえず二十一世紀に入ってからの数字についてだけいうけど、児相の職員数に比例してる感じなのよ。ある学者が調べたところでは職員一人が一年間に対応できるのは十五、六件で、二〇〇一年と二〇〇八年の職員数を比べるとちょうど倍くらいになってて、それにともなって相談件数が増えているということなのね」

「職員の数で相談件数が決まるということ?」

「うちらの仕事を考えてみればわかるでしょ。事件にするには警察官が書類を作らなきゃいけない。一人の警察官が作成できる書類の数って、物理的に決まってるわよね。その枠をはみ出した事案については民事不介入とか何とかいって事件にしないこともあるでしょ」

　小町は自分の職務をふり返った。機動捜査隊にいれば、刑事事件のみならず生活安全課が担当する事案でも臨場する。だが、実際にすべてを事件にするわけではない。現場で心苦しい思いをすることはあっても限界がある。

不承不承うなずいた。

「そうだね」

「児相だって同じ……、仕方ないっていっちゃいけないんだけどさ」

逸美の声が沈んだ。

「伊藤早麻理の事案にしてもそうだけど、警察《うちら》の仕事は覚醒剤事犯の母親を逮捕して検察に送致、現場で保護された子供については児相に渡して終わりでしょ。それが仕事の限界……、わかってる。結局、伊藤早麻理を救うことなんかできなかった。児相にしても限界がある。母親が出所して、自殺未遂をして、娘を家にしばりつける」

車が駅に着き、逸美がロータリーに停めた。

「送ってくれてありがとう」

「こちらこそ。いろいろありがとう。何だか昔に戻ったみたいで元気が出た」

ドアハンドルに手を伸ばした小町の腕を逸美がつかんだ。意外に強い力にはっとする。

「立原珠莉に鎮痛剤が効かなかったのは覚醒剤のせいだけじゃない気がする。部屋で死んでた赤ちゃんが立原の子供だとすれば……、たぶん、そうだろうけど、本人はわかってるんじゃないかと思う。でも……」

逸美が唇を嘗め、生唾《なまつば》を嚥《の》む。小町はまっすぐに見返していた。

「もし、子供が死んだ赤ちゃん一人なら、立原はこの世に戻ってこなかったような気がする」

「どういう意味?」

「出生届を出していない子供が別にもいるんじゃないかな。もし、自分の子供が生きていて、その子が危険にさらされているとしたら薬でぶっ飛んでなんかいられない」

小町の脳裏に珠莉のアパートで目にした光景が蘇《よみがえ》った。浴室の鏡に貼ってあった写真シールの断片だ。剝がされていたが、ほんのわずか残っている部分には赤ん坊と、もう一人、誰かの手が写っていた。

Vサインを出している小さな手が……。

## 4

地下鉄日比谷線に中目黒駅から乗った小町は自宅の最寄りとなる六本木駅を乗り越し、上野駅で降りた。甲州街道に出て、北へ向かって歩きだす。バイクショップがちらほらと目につき、Y事案で身代金受け渡し場所に指定されたのも自動車工場だったと思いだした。

身代金受け渡し場所に近い交差点を右に折れ、Y事案が発生した公園まで歩いた。直線距離にして三百メートル。胸底がひりひりするのは昨日と変わらない。

公園の中央に立ち、周囲を見渡す。

滑り台が取りつけられたコンクリート製築山《つきやま》のわきを手をつないだ母子連れが通りすぎていき、すぐ手前、木陰になったベンチで女性が本を読んでいた。彼女の目の前には赤や黄色に塗り分けられたジャングルジムがあり、四、五歳くらいの男の子が遊んでいる。

死体で発見された乳児のほかにも子供がいるのではないかと逸美が示唆したとき、剝がされた写真シールの残骸《ざんがい》が脳裏に浮かんだ。

最初の相勤者であり、師匠でもある森合がくり返し口にしたのは、〝現場百回が刑事の基本〟だった。どうせ部屋に帰っても珠莉や死亡していた乳児のことばかり頭に浮かんでしまうのはわかっていた。それが六本木を素通りした理由だ。

「よし」

低くつぶやき、珠莉のアパートに向かった。公園から歩いて五分とかからないところにある。現場であると同時に起点でもあった。

アパートの前まで来たとき、壁に入居者募集の看板が貼られているのに気がついた。白地の金属板で錆《さび》が流れている。下に千種《ちぐさ》不動産という名前と電話番号、住所が記されている。

立ちどまり、看板を眺めた。

珠莉と通報者の菜緒子はどちらもリストカットをしていた。同時に伊藤早麻理の話をしたあと、逸美が左手首にあてた人差し指を滑らせる光景が浮かぶ。どいつもこいつもと思ったものだ。

躰の内側を汚されたと感じた菜緒子は体中の血を流してしまいたいと手首を切ったといっていた。珠莉も似たような経験をしているのかと思う。アパートのオーナーは単身の女性であることを入居条件としていたといった。

ふと疑問が兆す。

珠莉と菜緒子が同じアパートに住んでいたのは単なる偶然か……。

ショルダーバッグから手帳を取りだし、不動産会社の名前、住所、電話番号を書きとった。オーナーは近所にあって古くからの知り合いである不動産会社にアパートの管理を任せているともいっていた。

住所を頼りに歩きだし、言問通りに出るとすぐに見つかった。マンションの一階にある小さな事務所だ。金文字で千種不動産と書かれているガラス戸を引き開けた。中は狭く、事務用机と安っぽい応接セットが置かれている。

机を前に座っていた初老の男が立ちあがって出てきた。メガネをかけ、頭頂部が禿げあがっている。小太りで背が低かった。

「いらっしゃい。部屋をお探しですか」

「いえ……」

一瞬のうちに正攻法で行こうと決めた。名刺を出し、男に渡す。

「警視庁の稲田といいます」

受けとった男がメガネを持ちあげ、名刺をしげしげと眺める。顔を上げたところへ先に質問をぶつけた。

「あなたが？」

「社長の千種《ちぐさ》です。社長ってもちっぽけな街の不動産屋ですが」

千種は小町の名刺を手にしたまま、メガネを元に戻した。明らかに迷惑そうな顔つきになって、珠莉と菜緒子が住んでいるアパートの名前を口にした。

「あそこのことでしょ。昨日も下谷署の刑事さんが来られて、いろいろ質問されたんですよ。まだ、何かありますかね。全部、きちんとお答えしたつもりですけど」

「たびたびすみません。ちょっとお訊きしたいことがあったものですから。質問がかぶるかも知れないんですけど……。昨日、アパートのオーナーには会って入居条件が単身の女性にかぎるといわれたんですが」

「古いアパートですからねぇ。かれこれ築五十年になるんです。銀行さんはさっさと建て替えろといってるようですが、連中はバブルが弾《はじ》けたあとに手ひどくやったでしょ」

「手ひどくというと？」

「不動産の価格が上がったときには、土地のオーナーにばんばん融資してマンションを建てさせた。だけどバブルのあと、不動産の価値がどーんと下がると手のひら返しで、情け容赦なく回収に動いたんです。融資したのはバブルの頃ですからね。そりゃ、べらぼうな金利をつけてました。それで返せなけりゃ土地、建物を競売にかけちまう。でも、あそこのオーナーさんは賢かった。曾爺《ひいじい》さんの代からの土地だって売らなかったんですね」

千種が弱々しい笑みを浮かべる。

「おかげでアパートはいまだにあの人のもんだけど、さすがに古くなってねぇ。それと景気が悪くなっちゃって、リフォーム代もなかなか出ない。だから家賃を安くするしかないんですけど、そうなると不法滞在の外国人とか、とにかくろくでもない連中が集まってくるんで、それでせめて独身の女であればきれいに使ってくれるんじゃないかと考えたんですが」

首を振り、うつむいてため息を吐いた。

「それがこんなことになるなんてね」

「立原さんは長くお住まいだったんですか」

「二年くらいですかね」

「広告を見て、こちらに訪ねてこられた？」

「いやぁ、広告打つほど儲《もう》かってませんからね。あそこのアパートにかぎったことじゃないですけど、うちが扱ってるような物件は立て看板とこの店の表のガラスに告知、あとは口コミでやってます。インターネットってのもよくわからんし」

「それじゃ、立原さんも誰かの紹介で来たんですか」

　千種が顔をしかめる。

「それがよく憶えてなくてねぇ。下谷署の刑事さんにも同じことを訊かれて、あの人が入ったときの書類も出してみましたけど、紹介者なんて書いてませんからね」

「保証人とかは？」

「つけてもらいましたよ。でも、家賃はきちんと入れてくれていたし、今回の騒動が起こるまでトラブルもなかったんで、今まで連絡したことなんかありません。実は今回の件で保証人さんに連絡したんですけど、電話がつながらなかったんです。あなたがおかけになった電話は現在使われておりませんって」

　千種は頭を掻いた。

「立原さんが入居されてる二年の間にどっか行っちゃったのか、最初《はな》からデタラメだったのか」

「彼女のお宅に子供連れの若い男性が来ていたという話もあるんですが」

千種がぎょっとしたように目を見開き、小町を見返した。

「本当ですか」

「ええ、どのような関係なのかは調べてる最中ですけど」

大きく舌打ちし、首を振った千種が低い声でいう。

「知らなかったなぁ」

「赤ちゃんがいることは？」

「それも知りませんでした。赤ん坊の死体が見つかったって聞いてびっくり仰天ですわ。本当にいまどきの若い女ってのは何をやらかしてるもんだか」

しばらく立ち話をしたあと、小町は千種不動産を出た。歩きだしたところでショルダーバッグからスマートフォンを取りだした。

どうして辰見に電話をする気になったのかと訊いた逸美の面差しが脳裏を過ぎる。わざと声に出した。

「モア長とどんな話をしたかがちょっと気になるだけよ」

スマートフォンの画面にタッチした。

飲食店街を歩きながら辰見は、その昔、境界線のない大地を想像してごらんという歌が世界的にヒットしたのを思いだしていた。

理想ではあるが、世界中、ありとあらゆるところに目には見えない境界があり、線を挟んで両側で睨みあっていて、ほんの数ミリでもこちら側——自分の領分に踏みだしてくる者があれば、ヒステリックに騒ぎたてる。逆にトラブルであれば、向こう側にそっと押しやって知らん顔を決めこむ。

今、歩いているのは不忍池《しのばずのいけ》の南端を回りこむ不忍通りからさらに一本、南側にある通りだ。鮨《すし》屋、焼き肉屋、コンビニエンスストアの前を通りすぎ、交差点に達したところで足を止める。

ここにも目に見えない境界線があった。辰見の立っている場所から後方——上野側と目の前の通りの右側は台東区で上野警察署の管轄、左前方は文京区となり、本富士《もとふじ》警察署の管轄だ。

右側の店やホテルでトラブルが起これば、辰見の担当する地域だが、左側なら第五方面本部の機捜が動く。アイジマだなと胸の内でつぶやいた。暴力団の縄張りが隣り合い、境界が曖昧《あいまい》な区域を指すヤクザ用語だ。

あってはならないことだが、二つの所轄がぶつかり——あるいは押し付け合い——、実際には警察力の空白地帯となっていて、外国人ホステスが闊歩《かっぽ》し、飲食店ながら性風俗店まがいのサービスをしているところも多い。だが、それもあと二年かそこらだろうと思う。東京にもう一度オリンピックが来る。街の浄化には恰好の理由だ。

ふり返った。

すぐ右手にあるビルの二階に上がる階段が通りから伸びており、途中の壁に大きなキャバクラの看板が出ていて、まだ若そうなママの横顔の写真が掲げてあった。店名を確認する。

蘭華——らんかと読むようだ。

浅草ROX裏の喫茶店を出たところで森合に立原珠莉がどのような仕事をしていたのか訊いた。森合は立原の事案を担当している下谷署の須原に電話してくれた。かつて大森署の刑事課で森合の下にいた男で、稲田の後輩にあたるといわれた。

その店が目の前にある。

もっとも立原が勤めていたのは一年ほど前までで、その後は店を決めず、不定期に働いていたようだ。日給ホステスであればすぐ金になるし、立原は店外でのデートにも積極的に応じて小遣い稼ぎをしていたらしいが、だんだんと働きに出る回数が減り、覚醒剤の費用もかさんで生活は苦しかったのではないかと須原は見ているようだ。

携帯電話が振動し、ワイシャツの胸ポケットから取りだした。稲田と表示されているのを見て、心臓がはねた。

ふっと息を吐いてから耳にあてた。

「はい、辰見」

「先ほどは失礼しました。今、電話してても大丈夫ですか」

「ああ」

辰見は道路の端に寄った。

「モア長がどうしても連絡したいことがあるっていうものですから」

「今さっきまで浅草の喫茶店にいたよ」

「何の話だったんですか」

「えっ？　あ……、いや……」

「すみません。不躾《ぶしつけ》でしたね」

電話の向こうで恐縮している稲田の様子が浮かぶ。だが、稲田が刑事になった経緯や将来について話をしていたともいいにくい。稲田にすれば、大きなお世話なのだ。

「昨日の立原珠莉がらみで、大したことはなかった。それにおれの顔を見ておきたかったって。こんな面《つら》ぁ見てもしようがないだろうに。ところで、班長は下谷署の須原ってのと知り合いなんだって？」

「顔を合わせたのは昨日が初めてですし、大森署でモア長の下にいたというのは今日になって聞きました。彼、昨日は何もいってませんでしたから」

わずかに間を置いたあと、稲田が訊いてきた。

「まだ浅草にいるんですか」

「いや、上野だ。森合さんといろいろ話しているうちにおれも立原のことが気になってきて、それで彼女が以前勤めていた店の近くに来てる。とっくに辞めてるし、何があるってわけじゃないが」

「現場百回って、よくモア長にいわれました。私は今、入谷の公園に来てるんですよ。やっぱり赤ん坊のことが気になりましてね。もし、都合がよければ、お茶でもしませんか。私の方も立原珠莉と、通報者の滝井菜緒子が住んでいたアパートの不動産屋に行ってきたんです」

「お茶か」辰見は顎を撫でた。「できれば、ビールがいいな」

「了解です。どちらに行けばいいですか」

辰見は自分のいる場所を説明しはじめた。空車のタクシーがうまく拾えれば、十分とかからずに来られるだろう。


立原珠莉は覚醒していた。すっきりというにはほど遠い気分だったし、躰がひどくだるかったが、それでも何とか意識を保っていられたのはくり返し湧きあがってくるイメージのためだ。

ぴくりとも動かず、灰色の顔をした亜登夢の躰が手を伸ばして触れるたび、冷たくなっていった。亜登夢に触るのは怖かったが、それでも手を伸ばさずにいられなかった。

鼻の奥に突き刺さり、頭の芯が痛くなるほど立ちこめた消毒液の臭いを嗅《か》いでいれば、病院にいるのはわかった。だが、今がいつなのか、何時なのかはまるで想像もつかない。

亜登夢を思いだすたび、涙があふれそうになったが、自分に言い聞かせるしかなかった。

あの子はもう死んだ……。

左腕の内側が痒くてどうしようもなかったが、動かせなかった。白くて柔らかな布のベルトが両腕に巻かれている。仕方なくベルトの内側に腕をこすりつけると少し楽になった。どれほど時間が経ったのかまるで見当もつかなかったが、腕が濡れているのはわかった。

開きっぱなしになった入口から誰かが入ってきて、ベッドのそばに来た。そのときには珠莉は目を閉じていた。

「あらぁ」

女の声が聞こえる。それでもじっとしていた。

「いやだ。針が外れちゃってるじゃない」

しばらくの間、何の動きもなかったし、声も聞こえなかった。やがて左腕のベルトが緩むのを感じた。

珠莉は目を閉じたまま、声を圧しだした。

「み……」

ひどくかすれて、咽が痛む。

「何？」

珠莉はまぶたを持ちあげ、薄く目を開いて相手を見た。若い看護師だ。唇を嘗め、かすれた声を圧しだす。

「み……、ず……」

咽が渇いているのはクスリが切れているせいだ。咽の渇きと腕の痒み、そしてくり返し蘇ってくる亜登夢の顔が珠莉を覚醒させた。

ベッドサイドに目をやった看護師が舌打ちし、珠莉に目を向けようとした。一瞬早く目をつぶる。

「ちょっと待ってね」

看護師が部屋を出ていく。

目を開け、背中を見送った珠莉はいましめを解かれた左手で右手に巻かれているベルトを外した。だが、右手は動かさずそのままにしておく。

看護師は細い管状の飲み口がついた半透明のビニールボトルを持ってきた。何度も水を飲ませてもらっているので何をするかはわかっていた。飲み口が唇の間に差しいれられる。

「ゆっくりと飲むのよ。すぐに飲もうとしないで口に溜めて」

看護師がボトルを押し、管の中を水が昇ってくる。やがて口の中に水が入ってきた。ほんのわずかだ。むさぼりたかったが、我慢した。これまでに何度かいきなり飲もうとして噎《む》せている。

わずかばかりの水を口に溜め、ゆっくりと飲んだ。渇きが少し楽になる。看護師がボトルを引き、飲み口が離れていく。

「もう……、ちょっと」

「はい」

もう一度くり返す。ふたたび飲み口が離れたが、珠莉は何もいわなかった。看護師はボトルをベッドのサイドテーブルに置き、左腕にかがみ込む。目をやった。外れてしまった点滴の針を左腕に巻いた包帯の間から飛びだしている管につないでいた。

つなぎ終え、点滴がうまく落ちているのを確かめると看護師はふたたび左腕のベルトを締めなおした。珠莉の手を動かしてみて、締まり具合を確認する。

「痛くない？」

珠莉は目をつぶってうなずいた。心臓が激しく打っている。右腕のベルトを外したことに気づかれないかひやひやしていた。

看護師が出ていく。

薄く目を開け、開け放たれた扉の向こうに誰もいないのを確かめる。右腕をベルトの間から抜き、まずサイドテーブルのボトルを取った。噎せないように気をつけ、ひと口、ふた口と水を飲んだ。

ボトルをテーブルに戻し、耳を澄ませた。

足音や人の声が聞こえたが、遠い。

萌夏……。

男が連れ去った娘の名前を胸の内で呼ぶ。

ママに力をちょうだい……。

短く息を吐き、左手のベルトを外しにかかった。

# 第四章　逃　走

# 1

病室を抜けだした珠莉は人影のない廊下を見まわし、左右に目をやった。右にはナースステーションがある。左にガラス戸が見えた。もう一度ナースステーションを見やって誰も出入りしていないことを確かめると廊下に出てガラス戸に向かった。

ドアノブをつかんで回そうとするが、鍵がかかっている。中からロックを外すつまみもなければ、鍵穴もない。ガラス戸にはノブの上にプレートが貼ってあって、〈非常口／緊急時に開きます〉とある。

「チクショウ」

低く罵り、廊下を戻り、すぐ左側にあった階段の壁に躰《からだ》をつけた。廊下の冷たさが足の裏から背中にまで這《は》いあがってくる。裸足《はだし》なのだ。

身に着けているのはワンピース型の入院着だけでしかなく、下は素っ裸、靴下もスリッパもない。入院着はライトグリーンの縦縞《たてじま》で恐ろしく薄い。看護師が病室から出ていくのを見送り、しばらくじっとしていた。廊下が静まりかえるのを待ち、開けっ放しの出入口をちらちら見ながら左手のバンドを外し、点滴の針を抜いた。

上体を起こし、両足のバンドを外そうとしたとき、ワンピースの裾《すそ》からビニールの管が出ているのに気がついた。管には黄色の液体が詰まっていて、股間《こかん》に伸びていた。そっと抜いたが、痛みはなかった。足のバンドを外した。ベッドには毛布もシーツもなかったので、そのままにして出てくるしかなかった。次に看護師が来れば、珠莉がいなくなっているのに気づくだろう。

次の見回りまでどれほど時間があるのかわからなかった。わからないといえば、今いる病院がどこにあるのかも見当が付かない。そして今が何日の何時なのか。病室をざっと見まわしたもののロッカーも何もない。水の入ったビニールのボトルが置いてあるサイドテーブルの抽斗《ひきだし》を開けたが、体温計があるだけだった。下の棚は空っぽだ。探していたのはスマートフォンだが、おそらく警察が持っていったのだろう。

たった今非常口から見た外は空気が青く、うす暗かった。周囲が見えないというほど暗くはない。駐車場を照らす水銀灯が点《つ》いていたことからするとおそらく夜明けだ。

アパートにいたときには、身動きしない亜登夢を見ながらセイちゃんに後ろを犯されていた。キッチンとの間にある引き戸の陰から萌夏がじっと見ていた。見るなと怒鳴ったのは憶えている。それから先の記憶はほとんどない。気がついたときには先ほどまで寝ていたベッドに縛りつけられていた。

萌夏はセイちゃんになついていたし、セイちゃんは萌夏が気に入っていた。だからセイちゃんが萌夏を連れて……。

首を振る。今はあれこれ考えているときではない。病院を抜けだすのが先だ。非常口に鍵がかかっていたのはかえって幸運だったのかも知れない。入院着だけで外に出れば、たちまちのうちに見つかって連れもどされ、今度こそ、警察に引き渡されるだろう。萌夏を助ける前に警察に捕まるわけにはいかない。

そのとき、ナースステーションの方から話し声が聞こえ、珠莉は階段を駆けあがった。踊り場をまわり、二階に上がる。やはり同じようにナースステーションがあったが、窓は明るいものの話し声はない。ナースステーションの先がエレベーターホールになっている。

意を決し、できるだけ平静を装って歩きだした。裸足の足がぺたぺたと音を立てる。ナースステーションのガラス窓が近づくにつれ、心臓の鼓動が速くなる。駆けだしたくなるのをこらえ、歩きつづけた。

前を通りながら横目でナースステーションを見る。女の看護師が一人、入口に背中を向けてパソコンのディスプレイを見ている。足を速め、エレベーターホールまで行くと左に廊下が延びていて壁際に台車が置いてあった。

乗っているのは大きな箱だ。金属製のパイプの間にグリーンの布が貼ってある。足早に近づく。洗濯物を入れてあるらしく、今、着ているのと同じデザインの入院着が乱雑に放りこんである。上着とズボンを取った。サイズを確かめている余裕はない。すぐ先にトイレがある。

女性用に入った。中は蛍光灯が点きっぱなしで白々と照らされている。だが、思いがけないものを見つけた。焦げ茶色のスリッパが何足か置かれているのだ。丸めた入院着を抱え、スリッパを履いて奥へ進む。両側に三つずつある個室はどれもドアが開いたままになっていた。

右奥の個室に入り、ドアを閉めると内側から鍵をかけた。洋式便器の蓋《ふた》を閉め、その上に入院着上下を置く。ズボンが二枚あるのに気づいた。男性用なのかどれも珠莉には大きそうだったが、かえって都合がいい。ズボンを重ねて穿《は》き、上着をワンピースの上に羽織って二本ある紐《ひも》を結んで前を閉じた。

トイレを出て、廊下を先に進んだ。先ほどとは別の階段があったので降りる。一階に達しようとしたとき、目の前を数人の男女が走っていき、思わず足を止めた。看護師のほかにオレンジと紺のつなぎを着て、ヘルメットを被《かぶ》った男女もいた。つなぎの背中に消防庁の名前が入っている。彼らの間には車輪のついたベッドがあり、ブルーの毛布が掛けられていた。ベッドを押しているのは男性看護師が二人、枕元に別の女性看護師がつき、点滴の袋を持って声をかけている。

「しっかりしてください。声、聞こえますか」

毛布を掛けられているのは男の年寄りだ。短く刈った髪が真っ白になり、無精髭《ぶしょうひげ》も白い。年寄りは目をつぶったまま、返事をしない。

珠莉は階段を降り、壁際に寄ってそっとうかがった。車輪付きのベッドが右手にある部屋に運びこまれ、最後についていた救急隊員がグリーンのジャンパーを入口わきのベンチに向かって放り投げていく。だが、ベンチには届かず床に落ちた。

夢中だった。階段の壁際から飛びだした珠莉は床に落ちたジャンパー目がけてダッシュする。ベッドが運びこまれた部屋からは男女の声が重なって聞こえたが、何をいっているのかはわからない。珠莉はジャンパーをつかみ、彼らが来た方向に向かった。すぐに出入口が見えてきた。

最初に見た非常口と違って自動扉になっているようだ。入口をふさぐように救急車が停められている。たった今、年寄りが運びこまれたのだから鍵はかかっていないはずだと思ったが、それでも自動扉の前に立って開くとほっとした。救急車の周りに人影はない。外に出たとたん、冷たい空気に包まれ、背中が縮む。

歩きだしながらグリーンのジャンパーを羽織り、ファスナーを引きあげる。珠莉には大きく、長い裾が膝《ひざ》上近くまであった。かえって都合がよかったが、襟元から垢《あか》とも汗ともつかない悪臭がもわっと湧《わ》きあがってきたのにはまいった。

吐き気をこらえ、珠莉は駐車場を横切りはじめた。

目覚まし時計が喚《わめ》きだすはるか前にベッドを出た辰見は半袖の丸首シャツの上に紺色のフリースを羽織った。下はパジャマのズボンだけだが、寒いというほどではない。着実に春は近づいていた。目覚まし時計のアラームを解除し、床にあぐらをかく。ベッドの縁に背をあずけ、テーブルの上に置いてあったタバコとライターに手を伸ばした。

火を点け、深々と吸いこむ。天井に向かって煙を吹きあげた。昨日の夕方、上野で稲田に会い、ガード下にある焼き鳥屋でビールを飲んだ。昨日一日でつかんだ情報を交換しながらビールを飲み、ホッピーに切り替えたが、二時間で終わりにした。翌日は当務──辰見にとっては最後の──になる。

最後かと思ったが、特別な感慨は湧いてこない。こんなものかといささか拍子抜けしていた。

『諸行無常というとね、もののあわれとくっつけて、滅びの美学とかいう輩《やから》が多いけど、ぼくはどうかなと思うんだ』

穏やかな口調で話す、瘦身《そうしん》、長髪の男が脳裏に浮かぶ。ニット帽からはみ出した髪が半ば以上白くなっていた。

古書店〈不眠堂〉の店主、澁澤《しぶさわ》だ。浅草分駐所勤務になって間もなく知り合った。自らを変態性欲の権威と位置づけ、並べてある古書にもそういった類《たぐ》いの本が多く、中には価値の高い希少本もあるらしかったが、いずれも洋書であり、辰見には背表紙すらろくに読めなかった。いつも店の奥にあるレジ前に座っていたが、澁澤の周りには様々な性具、いわゆる大人のオモチャが掛け並べられていた。鞭《むち》、首輪などはひと目見ればわかったが、何に使うのか、まるで想像もつかない奇妙なものもあった。使い道を訊くと、使用者の想像力次第だといって澁澤は笑った。

諸行無常について澁澤が語ったのがいつなのか思いだせない。

『すべては常ならず……、つまり何であれ、永遠ってことはない。いつかは終わりが来る。今や宇宙だって永遠じゃないことがわかってる。百三十五億年前にビッグバンが起こって、そこから広がった。そして今も膨張をつづけている。まあ、一つの説に過ぎないという言い方もあるけど。それとビッグバンが起こったのは、どこか、そこもまた宇宙なのかという問いにも答えられない。想像できるのはビッグバンまでだ。世界中の天文学者はファーストスターを発見するのに夢中になってるよ。百三十五億光年かなたの星がファーストスター、一番最初に輝いた星ってことになる。いつか人類は百三十五億年前に起こったビッグバンそのものを見ることができるかも知れない。見られるということは光が届くってことで、その光が百三十五億年前に発して、地球に到達したわけだから。そこにはこの地球の大本やぼくやあんたの先祖の先祖の先祖の、その先の先祖の……』

にやりとした澁澤がいう。

『兆しがあるかも知れない』

『本当ですかね』

『どうかな』澁澤は首をかしげた。『わかりゃしないよ、ぼくになんか。宇宙だって永遠、無限じゃないんだ。諸行無常は当たり前だ。生々流転、ローリングストーン……、どれも結局は同じことをいっているに過ぎない。何もかもが移り変わっていく。永遠不滅なんて、ありゃしない』

三年ちょっと前、〈不眠堂〉は隣家からの出火に巻きこまれ、火事に遭った。ぼや程度だったが、消防車が何台もやって来て盛大に放水した。陳列されていた商品の大半は本だったからたまらない。それでも店の後片付けをしながら半年ほどは営業していた。店は南千住から少し北に入った住宅街にあった。

もらい火から半年後、澁澤は店をたたみ、逗子《ずし》に一軒家を借りて引っ越していった。今はインターネットでの販売をしているらしい。辰見より十歳ほど年上に見えたから七十歳になるか、少し超えているかも知れない。分駐所に閉店、転居を伝えるハガキが届いたきりだ。あて名は手書きだったが、ハガキそのものは印刷されていた。

最後に会ったのはぼやの前だ。逗子に引っ越したあとは電話もしていない。探せば、アパートのどこかにあのときのハガキがあるはずで、そこには逗子の住所が記されているだろう。三年あまりの時間が長いのか、短いのかはわからない。ひょっとしたら澁澤はもう逗子にはいないかも知れない。

　南千住の奥の住宅街を抜ける狭い商店街に面した小さな古本屋のたたずまいが脳裏を過《よ》ぎっていく。

「諸行無常か」

　つぶやいた辰見はタバコを灰皿に押しつけて消し、ゆっくりと立ちあがった。


　駐車場を横切りながらふり返ったとき、珠莉は自分がどこにいるかを知った。千束にある大きな病院だ。上野のキャバクラ〈蘭華〉で働いていた頃、吉原のソープランドと掛け持ちしている女がいた。

『このお店でコナかけて、吉原のお店に誘うこともあるし、逆もあるのよね。だから私にとってはどっちも営業なの。ジュリーも吉原で仕事してみたら？　稼げるよ』

　ジュリーがキャバクラでの源氏名だ。店の方でいろいろ出してくれたが、別の名前で呼ばれるのが面倒くさかったので、珠莉をジュリーにした。グループサウンズが好きなのかといった客がいた。グループサウンズが何か、ジュリーという名前とどう関係があるかまるでわからなかったが、どうしてジュリーなのかと訊かれたときに使っていた。

　ソープランド勤めに誘った女は珠莉より三歳年下だったが、肌がひどく荒《む》れていた。一日に何度も風呂に入り、石鹸《せっけん》を使ううちに肌の油分が失われるらしい。剝きだしになった女の腕を見るたびに珠莉は曖昧に笑ってごまかした。

たった一年前だというのに今の自分の肌は、あのときの女よりはるかに荒れている。クスリのせいであることはわかっていた。

千束の病院はその女が定期的に検診を受けているのだといっていた。アパートからも近く、セイちゃんの家に行く途中にあったので何度も見ている。覚醒剤でぶっ飛んで、運びこまれたのは近所だったからだろう。

駐車場を抜け、通りに出たところで右に行く。亜登夢を抱き、萌夏の手を引いて何度も歩いていた。右側に小学校が見えてくる。ジャンパーの悪臭に慣れることはできなかったが、それでも襟元を掻《か》き合わさずにはいられなかった。

夜は明けていたが、まだ寒い。

小学校の角を右に曲がった。セイちゃんの家に向かうのならまっすぐ三ノ輪の方へ抜けるのだが、小学校のとなりにある公園を見ておきたかった。ほぼ毎日、萌夏と亜登夢を連れ、セイちゃんと遊んだ場所なのだ。珠莉は亜登夢を抱いてベンチに座り、セイちゃんが萌夏を遊ばせた。遊具はほとんどなかったが、ビニールのボールを追いかけている萌夏とセイちゃんは本当の親子のように見えた。セイちゃんは萌夏の手を引いて歩くのも好きだった。

本当の親子なんて……、馬鹿みたい。

珠莉は唇を嚙み、首を振った。

萌夏も亜登夢もセイちゃんの子ではない。あるはずがない。セイちゃんと知り合って一年ちょっとでしかないのだ。初めてセイちゃんが部屋に来たとき、アパートの前で階段を降りてきた女とすれ違ったことまで思いだした。真っ白な顔をしたブスで、一重まぶたの暗い目を萌夏に向けていた。

公園を囲む金網に沿って歩く。ベンチに誰か座っている。だが、目を凝らすまでもない。真っ白な髪をした年寄りだし、たった一人だ。ほかに人の姿は見当たらない。公園の周囲をまわり、小学校のわきに戻って三ノ輪を目指す。

地下鉄三ノ輪駅の上で日光街道を横断して右に曲がる。日光街道が鉄道の高架をくぐる手前を左に折れ、少し先で線路の下をくぐった。目の前に商店街のアーチが見えてくる。

ジャンパーは臭かったが、多少なりとも温かかった。冷たいのは足だ。裸足にスリッパをつっかけているだけなので剝きだしの足首から寒さが滲《し》みてくる。袖の中に手を入れ、両手を胸の前できつく合わせていた。うつむいて歩き、時おり顔を上げて周りを見た。

商店街はどの店もシャッターを下ろしている。朝早すぎるのだ。電器店の手前に焼き肉屋があった。セイちゃんといっしょに入ったことがある。おいしくもまずくもなかったが、値段は高かった。萌夏は肉とご飯を少し食べたが、アイスクリームの方が気に入った。電器店で商店街は終わり、左は住宅街、右は灰色の高い塀だ。塀の上に木のお墓の先っぽがちらちら見えるので寺だとわかる。

商店街からつづく道は右に左にゆるく曲がっていた。学習塾のある角を左に曲がった。しばらく行くと右にまたしても小学校が見えてくる。

あと二年で萌夏は小学校に通う年齢になる。何か手続きのようなことが必要なのだろうが、どうすればいいのかまるで見当がつかなかった。アパートの近くにある中学校は見かけたことはあるが、小学校がどこにあるのか知らない。それにあと二年、同じアパートにいるのか、二年後、自分と萌夏が何をしているのかも想像できない。亜登夢のことは思いださないようにした。いくら考えても帰ってきはしない。

小学校のコンクリート塀に沿って歩きつづける。足首からふくらはぎにかけて痺《しび》れ、歩いているという感覚がだんだんなくなってくる。

セイちゃんは尻の穴に入れたがった。

『そこは出すところ、入れるところは違う』

痛かったし、広げられるのは気持ち悪かったが、やめようとしない。最初、指をぐいぐい入れられたときには、こいつ絶対変態と思ったし、届くはずのない指が胃を持ちあげるように感じて吐きそうになった。

でも、セイちゃんの狙いは違うところにあった。

尻の奥から入りこんできた冷気が背骨を這いあがり、腹の中で広がっていくのを感じたので何をされたかすぐにわかった。それまでにも何度か使っていたからだ。

覚醒剤《クスリ》。

初めてのとき、珠莉はクスリだとは知らなかった。悪酔いして愚痴をこぼしまくったとき、相手の男がこれをやってみたらとタバコを渡してくれた。特別製のメンソールタバコで、ちょっと高いけど、すっきりするからといった。ひどく酔っ払っていたこともあって、珠莉は何も疑わずに火を点け、煙を吸いこんだ。

ハッカの香りで口の中がひんやりしただけで、どこが特別製なのかと思ったとき、その冷たい煙が咽を通って胸の底まで落ちていき、全身に広がるのを感じた。それから今まで味わったことがないほど頭が隅々まですっきりした。

何のことはない。タバコの葉にクスリが混ぜてあったのだ。

クスリについていろいろな人から聞かされていて、恐怖がなかったわけではないが、全身が冷たくなり、頭が冴え、悩みが消えていく感じがとても心地よく、たった一度で離れられなくなってしまった。

だからガラス製のパイプに詰めて煙を吸うようになるまで時間はかからなかった。だが、二度目、三度目、四度目と回数が増えるほど最初に味わった気持ちよさが遠のいていく気がした。

不満はつのったものの注射器はなかなか使えなかった。血管に注射針を刺すのが怖いというと相手は珠莉の手首をさすってせせら笑った。リストカットより簡単で、ずっと痛くないじゃないか……。

ふいにセイちゃんが耳元でささやき、珠莉の思いは断ちきられた。

『直腸にじかに擦りこむのが一番キクんだ』

嘘ではなかった。セイちゃんに尻をいじられたあと、下半身がもの凄く敏感になった。そしてあっという間に全身が張りつめ、どこを触られてもばちばち電気が弾け、背中がのけぞった。

『飛べ……、飛んじゃえ……、珠莉』

セイちゃんがそういって指を動かすだけで宙に浮き、そのままどこまでも飛んでいく気がした。

反対にセイちゃんが手を離すと真っ逆さまに落ちた。目を開けたまま、怖い夢を見ているようだった。セイちゃんにしがみつく。また指が伸びてきた。

『針の跡も残らないしな』

セイちゃんのささやきにうなずいた。セイちゃんは指しか使っていなかったのに珠莉は何度も絶頂に連れていかれ、落とされ、そのたびに叫んだ。セイちゃんの指がちょっと動くだけですべてを忘れた。明日の朝、萌夏と亜登夢に何を食べさせるかという心配さえ……。

二度目にはセイちゃんの手首をつかみ、尻へと導いていた。それから珠莉はクスリにどっぷり浸っていった。

小さく首を振った珠莉は歯医者の前で三叉路《さんさろ》に出た。迷わず真ん中の狭い道に入る。古いアパートや二階建ての住宅の間を歩き、駐車場のわきを通って広い通りにぶつかる。角にコンビニエンスストアがある。信号が青になるのを待って広い通りを横断した。

住宅街を通る道路の両側に店が並んでいる。右にある惣菜屋だけがシャッターを上げていて、揚げ物の匂いが漂ってきた。空腹は感じなかった。

ひたすら歩きつづけ、信号のある交差点を左に曲がった。

赤い光がちらちらしているのが見えた。それも一つや二つではない。

「何？」

思わずつぶやいたが、酒屋の前まで来たときに正体がわかった。ごく普通の車の上に赤いランプが置かれ、点滅しているのだ。ちょうどセイちゃんの家の前だ。車は全部で四台もあった。黒と白に塗りわけられたパトカーは見えなかったが、警察の車であることはわかる。

珠莉は歩調を変えず、ジャンパーの前を掻き合わせたまま、酒屋を通りすぎて右に曲がった。

走りだしたくなるのをこらえ、歩きつづける。

警察の車だとわかったとたん、萌夏の顔が消えた。

どうしよう……、セイちゃんが捕まったら……、クスリはどうなるの……。

萌夏も心配だったが、セイちゃんに会えば、クスリをもらえると、そればかり考えていたのだ。

どうしよう……、どうしよう……。

## 2

分駐所の自席についた小町はスチロールのカップに入ったコーヒーをひと口飲んだ。当務日にはいつも地下鉄日比谷線南千住駅構内にあるコーヒーショップで買ってくる。出勤してバッグを席に置き、コートをロッカーに入れるとその足で四階に行って拳銃出納を済ませ、ＳＩＧ／ＳＡＵＥＲ　Ｐ２３０セミオートマチック拳銃に警棒、手錠を身に着けてから席に戻り、ゆっくりコーヒーを味わうのがルーティーンになっている。

机上には、立原珠莉の資料が置いてあった。クリップで留めてある写真は六、七年前に撮影されたもので、まだふっくらとした顔立ちの珠莉が小町に目を向けている。平成生まれかと思うとため息を吐《つ》いてしまいそうになる。

　昨日、辰見とは不忍池の南側にある喫茶店で待ち合わせた。小町の顔を見るなり、伝票を手にして立ちあがった辰見が禁煙ファッショだとぼやいた。待ち合わせに指定した喫茶店以外、飲食店やコーヒーショップの大半が禁煙になっているらしい。

『コーヒーを出しておいて、禁煙と来やがる。信じられるか』

　喫茶店を出て、喫茶店より一筋南に入った通りを歩いた。通りの両側で管轄する所轄署が違う一種の空白地帯になっていることは小町も知っていた。

『立原珠莉はあの店で働いていた』

　辰見が二階にある〈蘭華〉というキャバクラを指した。踊り場には看板が掲げられていた。髪をアップにした和装の女性の横顔が大写しになっている。売りになるほど美人だとは思わなかった。

　午後も深い時間になっていたが、夕間暮れには届いていない。かつて珠莉が勤めていたという店はシャッターが半開きになっていたが、行灯は壁際に寄せられ、上に載せられた電源コードが垂れさがっていた。

　小町は辰見と並んで上野駅の方に向かって歩きだした。スーパーのポリ袋を両手に提げた男とすれ違う。ワイシャツに黒いズボン、ぞろりとしたダウンコートを羽織り、脱色した髪をオールバックにまとめ、両方の耳たぶにピアスをじゃらじゃらぶら下げている。

　重くないのかなと思った。

『フィリピン人、韓国人、中国人、ロシア人……』辰見がぼそぼそという。『国際色豊かだ』

『まだ出勤前のようですけどね』

　辰見がいっているのはホステスたちのことだ。外国人が経営し、外国人女性の働く店が多い。通りの右に延びる路地には、スナック、パブ、キャバクラの看板がひしめき合うように並んでいて、どれも毒々しいピンクや妖《あや》しげな黒が使われている。

『おれは埼玉の奥の出でね』

　ふいに辰見がいい、小町は目を向けた。辰見は傍らのビルを見上げてつづけた。

『上野は東京の入口だった。ガキの頃から都会といえば上野界隈だったよ。こんな奥まで来たことはなかったけどね。行けたのは、せいぜい駅前のデパートかアメ横……、広《ひろ》小路《こうじ》を渡っても公園の方だった。この辺りは人外魔境みたいに思ってた』

『いつ頃の話ですか』

『もう半世紀も前だ』

　辰見が苦笑した。

　上野広小路の交差点を渡り、アメヤ横丁に向かって歩きつづけた。スクランブル交差点を渡っているとき、辰見が左後方を見やる。

『西郷さんの銅像は上野の象徴だよな。田舎者には、上野といえば西郷さんってイメージがある。知り合いに秋田出身のテキ屋がいた。そいつは中学を出て、集団就職でやって来た。初めて上野に着いたとき、やっぱり西郷さんを探したんだが、見つからなくて不安になったそうだ』

小町は辰見の横顔をのぞきこんだ。

『就職先が千葉の市川辺りにある工場だった。社長がトラックで出迎えに来たんだが、待ち合わせ場所が入谷口だ』

入谷口は上野駅の東側になる。西郷隆盛像が立っているのは駅の西側だ。

『工場に就職したのにテキ屋になったんですか』

『遊んでるうちにこの辺りを縄張《にわば》りにしてる男と知り合いになった。東京で初めてできた友達がヤクザっていうんじゃ、真っ当な道を踏み外すのも無理はない』

唇をへの字にして小さく首を振った辰見が低い声でいう。

『何が真っ当な道か』

テキ屋がいた、と過去形でいったときから辰見が永富《ながとみ》という男のことを話しているのはわかっていた。辰見と永富が出会ったのは三十年ほど前、東京がバブル景気で沸きかえっていた頃と聞いている。

鶯谷《うぐいすだに》でスーパーのチェーンを経営する社長が射殺体で発見される事件があり、辰見が臨場した。小口径の拳銃で口の中を撃たれるという特異な事案で、手口が永富を連想させたらしい。

三十年近く前、永富がいた組の親分が射殺されていた。鶯谷で起こったスーパー社長事件と同様、小口径拳銃で口の中を撃たれたのだ。やったのは、永富の兄貴分。永富は親分を殺した兄貴分を追い、山梨の山中で見つけたあと、惨殺した。その件で逮捕され、服役している。

だが、くだんの事件には裏があったようで、それから二十七年後、スーパー社長射殺事件につながった。

どういうわけかその後、スーパー社長射殺事件は本庁公安部が出てくる事態となり、一切合切をさらっていった。公安が出てくれば、すべては闇に呑《の》みこまれる。小町のような一機捜隊員に情報が降りてくるはずがない。

真相は公安のカーテンの向こうと辰見の胸のうちにしかない。だが、公安がからんでなくとも辰見は何も語らないような気がしている。

『そいつが入谷口で西郷さんを探したのは昭和三十五年だぜ。この辺りがどんな街だったのか』

二人が並んで歩いているのは広小路からアメヤ横丁につづく狭い通りで両側の露店は

観光客であふれかえっている。耳に入ってくるのは早口の中国語ばかりだ。それも怒鳴りあっているようにしか聞こえない。

『奴《やつ》が来た頃もおれのガキの時分もアメ横には人があふれていた。だけどこんなになるなんてな。街は変わる。人も……』

辰見が言葉を切る。

昭和三十五年といえば、前の東京オリンピック以前だと小町は思った。東京オリンピックも前のと、次のの二つがある。その間、五十六年の歳月が流れる。前のオリンピックのとき、小町はまだ生まれてもいない。

資料によれば、珠莉が上野のキャバクラで働いていたのは二年前だ。千葉県生まれの小町にとっても上野は親近感をおぼえてる土地だが、警視庁巡査を拝命したのが二十年前、機動捜査隊浅草分駐所勤務となって上野が管轄となったのは三年半前だ。珠莉とは一年半ほどしかタイムラグはないが、その間にも街はどんどん変わっている。

そして三年後、次のオリンピックに向けて東京はまた変貌《へんぼう》するだろう。昨日歩いた猥《わい》雑《ざつ》な飲食店街もきれいで、のっぺりとした通りになるに違いない。

「おはようございます」

声をかけられ、小町は顔を上げた。中年の男が立ち、頬笑んでいる。

「あら、村川《むらかわ》部長」小町は立ちあがった。「おはよう。でも……」

いいかけると村川がうなずいてあとを引き取った。

「ピンチヒッターは次からですけど、今朝はちょっと時間があったんで挨拶だけしておこうと思いましてね。辰見部長は今日で終わりでしょ」

「そうです」

小町は村川に近づいた。巡査部長の村川はかつて浅草分駐所に勤務していたが、昨日辰見と話していたスーパー社長殺害事件が起こる一ヵ月半前に小岩警察署に転勤した。妻が週に二度透析を受けなければならなくなったためだ。

「元気そうね」

「仕事が楽っていうわけじゃありませんけど、機捜よりは……。それと女房も小康状態でして、透析さえ我慢すれば、日常生活は支障なく送れるようになりましたから」

「それはよかった」

辰見の当務は今日が最後になるが、稲田班は三月中にあと二当務をこなさくてはならない。ピンチヒッターというのは、村川が辰見に代わって二度の勤務に就くという意味だ。

そこへ辰見が出勤してきた。村川がふり返る。

「おはようございます」

「おお。久しぶり。あと二回残ってる。よろしく頼む」

「長い間、ご苦労さまでした」

「そのセリフは二十四時間早いよ」

辰見が苦笑し、小町も笑みを浮かべたが、胸の底に穴が開いたような気がした。今日、辰見は最後の当務に就く。あと二十四時間だ。

机に置いたスマートフォンが振動した。ディスプレイには下谷署須原と表示された。取りあげ、通話ボタンに触れて耳にあてた。

「はい、稲田です」

「おはようございます。須原です」

「お疲れさま」

「実は病院から電話がありまして……、立原珠莉がいなくなったといってきたんです」

小町は反射的に壁にかけた時計に目をやった。午前八時半をまわっている。午前九時には前日の担当である前島班との引き継ぎ打ち合わせが始まる。

「いつ?」

「今朝なんですが、五時半に看護師が見回ったときには異常がなかったということなんですが」

「でも、それって三時間も前でしょうが」思わずなじるような響きが混じってしまった。

「ごめん」

「いえ」須原が電話の向こうで咳払いをした。「立原は救急病棟の回復室に入れられていたんですけど、今朝は心肺停止の急患が運びこまれてばたばたしてたらしいんです。あれこれ蘇生《そせい》を試みたようですが、ダメでした。そのあとで夜勤と昼勤の引き継ぎがあったりして……」

「彼女はベッドに縛りつけられてたでしょ」

「それは確認したというんですね。何でも点滴の針が外れてて、刺しなおしたって話です。刺しなおすといってもカテーテルをつけているんで簡単に済んだようです。それから拘束帯をちゃんと戻したといっていますね」

「拘束帯なんて引きちぎれるようなものじゃないでしょ」

「留め具が外されていたそうです。どうやったかはわからないってことですが」

病院にも面子《メンツ》がある。だから院内を捜索し、いよいよ見つからないとなってから警察に連絡してきたのだろう。珠莉は覚醒剤事犯ではあるが、警察が二十四時間監視下に置かなければならないほどの重罪ではないし、警察も人手があり余っているわけではない。

事情はわかるが……。

小町は目を上げた。辰見と村川が小町を見ていた。

「彼女の恰好は？」

「下着なしで薄っぺらなワンピースタイプの入院着を羽織ってるだけだそうです」

三月中旬、朝早い東京を歩くには寒すぎる。

「医者は何かいってる？」

「シャブが切れて、副作用が出てるから簡単に意識は戻らないし、戻っても動きまわれるような状態じゃなかったはずだって」

「はずって何よ。頼りないなぁ……」

いいかけて小町は戦慄《せんりつ》した。中條逸美が別れ際にいった言葉が蘇る。

『出生届を出していない子供が別にもいるんじゃないかな。もし、自分の子供が生きていて、その子が危険にさらされているとしたら薬でぶっ飛んでなんかいられない』

疑念は確信に変わりつつあった。

電話口で須原がぼそぼそとつづける。

「まいってるんですよ。シャブの所持と使用だけじゃ、緊急配備《キンパイ》かけられるような事案でもないし。とりあえずこれから私は病院に行って状況を聞いてきます。お知らせだけしておこうと思いまして」

「ありがとう。また、何かあったら連絡して」

「了解」

電話を切ったとたん、辰見が訊いてきた。

「立原珠莉の件か」

「ええ。下谷署の須原が知らせてきたんです。病院から姿を消したって」

当務の引き継ぎが終わった直後、変死体発見の報があり、辰見は相勤者の浜岡をともなって分駐所を出た。捜査車輛《しやりよう》のセンターコンソールに取りつけられた無線機から続報が流れる。

〝現場《ゲンジヨウ》にあっては足立区栗原一丁目……〟

ハンドルを握る浜岡がいった。

「日光街道でいいっすか」

「ああ」

辰見は赤色灯とサイレンのスイッチを入れた。

〝……一戸建て住宅内で住人と見られる夫婦が居間で死んでいるのを近所に住む長女が発見した。なお、死因は鋭利な刃物で複数箇所《かしよ》刺されたことによる失血死と見られる〟

南千住駅南口前の高架下をくぐり抜けながら浜岡がつぶやく。

「第一発見者が近所に住む長女か。家庭内トラブルですかね。最近、こんなのがやたら多い」

「予断は禁物だ」

サイレンを鳴らしながら疾走する捜査車輛はあっという間に南千住の交差点に達した。

赤信号が出ている。辰見はセンターコンソールにぶら下げたマイクをつかみ、声を吹きこんだ。

「赤信号を通過します。赤信号を通過します。停車してください」

交差点内にいたタクシーとトラックが通りぬけた先で停まり、そのほかの車も一斉に停まる。浜岡は減速して交差点に進入、斜め右に曲がって日光街道に乗った。加速する。ほどなく千住大橋を渡った。

辰見はマイクを無線に切り替え、トークボタンを押した。

「六六〇一《ろくろくまるいち》から本部」

六六〇一が辰見と浜岡が乗っている捜査車輛に割りあてられた呼び出し符丁《ふちょう》だが、正確には車にではなく、積んである無線機に割りあてられている。頭の六六が警視庁第六方面機動捜査隊を表している。

〝第六方面本部〟

「六六〇一にあっては現在千住大橋を通過中、栗原一丁目の現場に車首《あたま》を向ける」

〝本部、了解〟

マイクをフックに戻し、シートに背を預けた。

「珍しいっすよね」

「何が?」

「真っ先に分駐所を飛びだしたじゃないっすか。いつもならほかの組を先に臨場させて、辰見部長は様子を見てから行くでしょう」

「張り切るさ。今日が最後だ」

馬鹿馬鹿しいと思った。自分でいっておいて、胸底がひやりとするのを感じていれば世話はない。

先頭を切って分駐所を飛びだしてきたのにはもう一つ理由があった。昨日、稲田とアメヤ横丁の居酒屋で話したことが気になっていた。

『あくまでも推測なんですけど、ひょっとしたら立原珠莉にはもう一人子供がいるんじゃないかと思うんです』

その子供が何者かに連れ去られ、危険があるのではないかと稲田はいう。

『実は今日中條とランチしたんですが、そのときにいわれたんです』

中條というのは西新井署の少年係を最後に退職した元警察官で、稲田とは警察学校の同期だと聞いていた。

覚醒剤が切れ、昏睡《こんすい》状態に陥ることを破綻《はたん》という。薬効が切れるか、体力がもたなくなると中毒者は失神し、それこそ死んだように眠りつづけ、滅多に目を覚まさない。

覚醒剤による破綻を乗りこえられるのは、母親としての本能ではないかと中條はいったらしい。中條自身、二児の母なのだ。

『それにもう一つあるんです。立原の住処《ヤサ》に臨場したとき、室内検索をやったんです。そのときに浴室も見ました。ユニットバスなんですけど、そこの鏡にプリクラが貼ってあったんです。五枚あって、どれも剥がされて、残っていたのは台紙だけだったんですけど、一番下にあった一枚だけ一部が残ってて、赤ん坊を抱いた女ともう一人、子供が写ってたんです。Vサインを出して』

三人とも顔が写っている部分は剥がされていたので乳児を抱いていたのが立原珠莉とはかぎらないとはいっていた。

『でも、気になるんですよね』

そして今朝、出勤した直後、下谷署の須原から稲田に電話が入った。千束にある総合病院から立原が姿を消したというのだ。医者は立原が動きまわれる状態ではないと見ていたらしい。

可能な限り出動下令を引きうければ、その分、稲田が動きまわれると辰見は考えた。

大型電器店がある交差点で左折し、島根に入った。辰見の脳裏にふっと粟野力弥が浮かんだ。初めて出会ったのが今走っている辺りなのだ。当時、粟野は中学二年生で深夜に自転車の二人乗りをしているところを捕まえた。粟野はその後、小沼と付き合い、警察官を目指すようになった。去年、採用試験に合格し、あと二週間後、四月一日には警察学校に入校する。

その前日、辰見は定年退職となる。

入れ替わりかと思ったら、諸行無常といったときの澁澤が脳裏を過ぎっていった。

無線機から声が流れた。

〝第六方面本部より各移動。栗原一丁目の事案に関しては容疑者《マルヒ》と見られる被害者《マルガイ》の次女を現場付近で確保。マルヒは血のついた包丁を持ち、徘徊《はいかい》しているところを確保された。なお、マルヒは西新井警察署《PS》に連行されたが、極度の興奮状態にあり、意味不明の言動をくり返している〟

浜岡がアクセルをゆるめ、辰見をふり返った。

「どうします?」

辰見はサイレンと赤色灯のスイッチを切った。

「ここまで来たんだ。辺りをぐるりと一周していこう。まだ犯人《ホシ》と決まったわけじゃないからな」

「西新井の連中が取り調べるでしょ。まともに話が聞ければ、ですけどね」

「苦労しそうだな」

「初動が機捜の任務……」浜岡がぼやく。「そいつはわかってるんですけどね」

ほどなく捜査車輛は現場付近に到着した。

「えぇっと……」

千束にある総合病院の事務長は片手でメガネをひたいに押しあげ、もう一方の手に持ったタブレット端末を見た。

「その患者さんが搬送されてきたのは午前五時三十分です」

小町は須原と並んで事務長の前に立っていた。かたわらには今朝まで珠莉が寝かされていたベッドがそのままにされている。拘束帯は外されているだけで破れたりはしていなかった。

事務長がつづけた。

「発見されたのは神社の裏にある公園ですね」

次いで事務長が口にした神社は浅草分駐所の東にあった。敷地内には段ボールやブルーシートを敷いて寝ている男たちがつねに数十人いる。今朝方、搬送されてきたのはそのうちの一人だと事務長はいった。

「亡くなったんですね？」

須原が訊くと事務長はメガネを元に戻した。眉間《みけん》にしわを刻み、ぎょろりとした目が

# 3

須原、小町を見る。神経質そうな顔つきだ。

「亡くなったというか、うちに搬送されてきたときにはすでに心肺停止状態だったようですな。すぐに蘇生術をほどこしたようですが、残念ながら息を吹きかえすことなく、そのまま……」

「死亡時刻は？」

須原の問いに事務長はもう一度タブレット端末に目をやる。舌打ちし、メガネを持ちあげる。

「午前六時ちょうどです」

搬送されてきてから三十分間にわたって蘇生が試みられたが、諦めた時刻ということだ。小町が口を挟んだ。

「所持品は？　身元を確認できるようなものはありましたか」

事務長が須原を見る。須原が小町をふり返った。

「ズボンのポケットに小銭入れがあっただけで、三十五円しか入ってませんでした。財布、紙幣はありません。運転免許証も保険証もありません。七十歳から八十歳くらいと推定されるだけです」

「通報者は？」

「近所に住んでいる年寄り……、男性です。公園に人だかりができて、騒がしかったんで、のぞいてみたそうです。そうしたら道路に人が倒れていて動かなかったって」

「通報者は搬送されてきた男性と面識があった?」

「いえ」

須原が首を振る。小町は事務長に目をやった。

「死因について、担当医は何といってますか」

「心不全ですね。怪我《けが》はありませんでしたし……」事務長はふたたびタブレットを見た。「首のまわりに鬱血《うっけつ》したあとなんかもなかったようです。解剖してみないと詳しいことはわからないですが、おそらくは病死ではないか、と」

ふたたび事務長が須原を見る。須原が小さく首を振った。司法警察員と医師によって検視が行われた結果、事件性は認められず、解剖には回されないということだ。

小町は重ねて訊いた。

「服装は?」

「長袖の肌着、股引《ももひき》、ネルシャツ二枚、コールテンの黒いズボン、靴下は二枚重ねてあって、サンダル履き」

「外套のたぐいは? その恰好だと今時期じゃ、寒いでしょう」

「それがですねぇ……」事務長は頭を掻いた。「看護師の一人が救急隊員がグリーンのジャンパーのような物を持っていたというんですけど、はっきりしないんです」

「どんなジャンパーですか」

「裾がやや長めで、中に綿が入っているような……、よく土木工事なんかしてる人が着てるようなというんですが、何しろバタバタしてまして、よく憶えていないらしくて」

「ひょっとして、そのジャンパーが見当たらないということですか」

「何しろバタついてましたからね。看護師がいうには救急隊員が持っていて、処置室の前のベンチに置いたっていうんですがね。詳しいことは消防の方に訊《き》いてみていただけませんか」

「わかりました。ありがとうございます」

　小町は須原とともに回復室を出た。歩きだしてすぐに須原が訊いてくる。

「ジャンパーが気になるようですね」

「立原珠莉は素っ裸で薄っぺらな入院着を着てただけでしょ。午前五時半に看護師が見回ったときはその恰好だった。外をうろうろするには寒すぎる。病院側も同じように考えたんじゃないかしら。それで、院内を探していて警察《うちら》への通報が遅れた」

「好意的な見方ですな」

「だいぶね」

　建物の西側にある急患用の玄関に向かっているとき、小沼が駆けよってきた。小町は小沼とともに警邏《けいら》に出て、最初に病院に立ち寄った。途中で須原には連絡を入れてあった。小沼は粟野の母を訪ね、今朝の状況について聞いている。

小町は足を止めた。

「どうだった？」

「救急病棟の洗濯物を調べてもらったら男性用の上衣が一枚、ズボンが二枚消えているそうです。今朝数えたら数が合わないって。それで確認しているところだとわかりました。それと、これも救急病棟なんですが、女性用トイレのスリッパが一足不足してるっていうんですね。ただし、スリッパに関しては患者や見舞客が履いたまま、部屋に戻ったりしてるケースがあるそうです」

小町と小沼を交互に見ていた須原が口を挟む。

「それが立原の服装だと？」

「あくまでも可能性だけどね。もし、立原が病院の外に出たのだとすると……、私はそうに違いないと思ってるけど、時間帯から考えて入院着一枚じゃ寒すぎる。だから入院着の上に男性用の入院着を重ね着して、今朝死亡した老人のジャンパーを着ている」

「そして裸足にスリッパですか」須原が口元を歪《ゆが》める。「それは寒そうだな」

「外を歩くにも不便そうね」

「署の方に連絡します」

「確証はない」

「わかってます。それでも何らかの手がかりにはなるでしょう。それじゃ、また何かありましたら連絡します」

一礼して、須原は小走りに玄関に向かった。


ビルの一角にタバコの自動販売機が並べられ、喫煙コーナーが併設されている。スタンド式の灰皿を前に辰見は携帯電話を耳にあてたまま、一服吸いつけた。かつてはタバコ屋だったのだろうが、今はマンションになっていた。

「グリーンのジャンパーにスリッパか」

煙とともに吐きだす。

「ええ、土木作業をやってる人たちがよく着てる。中綿の入ったタイプです」

「だが、スリッパじゃ、歩くのが大変そうだ」

「あくまで私の推測なんですけどね」

稲田の声を聞きながら目を細める。二十メートルほど離れたところに黒白ツートンのパトカーが一台、後ろにグレーの捜査車輌が二台停まっている。そのうちの一台、パトカーのすぐ後ろにつけているのが辰見と浜岡が乗ってきた車だ。

「今、辰見部長はどちらですか」

「蔵前《くらまえ》だ。空き巣狙いがあってね。栗原から蔵前、くつながりだな」

「管轄の北の端から南の端じゃないですか。苦労の苦ですかね」

電話口から稲田の低い笑い声が流れ、辰見もつられて笑みを浮かべる。苦労じゃなく、苦悩の方かなと思う。視線の先では浜岡が私服の警察官二人と立ち話をしていた。すでに空き巣狙いの身柄は蔵前警察署の地域課が引き取っていった。黒白のパトカーは自動車警邏隊のものだ。

栗原で変死体発見の報を受け、臨場しかかったが、途中で被疑者の身柄確保という連絡が入った。死んでいたのは老夫婦で、発見したのは近所に住む長女、刺したのは被害者と同居していた次女で血のついた包丁を手に徘徊しているところを確保されている。その場で刺したことを認め、緊急逮捕となった。せっかくだから周辺を一回りしようといっている間に蔵前で空き巣狙いを現認したものの、逃走され、それで応援要請が入った。

不審者を見かけ、職務質問にあたろうとしたのは自動車警邏隊員だが、車から降りる前に走りだしたという。応援要請はそのときに出ている。確保したのは最寄り交番から駆けつけた蔵前署の地域課員である。その後、押っ取り刀でやって来たのが蔵前署刑事課盗犯係の二人組で辰見たちの捜査車輌の後ろに停めた車に乗ってきた。

自動車警邏隊のパトカーが走り去った。辰見はタバコを吸い、煙を吐いた。

臨場したのは自分たちの方が先だから逮捕手続きはこっちでやると浜岡は頑張ってい

るのだろう。だが、身柄を確保したのは蔵前署であり、盗犯係が出てきた以上、あとの処理は任せろといっているに違いない。初動捜査を担当する機捜は確保した被疑者を所轄署に引き継いだところで仕事は終わる。

苦労ではなく、苦悩だと思った所以《ゆえん》だ。逮捕手続書を書き、検察送致の手前までやれば、手柄になるが、臨場し、走りまわった挙げ句、被疑者が確保された時点で所轄署が出てきたのではトンビに油揚《あぶらげ》という気分になるのは避けられない。

稲田が訊いてきた。

「で、空き巣狙《ガラ》いは？」

「蔵前が身柄を押さえた。浜岡にすれば、自分の方が早く臨場したんだからこっちによこせといいたいんだろうが、さっき蔵前の盗犯係が来てね」

「ああ」稲田がくすくす笑う。「そりゃ、無理だ」

「そうだな」

耳元でブツッと音がして、稲田がいった。

「あら、キャッチホンだ。誰かな」

「それじゃ、こっちは以上だ」

「はい」

電話を切り、携帯電話を折りたたんでワイシャツのポケットに落とす。最後のひと息を吸い、灰皿に押しあてて消した。煙を吐きながら思う。

明後日からは喫煙スペースを探して歩きまわる必要もなくなるか……。

浜岡が蔵前署の刑事たちから離れ、辰見は歩きだした。露骨に膨れっ面をしている浜岡を見てひとりごちる。

「ガキかよ」

捜査車輛のわきに立った。

「ご苦労さん」

「さっきの奴、女だったそうです」

空き巣狙いのことだ。小太りで紺色のスーツを着ており、髪は短く、きっちりと整えてあった。ソフトアタッシェに肩紐をつけて、斜めに提げていたのだが、中味はバールやドライバー――いわゆる泥棒七つ道具だ。

周辺のビルは事務所と住宅が混在している。

「前から蔵前PSで追っかけていたって話でした。怪盗男装の麗人とかいって。何が麗人だか。人間より豚に近い面ぁしてやがったくせに」

「そりゃ、豚に悪い」辰見はたしなめた。「まあ、これにて一件落着だ。結構なことだ。お前がむくれてることはないだろ」

浜岡が肩越しに盗犯係の二人を見やったあと、声を低くした。

「あいつら、ニワトリはもういいっていいやがって」

初動捜査を担当する機動捜査隊は現場を二、三度つついただけで次の現場に向かうところからニワトリ捜査隊と揶揄《やゆ》されることがあった。だが、面と向かって機捜隊員にいうのは珍しい。

「いいたい奴にはいわせておくさ。おれたちは分駐所に引きあげよう」

「はい」

車に乗りこみ、ハンドルを握った浜岡が立ち話をつづけている盗犯係二人組のすぐ後ろを走り抜ける。

せめてもの意趣返しなのかも知れない。辰見はひっそり苦笑した。


セイちゃんは珠莉の両膝を曲げさせ、荷造り用の白いビニール紐で縛った。両腕も背中に回してビニール紐でぐるぐる巻きにするとうつ伏せにした。それからいくつも穴の開いたプラスチックのボールを珠莉の口に押しこみ、ボールについている革のバンドを首の後ろにまわして留めた。

しばらくの間、尻の穴に指を入れたり、出したりしていたが、急に立ちあがって座布団に寝かせてあった亜登夢を抱きあげた。

珠莉は目を見開き、セイちゃんを見つめた。

やめて、やめて、亜登夢は何もしない——声を出そうとしたが、ふがふがと息が漏れ、よだれがあふれた。

セイちゃんが歌いだす。

ねんねんころりよぉ、おころりよぉ……。

セイちゃんが穏やかな笑みを浮かべて、両手に抱えた小さな亜登夢をゆっくりと揺らす。

やめて……、やめて……、やめて……。

亜登夢が顔をくしゃくしゃにして泣きだした。しばらくの間、聞いたこともないような声を張りあげた。ふだんからほとんど泣くことはない。泣いても弱々しい声を出すだけでしかない。

だけど今は珠莉の神経さえ、震わせる泣き声をあげている。

セイちゃんは、ときどき、いきなりキレる。ほんのちょっとしたことで、いきなりキレる。

ねんねんころりよぉ……。

セイちゃんの声が少し大きくなった。

ねぇん、ねぇん、こぉろぉりぃよぉ、おおこぉろぉりぃよぉ……。

セイちゃんの声が大きくなっただけでなく、揺する幅も広がっていく。小さな亜登夢の躰は弧を描いて行ったり来たりする。

亜登夢の声も大きくなる。

やめて……、やめて……、そっとしておいて……、亜登夢は何もしない……。

相変わらずふがふが息が漏れ、よだれが顎を伝って落ちていくばかりだ。

セイちゃんの両目が吊りあがり、顔が白くなっていく。キレはじめると、セイちゃんは止まらなくなる。

「エイトビートだ、ロックだぜ。ほら、ネンネンコロリヨッ、ネンコロリッ」

セイちゃんが叫ぶようにいい、亜登夢を揺さぶりはじめた。

やめて、やめて……。

亜登夢の泣き声は途絶え、力の抜けた手足がぶるぶる震えた。

「ほら、寝た」

セイちゃんがふたたび頬笑む。だが、ほんの一瞬に過ぎなかった。怒鳴った。

「臭《く》っせ。クソ漏らしやがった」

亜登夢の小さな躰が床に叩きつけられ、バウンドした。

その衝撃が珠莉の頭にも伝わってきて、首をのけぞらせ、目を開いた。

しばらくの間、自分がどこにいるのかわからなかった。明るい陽射《ひざ》しを受けている太《ふと》腿《もも》は少しばかり温かくなっていたが、スリッパをつっかけただけの裸足は冷たいままだ。

右足のかかとのわきに血がついている。鈍い痛みがあった。どこで切ったのか記憶はない。

あの日、亜登夢を放りなげたあと、セイちゃんは床を踏み鳴らして珠莉のそばに来て、仰向けにすると、馬乗りになった。クソ漏らしやがった、臭えといいながら珠莉の顔を何度も握り拳《グー》で殴った。珠莉は、亜登夢、亜登夢と呼びつづけていた。ふがふが、ふがふがしか出なかった。

目を上げる。

のけぞるほどの衝撃の正体がわかった。視線の先に白い建物がある。周囲の空気を震わせるようにチャイムが鳴っていた。公園わきの小学校に取りつけられたスピーカーから流れだしているのだ。

セイちゃんの家まで行き、警察の車が停まっているのを見た珠莉は手前の交差点で曲がり、住宅街を歩きつづけた。どこへ行けばいいのか、わからなかった。だから来た道を引き返したのだ。

今、三ノ輪橋駅の近くにある小学校に隣接する公園にいて、ベンチに座りこみ、陽の光を浴びている。

セイちゃんが萌夏の手を引いていた公園だ。珠莉の腕の中には柔らかく、温かな亜登夢がいた。

萌夏……。

胸のうちで名を呼ぶ。珠莉にできるのは、それだけでしかない。

4

辰見との通話を切りあげ、小町はスマートフォンを切り替えた。

「はい、稲田です」

相手を確かめている余裕がなかったので、とりあえずていねいに応対する。

「須原です」

「あ、どうも。お疲れさま」

「お疲れさまです。病院とは別件なんですが、また、立原珠莉につながりそうなことがありまして……、実は南千住ＰＳから照会が来たんです」

「南千住？」

訊きかえした小町の脳裏に浮かんだのはＹ事案だ。一昨日、当務明けにＹ事案の跡をたどって入谷から三ノ輪、荒川区スポーツセンター内にある野球場から寺まで歩いた。寺はＹ事案の被害者が遺体で発見された場所で地蔵が建立されている。手を合わせたあと、見上げた地蔵の幼子の顔が蘇《よみがえ》る。

南千住署と聞いたとたん、Y事案に導かれているような気がした。野球場は南千住署のすぐ北側に位置していた。

「もしもし?」

「ごめんなさい。南千住が何の照会をかけてきたの?」

「実は今朝方、我々が病院に行く前なんですが、覚醒剤事犯を逮捕したんです。個人タクシーの運転手で神代広《かじろひろし》、神様の神に交代の代、広い狭いの広、四十七歳です。実はこの男、自分のタクシーを使ってシャブの密売《バイ》をやってまして、上野の〈蘭華〉に出入りしてました」

小町は目を剝いた。

「そこって……」

「そうです。立原珠莉が二年前まで勤めていた店です」

覚醒剤と珠莉がつながった。

「あなたからもらった資料に店の名前があったね」

「何でも店と契約を交わしてて、客やホステスの送迎をしていただけでなく、神代自身、その店の常連客だったということなんです。ホステスや客からの指名で送迎をした際にシャブを売ってました。亀戸《かめいど》の事案、憶えてますか」

「タクシーの運転手がパクられた件ね」

「ええ、それです」

三年半ほど前、亀戸や両国をテリトリーとするタクシーの運転手が覚醒剤の密売容疑で逮捕された。同時に卸元《おろしもと》をしていた暴力団構成員も逮捕されている。くだんの運転手は常時貸し切りの札を出していて、覚醒剤を買いに来た客以外を乗せることはなかった。

亀戸のアパートの一室が倉庫として使われ、暴力団構成員が定期的に小袋《パケ》に入れた覚醒剤を置き、運転手が出勤前に持ちだしていた。パケは注射器といっしょに茶封筒に入れられており、運転席のそばに置いたティッシュペーパーの箱に隠されていた。

シャブタクシーが走っているとの情報提供《タレコミ》を受け、本所《ほんじょ》、深川、城東の三警察署が合同で捜査本部を設け、一年半にわたる内偵を経て、被疑者の検挙に結びつけた。

逮捕された運転手が取り調べでほかにもシャブタクシーがあることをほのめかし、各方面本部から留意するよう通達が出ていた。それで小町もシャブタクシーの件を知っていたのである。

「亀戸の事案はタレコミからタクシーの方が先に浮上してましたが、今回は逆で卸をやってた元暴力団員が自白《ゲロ》って、神代が浮上しました。暴力団員はシャブのバイが組にばれて破門を食らったといってるようですが、こいつ自身が覚醒剤中毒者《シャブチュウ》なもんで組としては危なくてしようがないから切ったようですね」

「神代っていつ頃から上野のキャバクラに出入りしてたの？」

「ちょっと待ってください。ええっと……、三年くらい前ですね。ここ半年くらいは顔を出してなかったようですが」

「立原が勤めていた時期とは重なるね」

「そうなんです。それで南千住から照会が来たわけで」

「それにしても、またタクシーとはねぇ。今はカメラとか積んでるでしょ」

「卸をやってた奴が個人タクシーに目をつけたのはまさにそこです。もともとそいつと神代は知り合いだったらしいんですが、個人タクシーなら装備品なんかでも融通が利くし、運行状況を厳しく調べられることもありませんからね。何より神代は予約優先というか、予約客だけを相手にしていたようで押収された中には顧客リストもあったようです」

「神代の顔写真《ガンクビ》、ある?」

「ええ、資料に添付されてたんで目の前にありますよ」

「見た目、どんな感じ?」

「ガンクビ自体がいつ撮ったものかはわからないんですけど、なかなかいい男ですね。写真が最近撮られたのだとしたら若く見えるでしょう。三十前後……、ちょっと無理かな、三十代半ばくらいはいけそうです」

脳裏に浮かんだのは最初に通報してきた滝井菜緒子だ。アパートで家族連れらしき四人とすれ違っており、そのうち赤ん坊を抱いていたのが珠莉だと認めている。

「ガンクビなんだけど、スキャンして私のスマホに転送してもらえないかな。ちょっと気になることがあるんで」

「わかりました。アドレスを教えてもらえますか」

「いい？」

「どうぞ」

小町はスマートフォンのメールアドレスをゆっくりと告げた。


運転席のシートを目一杯下げた浜岡がハンドルの幅と同じくらいの弁当を食べていた。車内灯を点けているので、スチロールの弁当箱に鼻を突っこむようにしている浜岡の真剣な顔が見てとれた。

自分へのおごりですと浜岡はいい、コンビニエンスストアでチキンカツと豚肉ロースしょうが焼きがセットになった弁当を買った。辰見はおにぎりを二個、ペットボトル入りの緑茶だったが、おにぎり一個を食べ、茶をひと口飲んだだけで腹一杯になり、車を出て、タバコに火を点けた。

捜査車輛は荒川河川敷の野球場近くに停めてあった。車に背を向け、荒川を見やった。左手に千住新橋がかかっている。

浜岡が自分へのおごりというのも無理はなかった。当務引き継ぎ直後に飛びだし、栗原の変死体、蔵前の空き巣狙いとたてつづけに臨場したあとも次々に無線が入り、午後は鶯谷駅前での喧嘩《けんか》騒ぎ、その後は千住で立てつづけに起こった三件のぼやの件で周辺検索を行った。三時間ほど警邏をつづけたあと、放火犯らしき男が北千住警察署地域課のパトカー乗員に確保されたと連絡が入った。

ハンドルを叩き、罵る浜岡の横で、辰見は確保された被疑者が十六歳、無職だという無線を聞いて何ともいえない気分になった。

すでに辺りはうす暗くなっていて、コンビニエンスストアに寄ってようやく食べ物を仕入れたのである。昼食をとる時間はなく、分駐所に戻ることもないまま、午後五時半を過ぎた。

携帯灰皿でタバコを消し、吸い殻を入れるとていねいに口を閉じて車に戻った。タバコ一本分、外にいただけなのに車内の暖気が躰に沁《し》み、つくづくありがたいと思った。特大弁当をきれいに平らげた浜岡がペットボトルの茶をごくごくと飲む。

辰見はコンビニエンスストアのポリ袋を差しだした。中には手つかずの梅干しのおにぎりが入っている。

「食ってくれないか」

浜岡がぎょっとしたように辰見を見る。

「いいんすか。辰見部長、何も食ってないじゃないですか」

「一個食った。年をとるとな……」

一昨日、成瀬、犬塚と行った焼き肉屋の情景が脳裏を過ぎっていく。肉の焦げたところを食うと二十年後に癌になるという話をして笑ったが、三人とも肉はほんの少しずつ食べただけだ。

おにぎりの入ったポリ袋を浜岡の手に押しつけた。

「それじゃ、遠慮なく」

早速おにぎりを取りだした浜岡が半透明の包みを剝きはじめた。無線機からはひっきりなしに声が流れていたが、二人が乗っている捜査車輛の呼び出し符丁六六〇一はなく、また臨場が必要になりそうな事案も発生していなかった。

たちまちおにぎりを食べ終えた浜岡が口をもぐもぐさせながらペットボトルの茶を飲んだ。底を持ちあげ、すっかり飲みほしてしまう。辰見に顔を向け、にっこり頰笑む。

「ごちそうになりました」

「ごちそうかよ」

辰見は苦笑した。浜岡は三十代後半、辰見が同じ年頃だったのは四半世紀も前でバブル景気の余熱で東京中がまだ暑かった頃だ。

「ある程度覚悟はしてたんですけどね」

「何の話だ？」

「機捜は初動担当なんでちょんちょんとついては次の現場に移動しなきゃならない。やっぱり検察送致までやって事案を閉じられるわけじゃないですか」

「欲求不満がたまるか」

「いえ……」浜岡が首をかしげ、それから小さくうなずく。「そうですね、やっぱり。でも、機捜を経験しなきゃ刑事《デカ》にはなれないわけですから仕方ないです」

「デカになりたいのか」

「ええ、本物の、ですね。辰見部長みたいにデカとして何年も現場を踏んだ人には憧れますよ」

浜岡が探るような視線を辰見に向けた。

「笑わないで聞いてくれますか」

「何だよ。話をする前に笑うなっていわれても答えようがないだろ。まあ、いい。いってみろ」

「警視庁《ホンテン》の捜査一課《ソウイチ》に行きたいんです。ぼくなんかには無理だと思うんですけど」

捜査一課といわれて、森合の長い顔が浮かんだ。浅草ＲＯＸ裏の喫茶店での会話まで蘇ってくる。

『お宅にいる小沼だけどね……』

無線機が喚きだした。

〝至急至急、第六方面本部から各移動……〟

機動捜査隊の長い夜が始まろうとしていた。


捜査車輛の助手席で腰に着けた拳銃ケースからＳＩＧ／ＳＡＵＥＲ　Ｐ２３０を抜いた小町は銃把の底に取りつけてあるランヤードの留め具を外しにかかった。ネジを緩め、バネで押さえつけてある金属板を押して外す。次いでダッシュボードに内蔵されている保管庫に拳銃を入れ、扉を閉める。自動的にロックがかかった。

「それが正しい保管庫の使い方ですよねぇ」

運転席の小沼が感心したようにいう。

車は日本橋の一角に停めてあった。中央区は機捜隊浅草分駐所の管轄区ではない。さすがに拳銃を携行したまま、歩くわけにはいかない。もっとも小沼が口にした正しい使い方というのは辰見に対する揶揄だ。辰見は車に乗りこむと帯革ごと拳銃を外し、保管庫に放りこんでいる。チャカなんぞ一日中ブラ下げていたんじゃ、背骨が曲がっちまうといいながら。

小町は小沼に顔を向けた。

「それじゃ、三十分かそこらだと思うけど、その間に万が一指令が入ったら私を置いて現場に向かって。タクシーで追いかけるから」

小沼の眉毛《まゆげ》が八の字になる。

「機捜は二人一組で動くのが鉄則ですよ。指令が入ったら携帯に電話しますからすぐに来てください」

「はいはい」

ずいぶん違うと思いながら助手席のドアを開けた。管轄を離れる直前、小町は辰見に電話を入れていた。事情を説明するとたった一言いったものだ。

『任せろ』

車を降り、目の前のビルに入った。壁に貼られている入居者のプレートを見て、三階に目指すオフィスがあることを確かめるとエレベーターに向かった。

下谷警察署で滝井菜緒子に会う直前、須原に引きあわされたのが東京都福祉保健局で嘱託職員をしている岡崎だ。本業は某大学心理学教室の助手だが、虐待などにより心の問題を抱えた子供や障害のある人たちのケアをしている施設の相談員をしている。その施設のオフィスが日本橋にあった。

今朝早く南千住署が覚せい剤取締法違反でタクシー運転手神代広を逮捕したと須原から連絡があった。神代は自分の運転するタクシーの中で覚醒剤の密売を行っており、立原珠莉の働いていたキャバクラの専属運転手でもあったという。実年齢より若く見えるというのを聞いて顔写真のデータをスマートフォンに送ってもらった。

菜緒子がアパートの入口で見かけたという家族連れのうち、男が神代ではなかったかと見当をつけた小町は早速菜緒子に連絡し、写真を見てもらおうと思ったのだ。電話はつながったが、仕事中だし、職場に来て欲しくないと断られた。ちょっとだけと粘ると今日は午後六時に岡崎のオフィスを訪ねる用があるので、そちらでならと了解を取りつけ、出向いてきたのである。

三階でエレベーターの扉が開くと岡崎が相談員をしているという施設のオフィスは目の前にあった。ドアをノックし、返事を待って開ける。小さなオフィスで八つの机が向かい合わせに置かれている。五人ほどの職員がいるだけだ。

小町に気づいた岡崎が立ちあがった。

「こんにちは……、いや、もうこんばんはの時間ですね」

「こんばんは。オフィスにまで押しかけて恐縮です。先ほど電話でお話しした通りなんですが」

「はい」岡崎がうなずく。「滝井さんからも電話がありました。こちらへどうぞ」

オフィスの右側には会議室と刻まれたプレートを貼ったドアが三つ並んでいる。岡崎はもっとも奥まった一室に小町を案内した。会議用テーブルがあるだけで壁には何も掛かっていない。

「どうぞ」

うながされ、小町は折りたたみ椅子《いす》に腰を下ろした。岡崎が渋い顔をして切りだす。

「つい先ほど滝井さんから連絡がありましてね。こちらに向かっているんですが、十五分ほど遅れるって。申し訳ありません」

「いえ、私の方こそ彼女には無理をいって」

小町の答えに岡崎の表情が和らぐ。

「狭苦しい事務所でびっくりなさったでしょ。何しろ障害を持っている人たちの家族からいただいた寄付で運営しているものですから。職員もほとんどボランティアですし」

「そうだったんですか」

岡崎は鼻のわきをこすった。

「国の補助も受けてはいるんですけどなかなか厳しいです。ところで稲田さんは子供の権利条約というのをご存じですか」

「いえ、知りません。不勉強で申し訳ありません」

「いやいや」顔の前で手を振った岡崎がつづける。「あまり知られていないのが現実です。国連で定められた基本的人権に関する条約というのがありまして、同じことを十八歳未満の者にあてはめるのは無理があるため、別途定められたのが子供の権利に関する条約で、一九九〇年に発効、日本はそれから四年後に批准しています。ところが、子供に対するわが国の社会的養護の実態はこの条約に違反しているのが現状でしてね」

「どういうことでしょう？」

訊きかえしながらも小町は胸のうちで中條逸美に語りかけていた。

警察の手が届かない世界の話だね……。

岡崎が言葉を継ぐ。

「条約では、虐待やネグレクトから救われ、保護された子供はその後里親や養子縁組によってしっかりした家庭の一員として養育されるべきとしているんですが、わが国ではそうした家庭に入れる子供は十パーセントほどでしかないんです。九割近くは児童保護施設で集団として養育されています。わが国独自の文化もありますし、保護施設を否定しているわけじゃない。保護されるまで子供が置かれていた環境を考えれば、はるかにましな状況です」

母親が覚醒剤の使用で再三逮捕された伊藤早麻理も児童保護施設に入れられたことを思いだす。

岡崎が肩をすくめる。

「それに何でも国際基準が正しいとはかぎりません。でも、子供にとって大事なのは、保護者がそばについていていて、その子の存在を認めてあげることなんです。私たちは少しでもそのお手伝いができればと考えています。それに保護を必要としているのは子供ばかりじゃありませんからね」

そうした話をしているうちにドアがノックされ、菜緒子がやって来た。代わりに岡崎が出ていく。岡崎が座っていた椅子に菜緒子が腰を下ろすと小町は挨拶もそこそこにスマートフォンを取りだし、神代の写真を表示して菜緒子に見せた。

「いつかアパートで家族連れとすれ違ったといってたでしょ。そのとき赤ちゃんを抱いていたのが立原さんだった。女の子の手を引いていた男性って、この人じゃないかな?」

ひと目見るなり菜緒子が首を振る。

「違います」

「よく見て。写真なんで実物より老けて見えるかも知れない」

菜緒子が顔を上げ、まっすぐに小町を見る。

「似ていると思いますが、私が見たのはもっと、ずっと若い人でした。二十歳《はたち》にもなっていない感じで」

「似ている?」

「はい。顔の輪郭とか、目元の感じとか」

「ちょっと、ごめんなさい」

小町はスマートフォンを自分に向けると須原に電話をかけた。二度目の呼び出し音が鳴っている最中につながる。

「はい、須原」

「今朝の事案なんだけど、マルヒに息子とかいない？　二十歳くらいの」

「一人息子がいますけど、まだ高校一年ですね。妻は三、四年前に家出したきり戻っていないようです」

知らず知らずのうちに立ちあがっていた。

「息子は今、どこに？」

「いやぁ、それが自宅にはいないですよ。小学校高学年の頃から不登校で、去年高校に入ったんですけど、約一年間、ほとんど登校してないようです」

「息子の写真はない？」

「南千住PSに問い合わせてみますか。証拠品も押収してるはずなんで、その中にあるかも知れない」

「お願いする。できるだけ急いで」

菜緒子が小首をかしげ、小町を見上げていた。

目の前にはアンパンとパック入りの牛乳、そして注射器が置いてあった。珠莉の視線は注射器に吸い寄せられたまま、動かない。シリンダーには透明な液体が入っている。

疲れがひどかった。立ちあがることなどできない。体中の筋肉が萎《な》え、とにかくだるくてしようがない。萎えているのは筋肉ばかりでなく、脳までも、という感じだ。

ジャンパーを脱ぎ、入院着の左袖をまくる。肘のあたりに巻かれた包帯の間から青いプラスチックの筒が出ている。カテーテルだ。静脈につながった管は逆流してきた血で赤く染まっている。

唇を嘗《な》め、注射器を取りあげる。

自分が何をしようとしているのか、どこにいるのか、考えようともしなかった。自分が何者なのか、も。

注射器の針をカテーテルに差しこみ、プランジャーを押す。血管の内側が温かくなったような気がしたが、すぐに両手が冷たくなってくる。

これよ——珠莉はじっと注射器を見つめていた——これじゃなきゃ……。

シリンダーの中味をすべて静脈に入れると注射器を放りだし、天井を見上げて吠《ほ》えた。

# 第五章　導かれて

# 1

〝至急至急、第六方面本部より各移動。竜泉三丁目……〟

センターコンソールわきに取りつけられた無線機から流れる住所を聞く辰見の脳裏には街の様子が浮かんだ。かつてのお歯黒《はぐろ》どぶを挟んですぐ北側だ。

〝マンションにて射殺事案が発生。被疑者《マルヒ》はサワイッシ、沢、川のサワ、漢数字の一、こころざしの志、沢一志、二十二歳〟

運転席の浜岡がゲッ、若《わけ》えと声を漏らす。

〝被害者《マルガイ》は同マンション五〇五号室の住人、葉山和宏《はやまかずひろ》、五十二歳。なおマルガイは胸部および腹部に複数の銃弾を受け、救急搬送されるも心肺停止状態……〟

そこまで聞いた辰見は浜岡にいった。

「後ろを開けろ」

「はい」

浜岡が計器板の下に手を入れ、トランクを開くレバーを引く。

〝マルヒは凶器となった銃器を所持したまま、逃走、現場《ゲンジョウ》付近に潜伏している。くり返す……〟

車を出た辰見は帯革に触れ、右腰のやや後ろに拳銃、左腰わきに警棒、左腰の後ろに手錠のケースが来るよう調整した。その間、車の後部に回りこんだ浜岡が防弾チョッキを取りだし、トランクを閉じて辰見のところへやって来る。

防弾チョッキを受けとった辰見は上着を助手席に放りこんだ。チョッキを頭から被り、両腋の下にあるマジックテープを留めていく。運転席側に戻った浜岡も同様に上着を脱いでチョッキを装着している。

〝なおマルヒが所持している銃器についての詳細は不明……〟

浜岡が罵声《ばせい》を漏らした。

「大丈夫かよ」

防弾チョッキが銃弾に耐えられるかという意味だ。防弾とうたっているものの食い止められるのは拳銃弾だし、被疑者が所持しているのがロシアの軍用拳銃トカレフ、もしくは中国製のコピー品なら簡単に貫かれてしまう。

ちらりと浜岡に目をやった辰見はチョッキの内側に手を入れ、ワイシャツの胸ポケットから携帯電話を抜いた。稲田の番号を呼びだし、発信ボタンを押す。最初の呼び出し音の途中でつながった。

「はい、稲田」

「緊急配備《キンパイ》がかかった。竜泉三丁目で射殺事案だ。マルヒは拳銃《チャカ》を呑《の》んだまま、現場《ゲンジョウ》付近に潜伏している」

「はい？」

稲田の声がたちまち緊張した。

「聞いてなかったのか」

「今、車に戻るところで受令機のイヤフォンも外してたので」

「それでそっちは？」

「今朝パクられたタクシー運転手の神代の写真を滝井菜緒子に見せました。アパートですれ違った男はもっと若いということなんですが、輪郭とか目鼻立ちが似ているといっています。下谷署の須原によれば、神代は息子と二人暮らしで、その息子は高校一年生なんですけど、学校にはほとんど行ってません。そして行方不明です」

「息子が立原の子供を連れまわしている可能性があるな」

「私もそのことを危惧《きぐ》しています。須原に息子の写真を手に入れて、私の携帯に送ってもらうように頼みました。写真が来たら滝井に転送して確認してもらいます」

「そうか」

辰見は無線機に目をやった。射殺事案の内容をくり返しており、浜岡が辰見を見上げていた。歯を食いしばっているせいで口元が強《こわ》ばっている。

ふっと息を吐き、辰見は圧しだした。

「一昨日行った〈蘭華〉って店、憶えてるだろ？」

「はい」

稲田が管轄を離れる前に電話をしてきたとき、神代が〈蘭華〉の専属運転手をしていたという話を聞いている。

「南千住ＰＳの銃器薬物対策係《じゅうたい》には申し訳ないが、次に考えられる手がかりはそこにあるような気がする」

我ながら情けない言い回しだと思いながら助手席に乗りこみ、ドアを閉めた。すぐに浜岡が車を出す。辰見は右手に持った携帯電話を耳にあてたまま、左手でシートベルトを引きだして留めた。ついでに赤色灯とサイレンのスイッチを入れる。

駐車場を出て、浜岡がハンドルを右に切り、千住新橋に車首を向けた。

「私もそう思います」

「そっちをあたってみるか」

返ってきたのは沈黙だ。かすかなノイズが耳を打つ。辰見は唇を嘗め、言葉を継いだ。

「あんたは持ってるデカだ。おれはあんたの勘を信じる。子供を助けられるのは、たぶん班長だけだ」

「はい」

電話を切った辰見は次に犬塚の携帯電話の番号を呼びだして発信ボタンを押した。

「はい」

「竜泉で撃ち合いだ」

「聞いた。うちにも警戒するよう連絡が来た」

「マルヒは沢って奴だ。まだ若い」

「ああ。弾かれたのは葉山だろ」

犬塚がつづけて竜泉界隈を根城とする暴力団の名を挙げ、葉山は中堅幹部だといった。

捜査車輛は河川敷沿いの道路を突っ走り、千住新橋をくぐって西側の千住大川町に出た。一方通行が錯綜《さくそう》していて、じかに橋の上を走る日光街道に乗ることができない。

かつて真知子が住んでいた辺りだとちらりと思う。

犬塚がつづける。

「葉山は沢の後見役《ケツモチ》だ。今朝方、南千住ＰＳがシャブの卸元をパクったろ。元々葉山の舎弟だったんだが、ケツ割った根性なしのようだな。こいつが沢とつるんでた。先にパクられた根性なしはただの配送員で実際の卸元は沢だった。沢ってのは今どきの若い者だな。危険ドラッグ、マリファナ《ハッパ》、シャブと何でもアリだ。葉山の組じゃクスリは御法《ごはっ》度《と》だったんだが、金にはなる。組の方でも葉山がたっぷり上納してるんで黙認してた」

「ツレがパクられて、沢が葉山のところに駆けこんだってわけか。何とかしてくれって」

「まあ、そんなところだろう」

「ところが、葉山は逃げ腰になった」

車は千住大橋南詰め交差点に入り、右折して南下する。

「たぶんな」犬塚が声を低くする。「何があったのかはわからん。ヤクザ連中《れんちゅう》から連絡が入ってくるだろう。だが、気をつけろ。葉山の組の連中にも面子があるからな。沢を追ってる。それに関西の一件以来、どいつもこいつもチャカくらい呑んでやがる」

関西の一件とは二年前に日本最大の暴力団が分裂したことを指す。以来、全国に抗争が飛び火した。

「ありがとう。気をつけよう」辰見は口元に笑みを浮かべた。「最後の夜にふさわしい大騒ぎになりそうだ」

「馬鹿野郎」

犬塚が電話を切った。

辰見との通話を終えた小町はスマートフォンをシャツの胸ポケットに入れ、ビルの前に停めてある捜査車輌のドアを開けた。助手席に座ると小沼が防弾チョッキを差しだしてくる。

「キンパイがかかりました」

「ありがとう」受けとった小町はうなずいた。「たった今、辰見部長に聞いたところ」

チョッキを膝に載せ、上着を脱いで後部座席に置く。左右の腋の下にぶら下がっているショルダーホルスターの留め具を帯革から外した。チョッキを頭から被り、脇腹のベルクロを貼りつけるとホルスターの留め具をふたたび帯革に固定した。

無線機から第六方面本部通信指令室の声が流れてくる。

〝本部より各移動。マルヒ沢一志にあっては、身長百七十五センチくらい、やせ形、黒色のコート、黒いズボン、銀色の爪先《つまさき》の尖《とが》ったブーツを着用、頭髪は脱色し、金色に染め、逆立てている〟

小町は首を振ってつぶやいた。

「まるでネオンサインだね」

保管庫のテンキーに暗証番号を打ちこんで扉を開けた。SIG／SAUER P230を取りだし、ランヤードの固定具をかけて、ネジをつまんで回す。ネジが止まったところで左の腋の下に拳銃を差し、しっかりとバンドをかけた。

上体をひねり、後部座席に置いた上着を取ろうとしたとき、小沼と目が合った。

「それで、どこへ行きますか」

「うん」

すぐには答えず、小町は上着を取って羽織った。左右の肩を交互に揺すってショルダーホルスターと防弾チョッキをなじませた。まっすぐ前を見たまま答えた。「不忍池の南側、台東区と文京区の境界がかかってる飲食店街がある」

小沼に目を向けた。

「知ってる？」

「もちろん」

「その境界線の辺りにあるキャバクラ」

「どっち側ですか」

「ぎりぎり台東区」

「よかった」小沼は無表情にいった。「また管轄を外れるのかと思いましたよ。それじゃ、シートベルトを締めてください」

「キンパイがかかってる」

「わかってます。でも、班長がそこに行くには理由があるんでしょ」

「子供の命を救うため」

小沼がギアを入れ、右のドアミラーを見やった。車が動きだす。

「あなたを巻きこむことになる。わかってる？」

「前に捜査一課の森合部長にいわれました。班長は持ってるデカだからしばらくは下で修業してろって」

人形町通りで左折し、小沼がアクセルを踏みこむ。しかし、赤色灯もサイレンも切ったままなので緊急走行というわけにはいかない。小伝馬町《こでんまちょう》の交差点を抜けるとき、小沼がぼそっと付けくわえた。

「班長を信じます」

礼をいおうとしたとき、ふっと耳元を声がかすめていったような気がした。

せんせい……、いなだせんせい……、助けて。

左に目をやる。夜の街並みが流れていくだけでしかない。

「どうかしました？」

小沼が訊いてくる。小町は首を振った。

「いえ、何でもない」

前に向きなおり、胸のうちで夕貴の声に応える。

きっと助ける、今度こそ……。

射殺事件が発生した現場のマンション前には五台のパトカーが停められ、赤色灯を回しっぱなしにしていた。浅草分駐所からは辰見、浜岡のほか、伊佐、浅川も臨場していた。いずれも防弾チョッキに装備を身に着け、左腕には機捜と金糸で刺繍《ししゅう》された小豆《あずき》色の腕章をはめていた。

現場周辺は古い住宅やマンションが並んでおり、道路も狭い。すでに救急車は被害者を乗せて出発したあとで、道路は北西と南東の入口に黄色と黒のテープで規制線が張られている。そのため辰見たちと伊佐たち、それぞれの捜査車輛は最寄りのコインパーキングに入れてあった。

辰見たちの周辺には制服、私服入り乱れて数十人の警察官が立っていた。

現場のある台東区を管轄する第六方面本部はもちろんのこと、南側の千代田区、中央区を受けもつ第一、西側の文京区の第五、東側の墨田区、江東区の第七の各方面本部に緊急配備がかけられている。それにともない隷下の警察署からは地域課のパトカーが動員され、各交番が地元の警戒にあたっているほか、自動車警邏隊も周辺検索を行っていた。緊急配備はできるだけ素早く、数多くの警察官を現場周辺に投入することで被疑者を囲いこみ、一刻も早く身柄を確保することを目的としている。

マンションの玄関前に集まっていた人だかりから私服姿の男が二人、辰見たちに近づいてきた。いずれも捜査と刺繍の入った腕章を着けている。先に立つのは浅草警察署刑事課長、後ろは強行犯係長だ。

辰見たちは会釈をして迎えた。

「ご苦労さん」

刑事課長がいう。辰見はうなずき、訊いた。

「状況はどうですか」

刑事課長は口角を下げ、首を振った。

「今のところ、どこの網にも引っかかってこない。通報は葉山の女房《バシタ》からでね」

「ヤクザの女房が警察《うちら》に？」

「いや、消防だ。だけど泡食ってたのは間違いない。いきなりうちの人が撃たれたっていったそうだから。うちには消防から通報があった」

刑事課長が辰見に目を向けた。

「沢は正式な組員じゃない。昨今流行《はや》りの半グレだ。茨城で暴走族をやってて、卒業したあと、こっちに来てる。葉山が個人的に面倒を見てたんだ」

「それじゃ、葉山の女房も前から知ってたわけですか」

「そうなるが、まだ病院にいて、詳しいことは聞けてない。とりあえず沢について服装なんかを聞いた」

「沢の住処《ヤサ》は？」

「千束辺りらしい。葉山んところにはいつも歩いてきてた」

「今夜も？」

うなずいた刑事課長がますます渋い顔つきになった。

「それとバシタがいうには沢は目が飛んでて、大汗をかいてたってことだ」

「ヅケてるわけですか」

覚醒剤は元々旧日本軍が開発したといわれ、恐怖心を麻痺《まひ》させる効果がある。沢が自ら覚醒剤を摂取し、葉山の自宅に乗りこんだのだろう。

「元からシャブ中だったようだ」

「危険ですな」

「そうだ。くれぐれも受傷には気をつけてもらわなきゃならんが、迅速な対応も求められる。金髪のとさかを乗っけてるってことだから目立つだろうが……」

「帽子を被っちまえばわかりませんな。葉山の女房は見てないんですね」

「帽子はね。それに全身黒ずくめだ。ぞろりとした黒のコートを着てたってことだから前を閉じられると全身真っ黒だ」

すでに日が暮れ、辺りは暗くなっている。闇は犯罪者にとって最強の味方になる。

辰見は大きくうなずいた。

「わかりました。我々は徒歩で吉原の検索を行います」

人を隠すなら人のなか、宵《よい》の口でソープランドの客がそぞろ歩いていることが考えられる。

「そうしてくれ。浅草警察署《うち》も総動員で検索にあたってる。この界隈だけで車輛も十数台入っている。自動車警邏隊《ジラタイ》も入っているし、とにかく一刻も早く身柄《ガラ》を確保しなきゃならない」

「葉山の組の連中は？」

「最初の大騒ぎで気づいたようだ。葉山の女房は組には連絡してないが、何しろ近所だからな。奴らも必死に追ってるだろう。新しい情報が入れば、本部を通して連絡する」

「わかりました」

話し終えると刑事課長、強行犯係長はふたたびマンションの玄関前に戻っていった。辰見は伊佐、浅川、浜岡に向きなおった。

「聞いての通りだ。おれたちは歩きで周辺検索をやる」

伊佐に目を向ける。

「あんたと浅川は南側から始めてくれ。おれと浜岡は北から始める。つねに受令機に気をつけて」

浅草分駐所の四人は相勤者同士二組に分かれ、吉原のソープランド街に向かった。規制線の外側には浅草署の地域課員が声をからして離れるように注意していたが、数十人の野次馬が集まっていた。

規制線の端から吉原の方へ出ると辰見は浜岡をともなって左に折れた。見返り柳のそばまで行き、立ちどまって浜岡に声をかける。

「くれぐれも無理はするな」

「わかりました」

その間にも二人の後ろを二台、三台と赤色灯を回しっぱなしにしたパトカーが通りすぎていった。

二手に分かれて歩きだし、目の前に紅灯《こうとう》の連なりが広がる。

歩きだして五分もしないうち、ビルの陰からのっそりと人影が現れ、辰見は思わず足を止めた。

## 2

不忍池の南側を走り、左折してコーヒーショップの前に車を止めた小沼が小町をふり返った。〈蘭華〉のある通り、そして上野署と本富士署の境界となっている交差点が目の前にあった。

日本橋から十五分ほど走っただけだが、その間に小町は立原珠莉に関する見立てを話していた。ひょっとしたらもう一人子供がいて、何者かに連れ去られているのではないか、と。根拠がないことも正直に打ちあけた。

「さて、これからキャバクラに乗りこむんですが、二人で行きますか」

「もちろん」

「ママに会うんですよね？」

「そのつもりだけど」

「私の警察学校の同期に萩原《はぎわら》って奴がいるんです」

小町は目をしばたたき、見返したが、小沼は平然と言葉を継いだ。

「奴は浅草警察署の向かいに実家があって、ガキの頃から観音裏を歩きまわってました。刑事じゃなく、警務畑が長いんですが、大塚、碑文谷《ひもんや》と勤めて、今は牛込《うしごめ》ＰＳにいます。実家があるので、地元にも詳しいんですけど、浅草で勤務した経験はありません」

「何の話？」

「萩原にはスナック芸がありましてね。といっても歌や手品ができるわけじゃない。奴の芸は店選びなんです。初めて行った土地で繁華街に行ってもいい店を選べる。次から次へとスナックのドアを開けて、のぞいて、店のママとかマスターとかに一声かける。その間に店の雰囲気や客筋を的確に見抜く。もちろんママがいい人かどうか。どうやってやると思います？」

「さあ」

「ドアを開けると同時にタカハシさん、いる？　って訊くんです。なぜかいつもタカハシさんなんですけどね。いないっていわれると、じゃあ、またあとで来てみるよって出てくる。その間、せいぜい数秒」

「タカハシさんって人なら偶然いそうだけどね」

「いてもいいいんです。いや、この人じゃなくて、役所のタカハシさんの方でっていうだけで。市役所でも区役所でも、うちらも役所ですから人違いで済みます。で、近所のスナックを全部まわってここぞって一軒を選ぶ。また、選択眼が絶妙で」

話しながら小沼が上着を脱ぎ、防弾チョッキのベルクロを剝がしはじめた。防弾チョッキを脱いで後部座席に置き、次いで帯革を外しにかかる。小沼が何をしようとしているかがわかってきた。

「それはこっちに」

小町は手を出し、拳銃、警棒、手錠をつけた帯革を受けとった。小沼の体温が移って生温かい。保管庫には入れず足元に置く。

「まだ宵の口ですからね。ママが出勤しているとはかぎらない」

「萩原流をやってみるわけね」

「班長と二人で乗りこめば、いかにも警察でしょ。まして班長は女性だ。店はキャバクラだし、話を聞いてるかぎり充分怪しげです。この通りに並んでる店はどこも怪しげですけどね。とりあえず偵察してきます」

ドアハンドルをつかもうとした小沼に声をかける。

「ちょっと待って」

「何か……」

いいかけた小沼の襟元に手を伸ばし、ネクタイをゆるめ、ワイシャツのカラーのボタンを外した。次いで前髪に触れ、くしゃくしゃにしたあと、人差し指の背でさっと横に流した。

「顔はくたびれてるからそのままでいい」

まぶたを半分下ろして小町を見たあと、小沼が車を降りた。背を向け、キャバクラのある通りに向かって歩いていくのを小町は助手席に座ったまま見送った。無線機からはひっきりなしに竜泉で起こった銃撃事案の続報が流れている。

そのとき、シャツの胸ポケットでスマートフォンが振動し、すぐに止まった。メールが届いたのだ。取りだして、メールボックスを開く。須原から来ていた。

神代広の息子、聖也、セイヤです。写真は二点ありますが、一枚は小学校三年か、四年のとき、もう一枚は一年前に撮影されたもので、現在より子供こどもしている可能性があります。今のところ、手に入ったのはこれだけです。神代の息子について、さらに何かわかったらまた連絡します。　須原

写真を開いてみた。どちらもスナップ写真の一部を切りとったもののようで小学生の

頃のカットは笑っている。無邪気ともいえる笑顔だ。もう一枚はしゃがみ、顎を引くようにしてカメラを睨みつけている。いわゆるうんこ座りで不良の集合写真では定番のポーズともいえる。もっとも髪は黒く、前髪がひたいに垂れていて、不良というより気の弱そうなオタクといった感じだ。

小町は目をすぼめ、神代聖也の顔をじっと見つめた。たしかに父親の広に似ている。だが、それ以上に気になることがあった。

どこかで見た顔のような気がするのだ。

記憶をまさぐったが、いつ、どこで見たのか思いだせなかった。メールから須原の名前を削除し、写真と文面はそのまま、小町の名前を添え、アパートですれ違った男か確認して欲しい、三十分ほどのちに電話を入れると付けくわえて、菜緒子宛《あて》に送信する。須原には礼のメールを入れておいた。

竜泉で射殺事案が発生し、被疑者が拳銃を所持したまま逃亡している以上、下谷署にも動員がかかっているはずだ。ひょっとしたら須原も街中を歩きまわっているかも知れないとちらりと思った。

行き交う客やホステスらしきミニスカートの女たちの間から小沼が現れる。小走りに車に近づくと運転席に乗りこんだ。

「ご苦労さま。どうだった？」

「ママが出勤してくるのは十一時くらいだそうです。今日は客と同伴で」

「十一時か」

つぶやきながら小町は足元に置いてあった小沼の帯革を拾いあげて渡した。早速上着を脱ぎ、腰に巻きながら小沼が訊く。

「竜泉の方はどうですか」

「まだ見つかってない。そっちに行ってみるかな……」

スマートフォンが振動する。取りだすと菜緒子から着信していた。通話ボタンに触れ、耳にあてる。

「はい、稲田です」

いきなりだった。

「この人です。私がアパートの入口ですれ違った。女の子の手を引いてました」

つながった。


「シロさん……」

辰見は立ち尽くしたまま、思わずつぶやいた。右腰の拳銃にかけようとした手を下ろす。

ビルの陰からぬっと現れたのは自転車にまたがった巨漢だ。日が暮れ、肌寒くなってきたというのに着ている白い上っ張りは半袖、腕が剥きだしになっている。たまに行くちゃんこ料理店〈二式〉の大将で元相撲取り、客の誰もがシロさんと呼ぶので辰見もそう呼んでいた。

「久しぶりだね、辰ちゃん。たまには顔見せてよ。そうだ。そろそろあんたも定年だろ。送別会やらなくちゃな。拳銃マニアの美人さんも連れてきてよ」

拳銃マニアの美人とは稲田のことだ。以前に一度、店に行ったことがある。

「今、それどころじゃないんだ」

「知ってるよ。葉山が弾かれたんだろ」

大将が葉山が所属する暴力団の名前をあっさり口にする。

「それでご隠居のところに話を聞きに行ってきたんだ」

またしてもさらりとご隠居の名前を口にする大将に辰見はぎょっとした。引退して何年にもなるが、全国的な組織の幹部にまで上りつめた大物ヤクザだ。

「知り合いなのか」

「ご近所だからさ。何しろここら辺りは昔っから業界の連中が多いからね。うちの常連でもある」

大将が目配せし、ハンドルに肘《ひじ》を置き、前のめりになったので辰見は近づいた。大将が声を低くする。

「やったのは若僧……」

大将が顔をしかめる。

「何ていったっけな。今さっきご隠居んところで聞いたばかりなんだけどねぇ」

「沢だ」

「そう。沢って野郎だ。そいつだが、うちの常連の虎千代《とらちよ》ってソープ嬢のペットでね。ソープ嬢っても虎千代は吉原に沈んで四半世紀だから主みたいなもんだが」

「虎千代って名前なのか」

「源氏名は違うけどね。でも、うちに来るたんびにベロベロに酔っ払って、まあ、しつこい。そんでうちじゃ虎千代で通ってる。いや、そんなこたぁ、どうでもいい。とにかく沢は虎千代のペットだ」

「ペットってのは？」

「飼ってるからペットだ。早い話、虎千代は金づるなんだよ。野郎は虎千代のマンションに居候してる」

「沢はチャカを呑んでこの辺りを逃げまわってる。シロさんも店に帰って、沢が確保されるまではシャッターを下ろしておいた方がいい」

「そんなことしたら顎が干上がっちまうよ。それにチャカが怖くて観音裏で商売なんかやってられるかっての」

大将が豪快に笑ったあとで付けくわえた。

「実は今晩も業界の連中の予約が入っててね、それで仕込みの最中だったんだけど、この騒ぎだろ。ちょっくらご隠居んとこで情報《ネタ》を仕入れてきたんだ。今夜の客にしても興味あるだろうから」

「どこの者かは知らないが、どいつもこいつも血まなこになって沢を追っかけてる」

大将は躰を起こし、顔の前で手を振った。

「それはないよ。近頃はあんたらがうるさいからね。連中は大人しくしてるよ。どっちにしても今夜の客は一ヵ月も前から予約してきてるんだ。特製の鍋を用意しとけってね。材料がなかなか手に入らないんで裏メニューなんだ。何とかそろえたけどさ」

「本気かよ」

ようやく肩の力を抜いて、辰見はつぶやいた。大将がにやにやする。

「その若僧だがね、今晩うちの店に入ってきたら凍りつくぞ。何しろこの辺りじゃ名の通った大物ばかりだ。あ、これ、浅草警察署《アサケイ》のマルボウには内緒ね」

不器用にウィンクすると大将は自転車を漕《こ》ぎながら店のある方へ去っていった。その背中を見送り、ちらりと苦笑すると辰見はソープランド街に向かって歩きだした。

階段の途中に貼られている〈蘭華〉のポスターにはライトが内蔵されていて、暗くなると全体が明るく浮かびあがる仕掛けになっていた。それにしても巨大だ。アップにして結いあげた髪の天辺は小町の背よりも高い。画像処理がしてあるらしく、白い肌にはわずかなシミも毛穴もない。

すぐ前を通りすぎながら胸のうちでつぶやいた。

ここまででかいとグロテスクだな……。

黒地に濃いピンク色の牡丹《ぼたん》が散らしてある襟元に〈ママ　みさと〉と記されている。

先に二階に上がった小沼がドアを開け、半身を入れた。

「さっき来たんだけど、ママ、出勤した？」

午後十一時をまわっている。

店の中から男の声が答えた。

「お待ちしておりました。先ほど出勤いたしましてお待ちしております。さ、さ、どうぞ、こちらへ」

「連れがいるんだけど、いっしょにいいかな」

「もちろんでございますとも。大歓迎ですよ」

声が近づいてくる。小沼が半歩退くとタキシード風の真っ黒なスーツを着て、蝶《ちょう》ネクタイをつけた中年の男が出てくる。

「恐れ入ります。お連れ様ぁ……」

出てきた男は小町を見て、ぎょっとしたように目を剝いた。次いで素早く小沼をふり返る。手にした身分証を開いて、小沼が男の鼻先に突きつけた。

小町は男のそばに立った。鼻をつく安っぽいオーデコロンとタバコの匂いに思いきり顔をしかめ、声を圧しだした。

「ちょっとママに訊きたいことがある」

蝶ネクタイの男が小町に顔を向けた。

「上野署の方ですか。私どもは別に何も……」

「あんたと押し問答をするつもりはない。ここのママに二、三訊きたいことがあるだけだ。こんなところでぐずぐずしてると上野も来るよ」

スマートフォンを取りだして見せた。

「それとも呼ぼうか」

男の目が動いた。階段の下を通りすぎる男女が店の入口を見上げていく。そのとき店の中から甲高い声が聞こえた。

「いらっしゃいませぇ」

男はため息を吐き、店の方を手で示した。

「どうぞ」

入口に立っていた小沼はすでに身分証を上着の内ポケットに戻していた。白地に金糸の大波がうねっている着物を着た女が小沼の腕を取ろうとする。修正は肌だけでなく、体型や顔の輪郭にまで及んでいた。分厚いファンデーションが目尻のところでひび割れていた。修正されているだけでなく、素材となった写真そのものが何年も前に撮影されたものだとわかる。

ママのみさとだ。

「マネージャー」

目を細め、蝶ネクタイの男を睨みつけたみさとの目には底意地の悪そうな光があふれ、低く、ドスの利いた声になっていた。

「はい」

男は目を固く閉じ、震える声で返事をした。

店内ではなく、トイレの奥にある更衣室兼事務所に案内された。細長いテーブルが二つ並べられ、みさとは折りたたみ椅子に腰を下ろした。テーブルの上に放りだしてあったタバコを取り、一本をくわえて火を点ける。

小町はテーブルのわきに立ち、みさとを見下ろしていた。小沼が出入口を背にして立っている。

髪型は階段の途中にあるポスターと同じ、着物はもっと高そうだが、写真より明らかに太っていた。大量に煙を吐き、ひたいの生え際を掻いた。長い爪にはオレンジとブルーのネイルが盛られていた。

「勘弁してよねぇ。神代のことだったら朝からさんざん訊かれてるよ。金曜の夜だってのにさ」

みさとがきっと目を上げ、小町をまっすぐに睨みつける。

「商売の邪魔して楽しいか」

「立原珠莉について聞きたいだけだ」

「たちはらじゅり……」みさとが宙を睨んで、描いた眉を寄せた。「たちはら……、じゅり……、ああ、ジュリーのことね。もうずいぶん前に辞めたよ。うちにはいない」

「神代と立原……、ジュリーの関係について訊きたい」

「どういうこと？」

「神代はジュリーの送迎もしてたのか」

「まさか」みさとが白い咽《のど》を見せて大笑いする。「あんな貧乏ったれ、タクシーで通勤できるようなご身分じゃないわよ。あの子は歩いてきてた。上野駅の向こうのアパートに住んでるからね」

「ジュリーのアパートを知ってるのか」

「知らない」みさとが首を振る。「あの子をうちに連れてきたのはちーさんなのよ。使ってやってくれないかって。近所だから交通費はなしでいいからっていって」

「入谷の不動産屋の親父《おやじ》だよ。若い女が来ると安く部屋を世話してやるっていって……」

千種不動産の社長の顔が小町の脳裏をかすめていく。

みさとは千種の悪口を並べ立てたあと、天井を見上げてつぶやいた。

「そういえば、ちーさんはよく神代の車を使ってたんじゃないかな」

「ちーさんって?」

## 3

緊急配備から五時間が経過した。その間、受令機から流れる指令にはたまに被疑者に似た恰好の不審者を発見したとの報が入った。第六方面だけでなく、ほかの方面本部からも入っている。だが、いずれも人違いでいまだ沢の確保には至っていない。

歩きつづけてきた辰見は、両足のふくらはぎが痺《しび》れ、足首に鈍い痛みを感じていた。立ちどまって携帯電話を取りだし、伊佐の番号を選んでつなぐ。

「伊佐です」

「どうだ?」

「ダメですね」

辰見より一回り以上若い伊佐だが、それでも四十代半ば、声に疲れがにじんでいた。

ふっと息を吐き、言葉を継ぐ。

「これだけ探しまわってるってのに、どこに潜りこんでるものやら」

現場からもっとも遠くで沢らしき男を見かけたという通報は八王子からだ。緊急配備はかかっていないものの、警視庁の管轄全域、さらには埼玉、千葉、神奈川にも通達は行っている。

「まったくだ。今、どこだ？」

「いったん国際通りに出て、飛不動の方に入ったところです。十周目か、十一周目ですよ。辰見部長は？」

「オレもぐるぐる同じところを回って、吉原交番《PB》の近くだ」

右に目をやった。仲之町通りをはさんで斜め前にあるマンションの一階に交番があった。赤い灯がともり、警官が一人、立哨《りっしょう》に就いている。

「歩きも限界ですかね」

「おれもそう考えたところだ。いったん最初の駐車場に戻ろう。浅川に連絡してくれ」

「了解」

電話を切り、つづけて浜岡にかけた。

「はい」

三十を過ぎたばかりの浜岡の声ははずんでいる。

「今、どこだ？」

「見返り柳を東に越えて……、分駐所の裏辺りに来てます」

「どうだ？」

「目につくのは同業者ばかりっすよ。何人動員されてることやら」

「いったん最初の駐車場に戻る。そこからだとちょっと距離はあるが……」

「走っていきます」

ニワトリ捜査隊と揶揄され、腐っていた浜岡だが、打てば響くように応じた。事件のない平和な夜が望みではあるが、拳銃を抱いた被疑者が潜伏していて緊急配備がかかれば、アドレナリンがあふれだし、張り切るのが警察官ではある。

笑みが浮かんだ。

「そうしてくれ。それじゃ、あとで」

携帯電話を胸ポケットに戻した辰見は目の前の横断歩道を渡り、江戸町通りに入った。左手にソープランドがあり、呼び込み《パイラー》が開け放したドアの内側に立っている。いつもなら店の前に出て、通りかかる客に声をかけているところだ。辰見を見て、パイラーが会釈をしたのでうなずき返した。白髪をきっちり撫《な》でつけ、黒いベストを着けている。中年というより初老に近い年回りだ。顔に見覚えはあったが、名前までは思いだせなかった。

　古い住宅、アパートが建っていて、ふたたびソープランドの看板が見えてくる。吉原でも西の外れに近く、住宅とソープランドが混在している地域だ。やがて右に公園が現れた。歩道に今どき珍しい電話ボックスが残っていて、グリーンの電話機が見えた。向かいにはソープランドが建ちならんでいる。

　公園寄りの歩道を歩いた。パイラーたちはいずれも扉の内側にいたが、二人、三人とかたまっている店もあった。

『チャカが怖くて観音裏で商売なんかやってられるかっての』

　ちゃんこ屋の大将の声が脳裏を過ぎる。恐怖を感じないわけがない。拳銃を所持したまま潜伏しているのは覚醒剤を使用している上、若い。今どきの若い者は、というのは年寄り定番の繰り言だが、現在では特別な意味を持つ。昭和の御代《みよ》までは裏社会にも一定のルールがあった。良し悪《あ》しは別としてヤクザが頂点に立ち、行儀を教えていたものだが、今は何もかも野放図、やりたい放題だ。とくに二十歳前後の連中は無茶をやる。

　歩きながら帯革を揺すりあげた。拳銃、警棒、手錠がかすかに音を立てる。初めて拳銃を腰につけ、交番の前に立っていた頃は……。

　思いかけてやめた。これもまた年寄りの繰り言なのだ。

　公園を過ぎ、T字路に突きあたった。右に行けば、捜査車輌を停めた駐車場になる。

ふいに思いだした。今は駐車場だが、四半世紀前にはテキ屋系暴力団の親分の自宅兼組事務所があった。くだんの親分は自宅の前で殺された。子分の女房に手を出し、自宅に連れこもうとしていたのだが、門前で口の中に拳銃を突っこまれ、銃弾を撃ちこまれたのだ。

永富豊成《ホウセイ》が所属していた組だ。

警察は正義の味方か、と永富に訊かれた。それも二度だ。最初は三十年ほど前、バブル景気に浮かれていたとき、二度目はそれから二十七年後――二年も経っていないことに気づいた。

二度とも満足に答えられなかった。二度目も黙ったままでいると永富に笑われた。最初のときと同じ答えだ、と。

警察官になって四十年以上、明日の朝にはお役御免となる。警視庁を受験したのは、高校時代の同級生が採用試験を受けると聞いたからに過ぎない。正義の味方になるつもりなどなかった。合格通知をもらい、以降、辛気くさい受験勉強などする気が起きなかった。

刑事になったのも今から思えば成り行きとしかいいようがない。強いていえば、制服より私服の方が着ている分には楽そうだと思ったからか。

苦笑いが湧きそうになる。

交差点を右に曲がり、永富に会った頃、親分が射殺された自宅の跡地――駐車場に近づく。捜査車輛の周りにはすでに伊佐、浅川、浜岡までが顔をそろえていた。彼らのそばに立った。伊佐、浅川の顔には明らかな疲れがにじみ出ており、声は元気だった浜岡にしても目がくぼんでいる。

「ご苦労さん」

それから互いにどこを回ったか、どのような状況だったかを報告し合った。わかったのは昼過ぎから誰も食事をしていないことくらいだ。

「わかった」辰見は三人を見渡した。「伊佐と浅川は先に分駐所に戻って飯を食ってくれ。おれと浜岡は車で警邏をつづける。一時間後に交代だ。それでいいか」

三人がうなずく。

辰見は短く息を吐くと腹に力をこめ、圧しだした。

「それともう一つ。皆、車に乗ったらまずチャカのゴム外しとけ」

三人がはっとしたように目を見開き、辰見を見る。だが、一瞬でしかなく、もう一度うなずいた。

二台の捜査車輛に分乗した。辰見はケースから拳銃を抜き、引き金の後ろに入れてある三日月型のゴム――通称安全ゴムを左の親指で押しだし、右の手のひらで受けた。安全ゴムを上着の右ポケットに入れる。運転席では同じように浜岡が拳銃を手にしていた。

携行している間、引き金の後ろに安全ゴムが入っていると引き金をひくことも撃鉄を起こすこともできない。落ちついた状態で抜くなら二秒とかからない動作だが、とっさに拳銃を使わなくてはならないときには案外うまくいかない。あらかじめ抜いておけば、いつでも撃つことができる。

拳銃をケースに戻し、落下防止用のバンドを掛けてホックを留めた。

「行きます」

浜岡が声をかけ、駐車場を出たところで胸ポケットの携帯電話が振動した。取りだして背の液晶窓を見る。ちゃんこ屋〈二式〉大将と出ていた。開いて、耳にあてた。

「はい、辰見」

「今、電話、大丈夫かい」

「ああ」

「今さっき虎千代から電話がかかってきてさ。辰ちゃんに会ったあと、若僧のことが気になったんで電話を入れておいたんだ。それで折り返し電話が来たのがさっきだったんだが、沢の野郎だけど、金がないらしくて虎千代に無心してきたようだ。そんで店に行くって……」

知らず知らずのうちに辰見は下唇を強く嚙《か》んでいた。

Y事案が発生した公園のほぼ真ん中にあり、水銀灯が白く照らしているコンクリート製のベンチに小町は一人で腰を下ろしていた。細い鉄塔の上部に取りつけられた丸い電気時計が明るく浮かびあがり、午後十一時三十七分を指していた。目の前には黄色のジャングルジムがあり、一昨日、当務明けに歩いてきたときには子供を遊ばせている母親が座っていたことを思いだした。

受令機には竜泉で発生した射殺事案に関して次々に指令が入っていた。小町は左耳に差してあったイヤフォンを抜き、耳の上に引っかけた。ジャングルジム越しにシルバーグレーの捜査車輛が見えている。運転席の小沼が無線を聞いており、火急の事態が勃発《ぼっぱつ》すれば、すぐに飛びだしてくるはずだ。

左に目をやった。公衆トイレの白い壁が街灯に照らされ、浮かびあがっていた。まさに五十四年前に誘拐事件が起こった場所だが、建て替えられているだろう。

ベンチを照らす水銀灯の光が届かないぎりぎりのところに小さな人影が立っていた。ぼんやりとした光を帯びていて女の子であることがわかる。

小町は目を細めた。

導かれているという思いは今や確信に変わっている。だから幻影に驚くことはなかった。今まで夢に出てきた汚れた姿ではなく、記憶の中にあるこざっぱりとした服装をしていた。だが、表情は硬く、唇を結んで小町をまっすぐに見ていた。

篠原夕貴。

見つめつづけるうち、夕貴のすぐ後ろにもう一つ人影が立っているのに気がついた。シルエットでしかなく顔は見えなかったが、背恰好は夕貴とほとんど変わらない。それでも半ズボンを穿いている男の子らしいとわかる。

Y事案の被害者だろうと思った。

大人の身勝手によって奪われた幼い命が小町を見つめている。三日前にもすぐそばで幼い命がはかなくなり、今またもう一つの命が失われようとしている。

小町は二つの幻に向かってうなずいた。

私は逃げない。

そのとき、背後から近づいてくる足音がして小町は立ちあがった。ブルーのダウンジャケットを着た滝井菜緒子がちょこんと頭を下げる。

「すみません。お待たせしました」

「こちらの方こそ、こんな遅くにごめんなさい」

「いえ」

二人は並んで腰かけた。

「実は……」

切りだしたものの小町は何をどこまで話せばいいのか迷っていた。ままよ、と胸のうちでつぶやく。現時点でわかっていること、さらには小町の推測もふくめてすべてさらけ出し、菜緒子に協力を仰ぐしかないと決断した。恐怖に耐えて一一〇番通報してきた菜緒子の勇気に期待していたが、それ以上に珠莉のもう一人の子供の命を救いたかった。

立原珠莉が病院から姿を消したこと、珠莉には死んだ乳児のほかにもう一人子供がいるのではないかと見ていること、連れだしたのが今朝覚醒剤密売容疑で逮捕された神代の一人息子である可能性があること、珠莉が勤めていたキャバクラに神代が出入りしていたものの二人には関係がなく、珠莉をその店に紹介したのが千種不動産の社長であること……。

「それで千種不動産に行ったんだけど、電気は消えていて、誰もいなかった。表に貼ってあった広告の番号に電話したけど、事務所の中で電話が鳴ってるのが聞こえるだけで転送されなかったし、留守電にもなっていない。ここに来て……」

小町はうなずいた。

「手詰まりなのよ」

だが、話しているうちに菜緒子の顔が白っぽくなり、目つきが厳しくなっていくのを感じていた。

「千種不動産について、何か知らないかな。社長の携帯番号とか」

「知ってます。何かあったときにいつでも電話するようにって」

「電話したことある？」

「ええ」菜緒子はあっさりうなずいた。「立原さんのことで今までに三回電話してます。でも、何もしてくれなかったし、そのうち真夜中に酔っ払って電話してきたりして……」

菜緒子が顔を伏せ、言葉を切った。

「何をいわれたの？」

意を決したように顔を上げた菜緒子がまっすぐに見返してくる。

「家賃を割り引きしてやってもいい……、いえ、ただにしてやるといったんです。どうせおんぼろアパートで大した家賃も取ってないからおれが立て替えてやってもいいんだって。もちろん断りました」

家賃を無料にする代わりに千種が何を要求してきたかは容易に察しがついた。

「そうしたらいきなりうちに来たんです。もうびっくりしちゃって、怖くて。でも、今のお家賃で入れるようなアパートなんかないし。だからドアチェーンを買ってきて、取りつけました」

初めて臨場したとき、ドアを開けた菜緒子がドアチェーンを外そうともしないで小町を睨みつけていたのを思いだした。

菜緒子が顔をくしゃくしゃっとする。今にも泣きだしそうな表情だ。

「どうしたの？　何があったの？」

「うちに来たときです。私のベッドのそばまで来てのぞきこんでいました。にやにやしながら。気持ち悪かったんです。悲鳴を上げようとしたら私の口を押さえて、ビニールの小袋を見せました」

「パケ……、ビニールの小袋って、中味は？」

「グラニュー糖みたいな結晶が入ってました。あいつはすごく気持ちが楽になるクスリで、私みたいに精神を病んでる人間にはこれが一番効くんだって。そういいながら躰を触ろうとしたので、顔を振って、指が外れて口の中に入ったときに思いきり嚙んでやったんです。血が流れて……」

はっとした菜緒子が言葉を切り、目をぱちぱちさせた。話している相手が警察官であることに気づいたようだ。

「これって犯罪ですよね」

「いえ」小町はきっぱりといい、首を振った。「違う」

「正当防衛ってことですか」

「天罰。指を食いちぎってやってもよかったくらいだ」

菜緒子がちらりと笑みを見せた。

「お巡りさんもいろいろですね」

「まさか」

「実は、そのときの小袋なんですが、まだうちにあるんです」

「そうね」

「いやいや」今度は菜緒子が首を振る。「怖くてしようがないんですけど、捨てたいんですけど、どこに捨てていいかもわからなくて」

「どうしてあなたのうちにあるの？」

「あいつが置いていったんです。気が変わったら使ってみろって。結晶を指に載せて歯茎に擦りこむだけで効き目がわかるからって」

小町は腕を組んだ。視線を外すとまだ二人の小さな幻がそばに立っているのが見えた。腕を下ろし、菜緒子に向きなおる。

「クスリを置いていったのはいつ頃の話？」

「半年くらい前です」

「今から千種に電話できる？」

「えっ」

驚く菜緒子に小町は落ちついた口調である作戦について話しはじめた。

# 4

酒瓶を並べた棚の陰からわずかに顔を出した珠莉はがっかりしてしゃがみ込みそうになった。レジの前に座っているのはおばさんだ。おじさんならいいけど、おばさんではどうしようもない。お父さんの焼酎《しょうちゅう》を買ってくるようにお母さんにいわれてきたが、いつものようにお金はくれなかった。おじさんならお金がなくても焼酎を売ってくれるが、おばさんには悪口をいわれて追いだされるし、店の中を掃くほうきで叩《はた》かれることもあった。

顔を上げたおばさんと目が合ってしまった。ずり下げたメガネの上から見えている目が吊りあがり、眉毛がぎゅっと真ん中に寄る。

「また、お前か」

金色の前歯が気持ち悪い。珠莉はすぐに酒屋を飛びだした。外は陽射しがきつくて、道路が真っ白で眩《まぶ》しい。頭がくらくらする。だけどまだ焼酎を買ってないので家には帰れない。買わずに帰れば、お母さんはきっとうちに入れてくれない。

おばさんしかいなかったからといえば、お母さんは嘘を吐くなといって竹の物差しで叩くだろう。テレビの前に寝そべっているお父さんはタバコを吸っているだけだ。

橋の近くまで走り、土手を歩いて、もう一度酒屋へ戻ろうとしたとき、学校のある方からチャイムが聞こえてきて、一昨日から二学期が始まっていることを思いだした。学校に行けば、給食が食べられるのに、と思ったらお腹《なか》がきゅっと鳴った。

酒屋の裏に近づき、おばさんの姿が見えないことを確かめながら近づいた。酒屋ととなりの店の間に駆けこみ、空き瓶を入れた木箱が積みあげてある陰にしゃがむ。陽はあたらなかったが、蒸し暑い。顔や首筋ににじんでくる汗を腕で拭った。ぬるぬるして気持ち悪い。

どれほど待ったかわからない。ようやくきいきいという音が近づいてくる。おじさんが乗っている自転車だとわかった。木箱の陰から出た珠莉は腰をかがめたまま、酒屋ととなりの店の間から少し顔を出した。

やはりおじさんだ。おじさんは自転車にブレーキをかけ、珠莉の前に止めた。黄色いTシャツに汗のシミがついている。火の点いたタバコをくわえていた。自転車から降り、スタンドを下ろす。それから自分の店の方をうかがって、自転車の荷台に積んだ箱から焼酎の紙パックを取りだし、珠莉に近づいてきた。

「奥へ行け」

低い声でいい、珠莉を空き瓶の入った木箱の陰へ追いたてる。そして焼酎の紙パックを押しつけると珠莉の前にしゃがみ、立たせたまま、パンツを引き下ろした。

珠莉は目をつぶった……。

「え？　今から……」

キッチンから聞こえてくる低く、くぐもった男の声に珠莉は夏の日の酒屋から引き戻された。

小学校二年生の夏——まだ、前の父が家にいた。いつもテレビの前に横になってて、タバコを吸い、焼酎を飲んでいた。焼酎がなくなると珠莉は買いに行かされた。酒屋の主人なら股間を触らせるだけで焼酎をくれた。店主の女房は気づいていたのだろう。だから珠莉が店に行くとほうきを振りあげた。

「アパートまで？　おれに来いってのか」

圧《お》し殺した声がつづく。あとはうんとかああとかいうだけだ。

アパートと聞いただけでごちゃごちゃした部屋が浮かんだ。子供がいれば、散らかってしまうのは仕方ない。

萌夏……、亜登夢……。

天井からぶら下がっている蛍光灯が眩しい。まばたきすると頭の後ろ側に衝撃が来る。

萌夏、亜登夢ともう一度胸のうちでくり返すが、顔が浮かんでこない。蛍光灯が眩しい。でも、顔を背ける力もない。

足音が聞こえる。目を動かすこともできない。

「ちょっと出かけなくちゃならなくなった。でも、安心しろ、こいつは置いていってやるからよ」

男の声がして、テーブルに固い物を置く涼しげな音がする。必死に目を動かす。注射器が見えた。針には透明なブルーのキャップが被せてあり、シリンダーには無色の溶液が入っている。自動機械のように右手が動き、左手のカテーテルを探る。

「シャブチュウが」

唾《つば》でもひっかけるような調子でいわれたが、気にならなかった。注射器以外、何も目に入らない。

男が玄関に行く。

直後、ぶんと音がして部屋が真っ暗になった。珠莉は床に手を這わせ、テーブルの脚を探していた。

『それで沢の野郎は虎千代が勤めてる店の裏口に一時に行くっていってるらしい。虎千代は震えあがってるんだが、どうしようもない。金を渡すといってる。虎千代がいるのは古い店で〈伽羅〉っていうんだけどさ』

ちゃんこ屋〈二式〉の大将が口にした店名に辰見は戦慄《せんりつ》した。かつて真知子がソープ嬢として働いていた。たしかに古い店で真知子が在籍していた頃から名前も店の外観も変わっていない。もっとも今の吉原には古い店しかない。

どうすると大将に訊かれたので任せろと答えた。虎千代にも連絡しなくていいと付けくわえた。

『エリザベスだよ。虎千代の源氏名だ。沢の野郎はエリーと呼んでるらしいがね』

『ありがとう』

電話を切ったあと、どうするかと考えた。浅草警察署の刑事課長が浮かんだ。通報があったことを知らせ、情報を共有するのが通常の手順だ。

しかし、竜泉、千束には十数台のパトカーが走りまわり、制服、私服の警察官がうようよしているのだから沢は相当警戒しているだろう。沢が現れる場所と時刻がわかっているので捜査員を配置し、身を隠してぐるりと囲むのは可能だが、万が一、沢が気づけば逃げられてしまう。所持金がなく、追いつめられ、覚醒剤を使用していて、拳銃を所持している。しかも沢は暴力団にも属していない半端者で、後ろ盾を射殺している。

逃げきれないと諦め、逆上すれば、何が起こるか……。

浜岡が分駐所の裏手にある駐車場に車を入れた。辰見はダッシュボードに埋めこまれたデジタル時計に目をやった。午前零時十分になっている。途中、近所のコンビニエンスストアに寄って弁当を買っていた。辰見はまたしてもおにぎりとペットボトルの茶だけだ。

　エンジンを切った浜岡に声をかけた。

「先に戻って、飯を食っててくれ。おれは深呼吸してから行く」

　浜岡もタバコは吸わないが、辰見が深呼吸という意味はわかっている。

「四階まで上がるのはきつい」

「さすがにくたびれてますよね。了解です」

「ずっと我慢してたからな。たっぷり息を吸う必要があるし、吸えそうな場所を探さなくちゃならない」

「厄介ですね」

「まったくだ。高額納税者だってのに冷遇しやがる。飯食ったら休憩室で寝てていいぞ。一時間したら起こす」

　一時間後には午前一時を過ぎている。結果がどう出るかわからなかったが、情報を上げずに単独行動をする以上、浜岡を巻きこむわけにはいかない。

　どうせおれは今夜で終わりだし……。

　浜岡がにっこり頬笑んでうなずく。

「わかりました」

　車を降り、そそくさと交番の裏口に向かう浜岡を見送りながら辰見はタバコのパッケージを取りだした。くわえたものの敷地内で火を点けるわけにはいかない。

駐車場を出て、ふたたび吉原に向かって歩きだした。ソープランド街の地図は隅々にいたるまで頭に入っている。中でも〈伽羅〉は忘れようがない。

ひとけのない商店街に入ったところでくわえていたタバコに火を点け、深々と吸いこんだ。


グリーンのカーペットを敷きつめた六畳の菜緒子の部屋はカーテンとベッドの上の布団カバーがミントグリーンで清潔感にあふれ、掃除が行き届いていた。壁に押しつけられる恰好でライティングデスク、ローチェストが並べてあり、その上にテレビと小さな鏡台が置かれている。最初に臨場したとき、小町は三和土までしか入れてもらえなかった。部屋に入るのは初めてだ。

押入の前に置かれたベッドは窓に枕を向けてあった。このベッドに寝ているときかと思った。自分の部屋で眠っているとき、ふと目覚めて、男がのぞきこんでいるのに気がついたら……。

恐怖ははかりしれないだろう。

許せない。

ベッドわきに置かれたガラスのテーブルを挟んで小町は菜緒子と向かいあっていた。

二人の間にはパケが三つ置かれている。血の気の引いた真っ白な顔をした菜緒子がしきりに両手をこすり合わせていた。

間取りは珠莉の部屋と同じだ。上がり框《がまち》の奥のドアを開けるとキッチン、さらに引き戸があって六畳間になっている。

小町は静かに切りだした。

「こんなことに巻きこんで申し訳ない」

「いえ」

菜緒子は顔を上げずに首を振った。泣くのを必死にこらえている様子が伝わってきた。うつむいたまま、菜緒子がぼそぼそとつづけた。

「子供の命を助けたいのは私も稲田さんと同じです。でも、やっぱり怖い。勇気がなくてごめんなさい」

小町は両手で菜緒子がこすり合わせている手を包んだ。小刻みに震えていた。柔らかく、しかし、しっかりと握った。

「あなたには勇気がある。悲鳴が聞こえた夜、立原珠莉を助けたくて私たちに電話してきた」

「でも、ずいぶん時間が経ってからでした」

「アパートに住んでいるほかの住人も近所の人も知らんぷりしてた。おそらく毎回悲鳴は聞こえていたはず。あなただけよ、勇気を持って彼女を助けようとしたのは。そのことを忘れないで」

小町は菜緒子の手を引きよせた。菜緒子は抗《あらが》おうとしなかったが、目を上げようともしなかった。

「段取りはわかってるわね？」

「千種社長が来たら……」菜緒子がごくりと唾を嚥《の》む。「この部屋に入ってもらって」

菜緒子が目を動かしてベッドの上に置いた座布団を見た。

「今、稲田さんがいるところに敷いた座布団に座ってもらいます」

「そう。座布団は私がここに置く」

小町はキッチンを背負う形で座っていた。引き戸は開け放してある。

菜緒子が千種に電話したのは三十分ほど前だ。警察が出入りしているのでクスリを入れたビニール袋を見つけられるのが怖いと告げている。明朝、刑事がやって来るというと千種は捨てろといったらしい。怖くて捨てられないというと取りに来ることになった。

小町は千種がパケを手にしたところで取り押さえ、覚醒剤所持で現行犯逮捕する。

早朝、病院を抜けだしたあと、珠莉の足取りはぷっつりと途絶えていた。アパートの門ですれ違ったのは珠莉、二人の子供と神代の息子であることはわかっている。だが、上野のキャバクラに出入りしていた神代と珠莉の間に接点はなく、珠莉を紹介したのが千種だというところまでは突きとめた。

自分の見立てに飛躍があることも、千種が珠莉を見つける手がかりとしては弱く、今にも切れそうな糸であることもわかっていた。珠莉を発見したところで、珠莉の娘を見つけられるという保証もない。

頼りにしてるのは千種じゃない——小町は自分に言い聞かせるように胸のうちでつぶやいた——覚醒剤の底から這い上がろうとした母としての珠莉の本性だ。

小町は左手を離し、上着の襟をつまんで持ちあげた。

「これを見て」

菜緒子がゆっくりと目を上げ、息を嚥んだ。防弾チョッキと左腋の下に吊ったSIG／SAUER　P230が見えているはずだ。

「何があってもあなたを守る。たとえ私が刑務所送りになろうとかまわない。絶対あなたに怪我《けが》はさせない」

「本物……、ですよね」

「もちろん。拳銃も、私もね」

胸ポケットでスマートフォンが振動する。取りだして小沼の名前が出ているのを確かめ、耳にあてた。

「はい」

「来ました」

「了解」小町は唇を嘗め、そっといった。「ありがとう」

「まだ早いですよ。立原珠莉の子供を助けてからでしょう」

「そうね」

電話を切り、スマートフォンをポケットに戻す。

「来た」

そういって立ちあがり、座布団を今まで自分が座っていた位置に置いた。キッチンに背を向けた恰好で千種を座らせるのとカーペットに伝わっている小町の体温を隠すためだ。

直後、ドアがノックされる。

菜緒子が弾かれたように顔を上げ、次いで意を決したように立ちあがった。小町は菜緒子につづいてキッチンに入った。もちろん照明は点けない。菜緒子の肩にそっと手を置き、一度握る。菜緒子が前を見たまま、うなずく。

框につづくドアを菜緒子が開けると同時に小町はキッチンテーブルの陰にしゃがみこんだ。

ソープランド〈伽羅〉の裏は雑草が生い茂る空き地になっていて、いつ頃から放置されているかわからないソファやテーブルが積みあげられていた。裏口はスチールドアで閉ざされ、出入口の上に取りつけられたライトが周囲を照らしている。

辰見は塗りの剝がれたテーブルと煤《すす》けたソファが照明をさえぎっている中にしゃがんでいた。〈二式〉の大将は虎千代がベテランのソープ嬢だといっていたが、真知子と同じ時期に在籍していたとはかぎらないだろう。店を転々とし、結婚を機に吉原から脱出できたというのに子供が生まれ、離婚して舞い戻ってくるケースも多い。

三十年近く前に何度か来ていたが、裏口を目にするのは初めてだ。スチールのドアには従業員専用というプレートが貼ってある。真知子も出入りしたのかも知れない。

受令機はイヤフォンのコードを巻きつけ、上着の内ポケットに突っこんであった。沢がやって来るとすれば、相当警戒しているはずでかすかな音も聞き逃さないだろう。もし、先に沢が確保された場合は携帯電話が振動する。

午前一時を回ろうとしていたが、浜岡からの電話は一度もなかった。コンビニエンスストアの弁当を食い、仮眠室で眠りこけているに違いない。今日は当務に就いてすぐに分駐所を飛びだし、日付が変わった頃にようやく戻ったのだ。

さて、何時まで待つかと辰見は思った。〈二式〉の大将の情報は間違いないと踏んでいる。金もなく、追いつめられている沢は虎千代を頼る以外にないからだ。一方、そろそろ浜岡が起きだし、辰見の姿がないことに気づく頃合いでもある。

そのとき、スチールドアが開いて中から女が出てきた。四十過ぎに見えた。背は低く、やや太り気味だが、男好きのする肉感ともいえる。厚手のバスローブにワインレッドのダウンベストを羽織っていた。ちぐはぐだが、控え室にいるときの標準的なスタイルなのかも知れない。

　小さなセカンドバッグほどもありそうな分厚く、長い革財布を腋の下に挟み、左手に持ったスマートフォンを耳にあてている。顔が真っ白なのは血の気が引いているのか、ファンデーションのせいなのかはわからない。口元が強ばっていた。

「今、どこなのよ？」

低く、かすれた声でいうのが聞こえた。

辰見はわずかに腰を浮かせ、いつでも飛びだせる体勢をとった。虎千代が次の言葉を発するより先に雑草を踏み分ける音が耳に届く。

　スマートフォンを下ろした虎千代がつけまつげに縁取られた目をしばたたき、物音が聞こえた方を見やる。

　辰見はさらに尻を持ちあげ、中腰になる。血中にアドレナリンがあふれた。時の流れがゆっくりになる。

# 第六章　機捜魂

# 1

雑草を踏む音につづいて〈伽羅〉の裏口に取りつけられた照明が投げかける光の中にぬっと現れた男に驚かされ、辰見は思わず腹の底で毒づいた。

何て恰好をしてやがる……。

ぞろりと長い黒いコートに黒いズボンは第六方面本部通信指令室からの情報通りだったし、襟を立て、コートの前をしっかり閉じていることは予想できた。また黒い帽子を被って、つばを下げ、金髪と顔を隠そうとするのも想定内だが、さらに真っ黒なマスクで鼻から顎まですっぽり覆っていた。浅草を歩く若い中国人観光客が着けているのをよく見かけるが、何度見ても不気味さは変わらない。

今、目の前を行き過ぎようとしている男も帽子のつばとマスクの間には吊りあがった細い目がのぞいているだけでしかない。

全身黒ずくめ、その上帽子にマスクとなれば、暗がりに潜んでいればまるで見えないに違いない。実際、裏口の照明が届くところに男が来るまで辰見は姿をとらえることができなかった。すでに目の前まで来ていて、しかも裏口には虎千代が立っている。辰見は音を立てないようふたたびしゃがみ込むしかなかった。

直後、男が辰見のいる方向に目を向け、ひやりとしたが、気づくことなく虎千代に近づいていった。

今、男に飛びかかったとしても男のすぐ先には虎千代がいる。もし、男が間違いなく沢一志であれば拳銃を所持しているはずで、虎千代が人質に取られるか、怪我をさせる恐れがあったし、最悪のケースも考えられた。

放置されたソファとテーブルの陰で男の様子をうかがう以外、辰見にできることはなかった。

男は両手をコートのポケットに突っこんでいる。どちらかのポケットで拳銃を握りしめている可能性があった。それに男が沢であるという確証がつかめていない。

虎千代が近づいてくる男をまっすぐに睨みつけていた。眉尻が持ちあがり、頬が赤く染まっている。恐怖より憤怒がまさった顔つきだ。

「あんた」

虎千代が鋭く、しかし、低い声をかけた。たしなめるような響きがある。男はかまわず近づく。

「お世話になってる葉山さんに何したの？」

間違いない——辰見は唇を嘗めた——奴は沢だ。

「うっせえ、関係ねえよ」

意外にも男の声は細く、震えすら帯びている。虎千代が一歩踏みだした。沢がコートのポケットから右手を抜く。

辰見は腰を浮かせた。

虎千代がこぼれ落ちそうなほどに両目を見開き、凍りつく。だが、沢の右手に拳銃はなく、動けずにいる虎千代の腋の下に伸ばすと挟んであった大きな財布を抜きとった。

「ダメ」

虎千代が鋭い声でいう。だが、沢は躰を反転させ、遠ざかろうとした。虎千代が財布を握っている沢の右手につかみかかる。

「うっせえっつってんだろ」

沢が罵り、払った右腕を曲げ、肘を虎千代の顔に叩きつけた。

くぐもった悲鳴を上げ、虎千代が尻餅《しりもち》をつく。バスローブの裾《すそ》が割れ、黒っぽいストッキングを穿いた両足が剝きだしになる。だが、沢はちらりとも目をやろうとせず、虎千代から離れた。

暗がりから飛びだした辰見は虎千代と沢の間に割りこむよう身を躍らせた。背を向けている沢には辰見に気づいている様子はない。背後から飛びかかるときの鉄則は相手を前方へ突き飛ばすことだ。肩をつかんでふり向かせようとすれば、逆襲される恐れがある。突き転ばせば、背中に乗って、両腕を押さえられる。

あと二十センチほどで沢の背に手が届くという刹那《せつな》、背後で虎千代の絶叫が響きわたった。

「いやぁ」

虎千代が辰見の姿に驚いたのか、沢に警告を発しようとしたのかはわからない。おそらく両方だろう。ぎょっとしてふり返った沢が目を剝き、財布を放り投げた。右手をコートのポケットに入れようとする。

右だ。

だが、躰をひねったためにコートが巻きつき、ポケットに手を入れられなかった。辰見はすかさず左肩から沢に突っこんだ。雑草に足を取られた沢がその場に尻餅をつき、仰向けになる。

だが、辰見は勢いあまって沢の躰の上で転がってしまった。地面に足をついて止まり、低い体勢のまま、反転してふたたび沢に飛びかかる。

沢は上体を起こし、左肘を地面について、右手をコートのポケットに突っこんでいた。帽子がふっ飛び、金髪が剝きだしになっている。辰見は唸《うな》り声を上げ、沢の右腕をつかまえにかかった。

沢が身をよじり、辰見を振り放そうとする。辰見は沢の右腕をつかんだまま離さず、腹の上にまたがるような恰好になった。

「大人しくし……」

沢のポケットの中でくぐもった破裂音がして、同時に腹部に衝撃が来た。息が詰まり、声が途切れる。なおも両手で沢の右手をつかみ、左手には右膝をのせて押さえつけていた。

二発目に備えて身構えていたが、なかなか撃ってこない。弾詰まりかとちらりと思う。自動拳銃をポケットの中で撃てば、一発目は発射できてもスライドが充分に後退せず、作動不良を起こすことがある。

沢が躰をよじる。コートがずり上がってポケットが鳩尾《みぞおち》の辺りにあった。沢が大きく口を開き、叫んだ。

直後、後ろから衝撃が来てつんのめった。沢が膝で背中を蹴ったのだ。二度、三度と膝で蹴られる。

「てめえ……」

辰見は声を圧しだした。

黒いマスクの紐が片方外れ、沢の口元が露《あら》わになる。並びの悪い前歯を食いしばっているのが見えた。

また、蹴ってきた。

沢の上体に倒れかかるも右手はつかんだまま、離さない。

「おとな……」

だが、沢の狙いは別のところにあった。いきなり頭を持ちあげたのだ。固い頭蓋骨《ずがいこつ》が鼻柱にあたり、目の前を星が交錯する。

手が緩み、沢の右手が逃げていくのを感じる。同時に沢が躰を海老ぞりにして辰見を弾《はじ》きとばそうとする。左腰に差してある警棒に左手をかけたものの落下防止バンドが外せない。

沢がバンザイをするように両手を上げる。やはり右手に持っていたのは自動拳銃でスライドが完全に閉じきっていない。次弾を発射するにはスライドを下げ、二発目を薬室に送りこまなくてはならない。

沢の左手が拳銃のスライドにかかり、いっぱいに引いた。

排莢口《はいきょう》が開き、空薬莢が飛びだす。手を離すとバネの反発力でスライドが閉じた。銃口を向けてくる。だが、頭突きを食らった衝撃にまだ躰が痺れていて、いやな夢を見ているようにのろのろとしか動けなかった。

つい目と鼻の先にある千種の丸めた背を小町は見下ろしていた。菜緒子に案内された千種がガラスのテーブルの前に置いた座布団にあぐらをかいている。だが、テーブルの真ん中に並べた三つのパケには手を伸ばそうとしなかった。

「これ、使わなかったの?」

顎でパケを指した千種がテーブルを挟んで正座している菜緒子にいう。いかにも残念そうな、それでいてなじるような響きがあった。うつむいたまま菜緒子がうなずく。彼女が見つめているのは小町の爪先だ。

「よく効くし、高かったんだけどなぁ」

「怖いです」

菜緒子が消え入りそうな声で答える。唇が震えているのがわかった。

「何が怖いことあるの。歯茎に擦りこむだけでいいんだよ」

菜緒子が首を振る。

「明日、警察の人がここに来ますし」

「しょうがねえなぁ」

千種が舌打ちし、菜緒子は顔を背けた。震えは肩まで広がっている。千種が低く笑い、かたわらに置いたセカンドバッグをテーブルの上に置いてファスナーを開く。小町は身構えた。千種がさらうようにパケをまとめて拾いあげる。小町は同時に踏みだし、パケを握りしめている千種の手首を両手でつかんだ。

小さな目をいっぱいに見開いて千種が小町を見ている。顔面は一瞬にして蒼白《そうはく》になり、舌を吐きだしていた。今にも心臓発作を起こしそうな顔つきだ。直後、小町の手を振り放そうともがいた。両手でつかんでいた手首をわずかにひねる。

「痛《いて》え」

ますます顔を歪《ゆが》めた千種の手から力が抜け、パケがテーブルの上に落ちた。小町は千種の目をのぞきこんで圧しだすように告げた。

「滝井さんから話は聞いている。大人しくしなさい」

千種が顔を背け、ぐったりと躰の力を抜いた。小町は千種の手を離さず命じながら菜緒子の前に割りこんだ。千種に目を向けたまま、訊《たず》ねる。

「怪我はない？」

「はい」

しっかりとした声で菜緒子が答えた。

「よし。それじゃ、千種。あんたはそのまま座ってなさい」

千種がうなずく。

「手を離すけど、動くな」

ふたたび千種がうなずいた。

「正座」

小町の怒鳴り声に千種はしぶしぶ従う。小町は手を離し、上着のサイドポケットから封筒を出して腰を下ろした。

「これは覚醒剤の試験キットだ。今からあんたが握っていたパケの中味をチェックする」

顔を伏せたまま、反応しない千種にかまわず小町は白手袋を着けてからパケを一つつまみ上げた。封筒から透明な液体が入ったプラスチック製の短い試験管を取りだす。

「今から袋の中味を試薬に入れる。試薬が青紫色になったら覚醒剤だ。わかった?」

なおも千種は反応しない。

「わかった?」

声を張ると千種がのろのろとうなずいた。

パケを破り、中の白い結晶を試験管に落として蓋を閉め、よく振った。透明だった試薬はたちまち青紫色になる。小町は封筒の裏側に印刷されている色見本のわきに試験管を並べた。青紫色を指さして訊く。

「同じ色ね」

目を上げた千種がうなずく。

「覚醒剤ね。所持の現行犯……」

腕時計を見ようと左手を上げかけたとき、千種がテーブルをひっくり返して小町に向かって投げだし、背を向けて立ちあがった。とっさにテーブルを左手で防いだ小町は千種に目もくれようとせず菜緒子をふり返る。

「大丈夫？」

「はい」菜緒子がキッチンの方に目をやる。「でも、社長が……」

「任せて」

立ちあがろうとした小町は千種のセカンドバッグが床に落ち、中味が飛びだしているのを目にした。注射器とパケをセットにしたビニールの袋が二つ、財布、キーホルダーのほかに紙のタグがついた鍵があった。

鍵をつまみ上げる。紙のタグには住所とアパートの名前、部屋の番号が記されている。

「触らないでね」

菜緒子にいい、千種のあとを追って玄関に出る。傘立ての陰に置いてあった革製スニーカーを引っぱり出して履き、開け放たれたドアからコンクリート打ちされた通路に出た。すぐ前に千種がうつ伏せで倒れており、小沼が馬乗りになっている。千種がもがき、小沼が頭を張りとばした。

「じたばたするな」

まるで時代劇だなと思いつつ、千種の前にしゃがみ込んだ。

「覚醒剤所持に公務執行妨害の現行犯だ。それとあんたがひっくり返したテーブルが私にあたってね、暴行にひょっとすると傷害がつくかも知れない。覚醒剤《シャブ》の所持だけで、しかも初犯なら、せいぜい一年六ヵ月《いちねんろくげつ》、それに執行猶予《ゆうよ》がついたかも知れないのに……、馬鹿ね」

千種が今にも泣きだしそうな顔をして小町を見上げる。

鼻先に鍵をぶら下げた。

「あんたのバッグから出てきた。シャブの隠し場所かも知れないんで、今から捜索させてもらう」

千種の表情がみるみるうちに変わった。明らかに恐怖が表れている。あえぎながら何度も唾を嚥みこんだ。

何かある——小町は千種をじっと見つめたまま、胸のうちでつぶやいていた。


金髪を振り乱した沢が引き攣《つ》った顔の真ん中に構えている自動拳銃のちっぽけな銃口を見つめて、辰見は胸のうちでつぶやいた。

刑事《デカ》のまま、死ねる。

引き金にかかった指の関節が白くなる。

生唾を嚥んだ。

「おらぁ」

ふいに怒号が聞こえたかと思うと沢の拳銃が横向きに弾かれ、銃声が轟《とどろ》いた。弾丸はあらぬ方向に飛ぶ。

背後から襲いかかった浜岡が警棒を沢の右手に叩きつけていた。

「お前……」

辰見は呆然《ぼうぜん》とつぶやき、へたり込んだ。

右手を抱えこんだ沢が地面に転がる。浜岡が地面に落ちた拳銃を拾いあげ、弾倉を抜き、スライドに挟まっていた空薬莢を取りのぞいた。それから沢をうつ伏せにして腰に膝をあてると左手を後ろに回し、手錠をかける。

右手を持ちあげようとしたとき、沢が絶叫する。

「静かにしろ」

怒鳴りつけ、かまわず右手も後ろに回すと左手の手錠を嚙ませた。直後、制服警官が裏庭に雪崩《なだ》れこんでくる。

浜岡が立ちあがり、辰見のそばに来てしゃがみ、ハンカチを差しだした。

「鼻血出てます」

「ありがとう」

礼をいってハンカチを受けとり、鼻にあてた。激痛が脳天へ突っ走り、うめき声を漏らす。

「大丈夫っすか」

「たぶん」

「ほかに怪我は?」

「一発撃たれたが、防弾チョッキが食い止めてくれたようだ。打ち身になってるかも知れないが、ひどくはない」

鼻声で答え、浜岡を見上げる。

「尾《つ》けてきたのか」

浜岡がさっと真顔に戻り、頭を下げる。

「申し訳ありません。この店の近くまで来たんですが、失尾《しつび》しまして。銃声らしき音が聞こえたんで場所がわかりました。本当に申し訳ありません」

「いや……、助かった。おれの方こそ詫《わ》びなくちゃならん。でも、どうして?」

「二階に上がろうとしたとき、辰見部長が出ていくのが見えたんです。タバコをくわえてましたけど、火を点けないまま、吉原の方に向かって歩きだしたでしょう?」

「敷地内禁煙だからな」

「何かあるんじゃないかと思って尾けさせてもらいました」

「まあ、いろいろあってね。あとでゆっくり話す。ところで奴が持ってたチャカは?」

「これです」

浜岡が指先でつまむようにして持ちあげた。スライドをいっぱいに引いてストッパーをかけてあり、弾倉は抜いてあった。

「二五口径なんて鼻くそ飛ばすみたいなチャカ使いやがって」

「鼻くそか」

辰見は拳銃を見つめたまま、つぶやいた。

「撃たれてみれば、評価は変わる」

辰見の言葉に浜岡が深くうなずいた。

## 2

濃紺のフォードアセダンは車内灯が点けられ、後部座席の中央で千種がうつむいており、下谷署の須原と相勤者が挟んでいた。小町は車に目を向けていた。手には千種のセカンドバッグから出てきた紙のタグが付いた鍵があった。

菜緒子の通報によって、彼女と珠莉が住むアパートに臨場したときから事案は始まった。発見時、珠莉は意識不明ですぐそばに乳児の遺体があった。解剖の結果、乳児の死因は脳挫傷と判明している。

乳児じゃないと小町は胸のうちで訂正した。

推定年齢は二歳。しかし、生後一年ちょっとという逸美の二人目の子供より躰が小さかった。極度の栄養不良による発育障害だ。

菜緒子と珠莉が住んでいたアパートには単身の女性限定という条件があった。独身ではあったが、珠莉には子供がいた。おそらく二人で、どちらも出生届が出されていない。もう一つ、菜緒子と珠莉には共通点があった。

リストカットの痕。

菜緒子は継父による性的虐待を受けた過去がある。躰の中を汚された以上、血を流してしまわなければならないと思いさだめ、手首を切ったという。珠莉がリストカットをした理由を小町は知らない。それどころか意識を取りもどした珠莉と話してすらいなかった。それでも手首を切るところまで追いつめられた理由があるはずだ。

アパートのオーナーには会っていた。古いアパートだが、金銭的な理由で補修、改装がままならず低家賃にしなくてはならないといっていた。家賃が安くても一人暮らしの女性であれば、部屋をきれいに使ってくれるのではないかと考え、住人の条件とした。オーナー自身の考えではなく、管理を任せている不動産会社社長千種の発案による。

すべては千種が仕組んだことだった。低家賃で生活に困っている女性を勧誘し、相手によっては覚醒剤を与えて縛りつけた。覚醒剤を受けいれなかった菜緒子は月々四万八千円の家賃を払い、珠莉に至っては一円も払っていない可能性がある。千種が珠莉とどのように知り合い、〈蘭華〉で働かせるように至ったのかはこれからの捜査によって明らかになるだろう。

またシャブタクシーの運転手神代広と千種には接点があった。だが、神代の一人息子と珠莉のつながりはまだはっきりとしていない。

小町は目を細めた。須原が千種を怒鳴りつけたあと、相勤者に声をかけ、捜査車輌を飛びだしてきたのだ。

「そこのマンションに……」

須原が指さした方向に古びた三階建てのマンションがある。小町の手にしている鍵についていたタグに記されている住所だった。千種の会社にも近く、菜緒子や珠莉の住んでいるアパートからも百メートルほどしか離れていない。鍵は空き室のもので現在入居者を募集していると千種はいった。

「立原珠莉がいるそうです」

小町は目を剝いた。

かたわらに立っていた小沼が訊く。

「監禁されてるんですか」

須原が小沼に目を向けた。

「千種は立原珠莉の方から保護を求めてきたといってますが」

「行こう」

小町は先頭に立って駆けだした。鍵に付されている住所では三階になっている。古いマンションにエレベーターはなく、小町、小沼、須原は階段を駆けあがった。部屋の番号を確かめ、奥から二番目にある部屋の前に着いた。

スチールドア横の鋼線入り磨《す》りガラスの入った窓が暗い。小町はドアノブに鍵を差しこんだ。小さな金属音とともに解錠される。ドアを開け、玄関の壁にあったスイッチを入れたが、暗いままだ。

つづいて入ってきた小沼が懐中電灯で壁の上方を照らす。

「ブレーカーが落としてあります」

「入れて」

小沼が手を伸ばし、スイッチを上げると玄関と奥の部屋の照明が点いた。奥の部屋のドアは閉まっていたが、細長い窓が明るくなっている。もどかしく靴を脱ぎ捨てると小町はドアを開け、中をのぞきこんだ。

テーブルが一つあるだけでフローリングの床が剝きだしになった部屋の真ん中に珠莉が座りこんでいた。グリーンのジャンパーを着ている。千束の病院に運びこまれ、亡くなった男性のものだろう。

珠莉は小町が入ってきたことにも気づいた様子はなく、テーブルに向かって手を伸ばしていた。

テーブルの上には注射器とアンパン、パック入りの牛乳が並べられている。

珠莉の手は肉が落ち、干からびているように見えた。震えている。小町は駆けより、珠莉の両肩に手をかけた。

「立原さん」

「うおっ」

湿布の冷たさに辰見は思わず声を上げ、躰を震わせた。

「動かないでください」

両目を真ん中に寄せ、湿布を手にしている浜岡がいった。

「すまん」

沢の拳銃から発射された弾丸は右の肋骨《ろっこつ》の下辺りに当たっていた。コートのポケットの中で発射されたため、布地で威力が減殺《げんさい》され、防弾チョッキに食い止められた。それでも銃口を押しつけるような至近距離だったので、浜岡がいう鼻くそみたいな二五口径弾でも当たった部分は赤く腫《は》れあがっていた。

ソープランドの裏に飛びこんできた浜岡は警棒で沢の右手を殴りつけた。おかげで銃弾は逸《そ》れ、辰見は二発目を食らわずに済んだ。

銃口は辰見の目の間に向けられていた。距離にして一メートルもなかっただろう。鼻くそ程度の弾丸にしても即死していた可能性はある。

あのとき、ほんの一瞬だが、刑事のまま死ねると思った。

おそらく沢は右手の甲を骨折しているだろう。たった一発だが、浜岡の警棒がきれいに入っていた。ほぼ同時に引き金をひいたため、反動で銃が右手を離れ、またしても作動不良を起こした。

拳銃をつまんだ浜岡がベビーブローニングといったが、辰見にはぴんと来なかった。唇をひん曲げ、絆創膏《ばんそうこう》で慎重に湿布を固定した浜岡が躰を起こす。

「これで大丈夫だと思いますが、病院行った方がよくないっすか」

「大丈夫だ」辰見はシャツを下ろし、ワイシャツの前を掻きあわせた。「ありがとう」

「いえ」

分駐所に戻った辰見は応接セットで湿布を貼ってもらっていた。沢が千束の総合病院に搬送され、そちらには伊佐、浅川が行っている。ほかにも浅草署の刑事、地域課員が詰めかけているだろう。

辰見はワイシャツのボタンを留めながら弾丸が命中した辺りを見た。しわがあったが、弾がめり込んだせいなのかはわからない。出血は皆無。沢と揉み合っているうちに上着の前がはだけたのだろう。弾丸は直接防弾チョッキに撃ちこまれたようで、上着に穴は開いていなかった。

立ちあがった辰見はワイシャツの裾をズボンの中に入れ、ホックを留めてファスナーを引きあげた。ベルトを締める。帯革は拳銃、警棒、手錠のケースを付けたまま、テーブルに置いてある。

浜岡が向かいに移って腰を下ろし、両手で顔をこすった。手を下ろす。目がへこみ、二重になっていた。

辰見は穏やかに声をかけた。

「さすがにくたびれたろ」

「いや……」浜岡がふっと苦笑する。「そうっすね。辰見部長を見つけて、沢が拳銃を向けているのを見たときには、何ていうか」

首をかしげ、付けくわえる。

「ぞわっと鳥肌が立ちました。全身が冷たくなった感じがしました。不思議っす」

「それでいい。血の気が引いたんだ。かっと熱くなるのはダメなんだ。興奮ばかりして自分が何やってるかわからなくなる」

「でも、夢中でしたよ。正直、沢をぶっ叩いたこともよく憶えてないんです」

「そんなもんだろう」辰見はにやりとして言葉を継いだ。「また、だな」

「え？」

「たぶん沢の身柄《ガラ》は浅草警察署《アサケイ》が持っていくだろう。ニワトリ捜査隊の宿命だ」

「そうっすね。でも、辰見部長の怪我は大したことなかったし、被疑者《マルヒ》も確保できましたからメデタシメデタシっすよ」

「六割だ」

辰見の言葉に浜岡が怪訝《けげん》そうに眉根を寄せる。

「何がっすか」

「初動捜査を間違いなくやれば、事案の六割は初動段階で解決する」

「そんなデータがあるんすか」

「捜査一課《ソウイチ》が分析したらしい。だから機捜の動きは重要だそうだ。中には臨場した事案の七割五分を解決に導いてる者もいる」

「七割五分ぅ」

声を上げた浜岡だが、すぐにうなずいた。

「ひょっとしてうちの班長っすか。持ってるデカでしょ」

「たしかに班長は持ってるデカだが、七割五分は違う」

辰見の脳裏に浅草ROX裏の喫茶店の光景が蘇る。カウンターで並んで話をしたとき、森合がいっていた。

『小沼ですよ。捜査一課《うちら》はまだあいつを引っぱろうと思ってて、あの事案以降もずっと注目してます』

あの事案とは足立区内にあった廃院で弁護士が自殺体で発見されたものだ。しかし、実際は殺人が自殺に偽装されたもので、そこから連続殺人事件へつながった。特別捜査本部が立ち、捜査一課が乗りこんできたのだが、小沼はそのときに呼ばれている。実質的に指揮を執り、小沼を招集したのが森合だった。

『七割五分まで行くと、やはりあいつは持ってると私は考えるわけです』

首をかしげた辰見に森合はつづけていった。

『小沼の取り柄はひたすら真面目に、地道にやることだけでしょう。器用でもないし、並外れて勘がいいわけでもない。でも、それがデカの本筋じゃないでしょうか。少なくとも捜査一課《ソウイチ》にスタンドプレーは要りません』

浜岡が期待をこめた目で辰見を見つづけている。辰見は首を振った。

「そういう例があるというだけで、誰と名前を聞いたわけじゃない」

「そうなんですか」

浜岡は心底がっかりしたようで、肩も落ちていた。辰見は浜岡の席を見た。コンビニエンスストアのポリ袋が載っている。

「飯にするか。腹が減った」

「そうっすね」

勢いよく立ちあがった浜岡を辰見は笑みを浮かべて見ていた。森合が小沼を引っぱるとしても半年後、十月一日付の人事のときだろうという。

『辰見部長と小沼が同時にいなくなったら、小町は間違いなく私を撃ち殺すでしょう』

森合が笑った。


珠莉は両手を前に出し、気味の悪い、暗い木々のトンネルを歩きつづけていた。伸ばした指のほんの少し先に探しているものがあると思った。どれくらい歩いているのかわからなくなっていたが、はじめはぼんやりとした感じでしかなかったものがだんだんと確信に変わっている。

それにしても気味の悪い森だ。

くねくね曲がった細い道の両側から迫ってくる木は深緑、赤茶色、灰色と水彩絵の具を塗りたくったように艶《つや》がない。木々の向こうや曲がった枝の間にのぞくのは黒、黒、黒——銀河のない夜空で、枯れた枝は絵本に出てくる魔法使いの老婆の指のようで今にもつかみかかってきそうだった。風が吹き抜け、枝がびゅうびゅう音を立てている。

怖かった。ひたすら怖かった。でも、のろのろ足を動かしつづけた。

そして、見えた。

曲がりくねった道のはるか先、右側の木のそばに黄色のワンピースを着た小さな背中が見えた。

探していたものだ。

萌夏？

だが、小さな背中はふり返ることなく、どんどん遠ざかっていく。

速く、もっと速く。焦ったが、焦るほどに足が重く、もどかしいほどに動かない。

「待って……、待ちなさい」

声はかすれていて、しかも小さい。咽がむずむずして、咳きこんだ。鋭い痛みが扁桃腺《へんとうせん》に突き刺さる。

「ま……」

声を出そうとしたものの扁桃腺が盛りあがって、咽をふさいでしまう。

それでも一生懸命足を動かしているうちに少しずつ近づいてくる。息が詰まって苦しかったけれど、我慢して足を交互に出した。地面を踏んでいる感触がない。

ふわふわ浮いてる？

風が強いんだから飛ばされちゃう……。

小さな背中との間が詰まってくる理由がわかった。立ちどまっているのだ。はっきりと見えてきたが、何をしているのかがわかって背中が凍りそうになる。

ワンピースの裾を持ちあげ、パンツを穿いていない尻が剝きだしになっている。裸足で肩幅くらいに足を開いて立っている。

その前にしゃがんでいるのはセイちゃんだ。目の前にさらされているおまたをのぞきこんでいる。

わかっていた。セイちゃんがのぞいているのではなく、萌夏が見せているのだ。四歳にして、萌夏は女だ。小学校のわきにある公園を歩くとき、萌夏はセイちゃんの手を握り、亜登夢を抱いている珠莉をちらちら見て勝ち誇ったような笑みを浮かべていた。

四歳にして女、そして今も……。

ふつふつと腹の底から湧きあがってきたのは、どす黒い怒りだ。セイちゃんに媚《こ》び、セイちゃんを横取りしようとしている萌夏に対する怒り。

殺してやる。

顔をかたむけ、下からのぞきこんだセイちゃんがおまたに手を伸ばす。

「ふふっ」

くすぐったそうに笑う萌夏の声が聞こえるほど近づいていた。小さな肩をつかんでふり向かせ、怒鳴りつけた。

「馬鹿」

だが、珠莉は躰が痺れ、動けなくなった。

ふり返り、見上げているのは萌夏ではない。四歳の、お気に入りの黄色のワンピースを着た珠莉だった。

公園でセイちゃんの手を握る萌夏に抱いた怒りの理由がわかった。二歳、三歳、四歳となるにつれ、萌夏の目が自分に似てくるのを感じていた。

あの頃の自分、それから先の自分、誰にでも触らせてきた自分……。可愛げのない尖った目つきは、珠莉がもっとも嫌いな珠莉自身の目にほかならない。

両手で挟みこむように自分の小さな顔をつかみ、親指を二つの目にあてた。四歳の珠莉は目をつぶろうともしない。親指に力をこめ、眼球を潰《つぶ》し、ぬるりとした中へ圧し挿《い》れていく。

生温かい血があふれ、指を濡らすのをはっきり感じ……。

目の前がぱっと明るくなり、森が消えた。四歳の自分も、セイちゃんも森とともに消えてしまった。

テーブルがあった。

透明な液体を入れた注射器が置いてある。暗闇の中、手探りで必死に探していたものをようやく思いだした。

クスリ、クスリ、クスリ……。

あとほんのちょっとで指が届きそうになったとき、手首を押さえつけられた。目を上げる。黒いスーツを着た女が珠莉の手首を握っている。

「立原さん」

大きな声だ。頭の中に響きわたり、エコーがかかる。

児童相談所の相談員《じそうひと》？

目をぱちくりさせた珠莉はかつてと同じように呼んだ。

「せんせい？」

黒いスーツの女が大きく目を見開いた。

## 3

「せんせい……」

すがるように両手を伸ばし、珠莉が呼びかけてきた瞬間、小町は二十年前に引き戻された。よく晴れた日で窓から射しこむ陽の光が板張りの床を明るく照らしていた。

二十歳で保育士の小町は自分が担当する篠原夕貴の姿が見えないことに気がついた。保育室を見まわす。十数人の園児たちが嬌声《きょうせい》を張りあげている。各自のお道具箱を入れておく棚や遊具の陰にも夕貴は見当たらない。

このときすでに胸騒ぎを感じていた。

つい十分か十五分前、窓辺に立っていた小町は小豆色の車が保育園のわきを近くの公園に向かって走り去るのを目撃している。夕貴と同じ組にいる園児の母親が乗っている車に似ていると思ったからだ。

保育士として働きはじめて半年しか経っていなかったが、小豆色の車に乗っている母親が保護者の中で孤立していることは感じていた。親子が参加するイベントのとき、子供の送迎で来園したとき、くだんの母親はぽつんと一人でいることが多かった。どうしてなのか理由はわからなかった。

一方、親たちの中心にいたのが夕貴の母親だ。リーダー的存在として皆を引っぱっていくというより性格が明るく、話題が豊富で人を逸らさず、その上美人だったので自然と人が集まっているという感じだ。

事件のあと、警察の取り調べに対して夕貴をさらって殺害した母親がほかの親たちに無視されるというイジメに遭っていて、グループの中心にいた夕貴の母親に復讐《ふくしゅう》したいと考えていたと供述したとされるが、あくまでも新聞やテレビの報道、親たちの噂《うわさ》話を通じて知ったに過ぎない。

いよいよ園内のどこにも夕貴の姿が見えず、園長をはじめ保育士たちが周辺を探すことになったとき、小町はまっすぐ公園に向かった。エプロンのポケットにはペンライトが入っていた。保育園を出るときに園長から渡されたものだ。公園内にも夕貴の姿は見えず、ふと目についた公衆トイレの便槽をのぞいて、汚物の中に浮かんでいる夕貴を発見したのである。

保育園から公園にまっすぐ行き、公園を一周しただけで公衆トイレに目をつけ、夕貴を発見したことで小町はかえって警察に疑われてしまった。

『お前がやったんだろ。だから迷いなく公園に行った。犯人というのは、とくに今回のケースのように幼い子供を手に掛けた場合、良心の呵責《かしゃく》にたえられなくなるものなんだ』

　夕貴の姿が見えないときに感じた胸騒ぎに従って小町は一直線に行動した。刑事となった今ならあのときの小町の行動が疑惑を呼んだとしても不思議はないと思える。だが、あのときは少しでも早く夕貴を見つけたくてほかのことは考えられなかった。直情径行に過ぎるともいえるが、今もって性格は変わっていない。

　被害者の保護につながると思えば、あとさき考えずに突っ走る。手続き、書類、警察官としての立場、組織の面子といった諸々がきれいに消える。持ってるデカの正体はそれだ。警察官になりたての頃はたしなめられ、皮肉をいわれ、叱責《しっせき》を受けることも多かったが、刑事に任用されて最初の上司となった森合が小町の性質を認めてくれ、さらに助長した。

　しかし、今、珠莉が手を差しだしてきたとき、小町は自覚した。

　保育士を辞め、警察官になったのも刑事になったのもすべては逃げるためだった、と。

　夕貴の誘拐殺人事件から、被害者である夕貴自身から逃げたかったからだ。逃げながらも追っていた。守れなかった夕貴を取りもどしたくて追いかけてきた。悪夢につきまとわれている理由だ。

夕貴は首を絞められて殺され、その後、便槽に遺棄された。たとえ一分、一秒でも早く小町が見つけていたとしても助けられなかった。そして失われた命は二度と取りもどすことはできない。

理性ではわかっていても感情は納得しない。

事件から二十年以上が経過し、幼児誘拐、殺人で逮捕された犯人——夕貴と同じ組の子供の母親——も服役し、すでに出所しているかも知れない。夕貴と同じ歳だった子供は二十代半ばになっている。夕貴の両親がその後どうなったのか小町は知らない。それでも仏壇では、あの日のままの夕貴が笑っていて、親は毎日線香を手向けているだろう。

小町には事件から逃げるための道が二つあった。一つは事件とまったく関わりのない世界を作りあげ、逃げこんで、忘れ去ってしまうこと。もう一つは永遠に取りもどせないものを追いかけつづけることだ。

小町は後者を選んだ。だから立ちどまることは許されない。

珠莉は、小町を見て先生と呼んだ。ほかの誰かと勘違いしているのかも知れなかった。最初に珠莉のアパートに臨場したとき、すでに昏睡状態にあり、その後病院を抜けだしているので小町は珠莉を見ていたが、珠莉は小町を見ていない。

先生というひと言以降、珠莉の口から漏れるのは意味不明のうめきでしかない。小町は珠莉の顔をのぞきこんだ。どんよりとした目の中に墜《お》ちていく珠莉の姿が見えるような気がした。覚醒剤の離脱により、ふたたび昏睡に落ちこもうとしている。

小町は両手で珠莉の肩を抱き、目をのぞきこみ、大きな声で名前を呼んだ。

「立原珠莉」

ゆっくり、はっきりともう一度名前を呼ぶ。効果があったようには見えなかったが、諦めるわけにはいかない。

「子供よ、子供」

さらに声を張る。

びくっと躰を震わせた珠莉の目の奥にかすかな光が見えた。

「子供を助けるの」

腹に力をこめ、強い声を圧しだした。

「あなた、ママでしょ」

珠莉が震える手を上げ、小町の両腕をつかんだ。指がぎりぎり食いこんでくる。どこにそんな力が残っていたのかと思った。

珠莉の唇が震え、かすれた声が圧しだされた。

「もえ……、か」

小町は顔を近づけた。珠莉の躰からは異臭が立ちのぼっている。

「誰？」

「モエカ……」

「お嬢ちゃんね」

小町の呼びかけにかすかにうなずきそのまま目の奥へ墜ちていきそうになる。小町は珠莉を揺すった。

「まだ、ダメ。モエカちゃんはどこ？」

「セイちゃん……」

神代広の一人息子は聖也という。ついで珠莉が口にした言葉に小町は戦慄した。公園の名前なのだ。Y事案で犯人が被害者を連れ、途中、小一時間ほど休んだ、小学校に隣接する公園だ。

下谷署の須原から聖也の写真が送られてきたとき、小町はどこかで見た顔だと感じたが、どこで見たのか、いつ見たのかを思いだせなかった。

今、はっきりした。

Y事案の跡を追って、その公園まで行ったとき、若い父親が娘の手を引いているのを見かけた。

若い父親などではない。それこそ神代聖也に他ならなかった。

午前九時、浅草分駐所の会議室では稲田班から笠置班への引き継ぎ打ち合わせが始まった。通常通りであれば、両班の全員が顔をそろえるところだが、稲田班からは辰見一人、笠置班は班長の笠置警部補と相勤者の東田《ひがしだ》が出ているに過ぎない。

「昨夜《ゆうべ》はお疲れさま」笠置が切りだす。「射殺犯を確保したそうじゃないか。大活躍だったね」

笠置の口調にいやみな響きはなかったが、辰見は首を振った。

「活躍したのは浜岡です。奴《やっこ》さんが駆けつけてくれなきゃ、私は今ごろ冷たくなっていたかも知れない」

目の間に向けられた小さな銃口が脳裏を過ぎっていく。思いをふり払い、辰見は言葉を継いだ。

「葉山が撃ち殺されて、沢がチャカを呑んだまま逃げたんで、緊急配備《キンパイ》がかかったんです」

「沢というのは葉山のところの若い者か」

笠置が訊く。

「いえ、盃《さかずき》はもらってません。シャブやら危険ドラッグの密売《バイ》をやってた野郎で、葉山が後見人《ケツモチ》だったんです。表向き、組じゃクスリは御法度になってるんで」

「でも、知ってたろ」

「そうでしょうね」

「葉山がきちんと上納金を入れてりゃ、黙ってるわな」

辰見はうなずいた。

「私らは徒歩で吉原の警邏に当たることになったんです。周辺は浅草警察署《アサケイ》や自動車警邏隊《ジラタイ》が回ることになって。そのとき知り合いに会いましてね」

知り合いが誰なのか笠置は訊ねようとしなかった。情報源を明かさないのは刑事の常道だ。互いに競い合っているということもあるが、何より情報源に危険が及ぶことを避けるためだ。情報源は各人の器量で見つけるよりなく、ほかの刑事に引き継ぐことは皆無といってよい。

「浅草《エンコ》生まれの人間で、今も観音裏で商売をやってます。その筋にも顔が利いて……」

辰見は肩をすくめた。「会ったときには葉山が弾かれたことも知ってましたし、やったのが沢だってことも。逆に沢の女が吉原で働いてると教えられました」

「それで？」

「沢がどこをうろつき回ってるかわからないし、ヅケてる可能性があるんで気をつけるようにいいました」

「相手は何といった？」

笠置がテーブルに両手を置き、身を乗りだす。口元には笑みすら浮かべそうな顔をしていた。

「チャカが怖くて観音裏が歩けるか」

「だろうね」

笠置は満足そうにうなずき椅子の背に躰を預けた。

「ざっと四時間ほど歩きまわったんですが、空振りで。いったん分駐所に戻ることにしたんです。そのとき、その知り合いから電話が来て、沢が女のところに金の無心に行くと教えられました」

「で、一人で行ったわけか」笠置が渋い表情になる。「まあ、わからなくもないが」

笠置にしても昨日、今日刑事になったわけではない。いくら信頼できる情報源でも確実な通報というのはなかなかないものだ。それに情報を共有し、ソープランドを複数の警察官で固めるとなれば、女から沢に警告が行くか、たとえ女の協力を事前に取りつけたとしても沢に察知される恐れがある。

「被疑者《マルヒ》が確保できたし、辰見部長や浜岡に怪我もなかったからよしとするか」

腹の打ち身は怪我のうちに入らない。辰見、浜岡ともに何も報告を上げてはいなかった。

「問題は立原珠莉の方だね」

「ええ」

「立原は？」

「保護して、病院に逆戻りです。退院して、留置場に入れられるようになるまでアサケイが監視します」

「それじゃ、あとは立原の子供の行方か」

「ええ」辰見は大きく息を吐いた。「おそらく稲田班長の見立て通り、神代の息子が連れまわしているでしょう」

父親でシャブタクシーを運営していた神代広を逮捕した南千住署、立原の事案をずっと追っている下谷署が中心となり、周辺所轄署の刑事課、地域課、自動車警邏隊が神代の息子の写真を持って、立原がいった公園の周辺で聞き込みと警邏を行っている。稲田班の伊佐、浅川、小沼、浜岡は徒歩で、笠置班の笠置、東田以外の二組は捜査車輌を使って、やはり神代の息子を追っていた。

稲田は夜明け前から小学校に隣接した公園で張り込みをつづけており、辰見も引き継ぎが終わり次第、警邏に戻るつもりでいる。

そのほか稲田班の隊員が昨日一日で臨場した事案について簡単に伝え、引き継ぎを終了した。

辰見、笠置、東田がそろって立ちあがる。大学時代にアメリカンフットボールをしていた東田は百八十七センチあり、体重も軽く百キロを超える巨漢だ。

「辰見部長は今日で……」

いいかけた笠置が言葉を切り、首を振った。まっすぐ辰見を見て告げた。

「稲田班長のいる公園の近くまで東田に送らせよう」

「ありがとうございます」

お疲れさまでしたのひと言をいわれるのは、立原の事案に目鼻がついたあとになるだろう。

辰見はどこかでほっとしていた。


胸ポケットに入れてあるスマートフォンが振動し、小町は取りだした。ディスプレイには辰見悟郎と出ている。通話ボタンに触れ、右耳にあてた。左耳には受令機につながるイヤフォンを挿してある。

「はい、稲田」

「辰見だ。今、引き継ぎを終わって分駐所を出た。班長はどこに？」

「公園の南側にある木立の中です」

「周囲の様子は？」

小町は目を上げた。朝の陽射しに照らされた公園が広がっている。ほぼ正面にトイレがあり、右に東屋《あずまや》が立っていた。左に小学校の校舎が見えている。

午前七時には近所から集まってきたらしい年寄りたちがラジオ体操をしていた。その後は足早に歩くサラリーマンやＯＬ風の人たちが突っ切っていっただけで、今はひっそりして人影はなかった。

「静かですね。人影はありません」

「そうか。おれは大関横丁の辺りまで東田に送ってもらう。それから昭和通りを地下鉄の三ノ輪駅の方に行って、あとは周囲を歩く。何かあったら電話をくれ」

「了解」

電話を切り、胸ポケットに戻した。立木に肩をつけ、もたれかかった。

発見時、珠莉が口にしたのはモエカ、セイちゃん、そして今目の前にある公園の名前でしかなかった。娘の名前はモエカ、セイちゃんは神代広の一人息子聖也だろう。その後、珠莉は気を失い、救急車で千束の総合病院に搬送された。

先ほど下谷署の須原から電話があり、千種の取り調べは午前九時過ぎから行うといわれた。もっとも、昨夜下谷署へ向かう車中で千種は喋《しゃべ》り通しだったようだ。

とくに二点を何度もくり返したという。一つ目は珠莉の方から助けを求めて千種の会社に来たこと。二つ目は珠莉に覚醒剤を教えこみ、与えつづけたのが神代の息子だということだ。

父親のタクシーの助手席に座った息子が千種から金を受けとり、覚醒剤の入ったパケを渡したことが何度もあったという。まるで父親を単なる運転手として使い、覚醒剤の取り引きは息子が仕切っているようだったという。あくまでも千種の印象に過ぎないのだが……。

そして、一年ちょっと前、〈蘭華〉から千種が珠莉とともにタクシーに乗ったときも息子が助手席にいた。千種はいつも通り覚醒剤を買い、珠莉を彼女が住むアパートの前で降ろした。そのとき、息子は珠莉の住まいを知ったことになる。その後、二人がどのように連絡を取りあっていたのか千種は知らないという。

とにかく千種の会社にやって来たとき、珠莉は尋常ではない様子で今にも死んでしまいそうに見えたという。動顚した千種が空き室になっているアパートへ連れていき、珠莉が必死に求めたので手持ちの覚醒剤を与えた。彼女が落ちついたら警察に通報しようと思っていたと千種はいったようだが、あり得ない。覚醒剤を与えておいて、警察に連絡などできるはずがないのだ。珠莉をどうするつもりだったのか、これから須原が明らかにしていく。

公判を維持するに足る証拠となるか心許なくはあったが、神代の息子聖也と珠莉はつながった。

腕を組んだ。体中の筋肉がぎしぎし鳴っているような気がした。三月中旬とはいえ、コートも着ず、公園で夜明かしをしたのだ。躰は冷えきり、ふくらはぎがぱんぱんに張っている。だが、疲れ、眠気、空腹は感じていなかった。

公園の周囲では百人を超える警察官がパトロールをしており、下谷署と南千住署の銃器薬物対策係は神代聖也が立ち回りそうな先に聞き込みを行っている。何であれ、聖也の消息がわかれば、スマートフォンが振動するか、第六方面本部通信指令室から情報が流れる。

何ら根拠はなかったが、小町は聖也がモエカを連れて、目の前に現れそうな気がしていた。

三日前の昼下がり、二人は雨がそぼ降る中、手をつないで歩いていた。あのときは若い父親が娘と手をつないで歩いているのだと思っただけだ。すれ違いざま、顔は見ていた。

人相《メン》を記憶するのは刑事の習い性ともいえる。須原から聖也の写真が送られてきたとき、どこかで見た顔だと思ったものの公園の親子連れに結びつけることはできなかった。

ふいに周囲の空気を震わせ、チャイムが鳴りわたった。腕時計を見る。午前九時二十五分――おそらく一時間目の授業が終わったのだろう。

三日前に聖也とモエカを目撃したのは午後だった。ふたたび彼らが姿を現すか、警察官によって見つかるまで待つつもりでいた。

手を下ろし、小学校とは反対側にある入口に目をやったとき、小町の心臓が躍った。

若い父親と娘と認識した二人――聖也とモエカが公園に入ってきた。

シャツのポケットからスマートフォンを抜き、着信記録から辰見にかけた。すぐにつながった。

小町はひと言だけ告げた。

「来ました」

## 4

下谷警察署取調室の椅子に座った神代聖也は、背もたれに躰をあずけ、両足を大きく広げていた。背中を丸め、顎が胸につきそうなほどうつむいている。ふて腐れているのでも、反省しているのでもない。筋力が不足して背筋を伸ばしていられないだけのことだ。

聖也のだらしない恰好は、小町に登下校中によく見かける中学生、高校生を思いださせた。背中を丸め、顎を突きだしてのろのろと歩いている姿に男子も女子もなかった。

抽斗《ひきだし》のないシンプルなスチールデスクを挟んで須原が聖也と向かいあい、入口のわきに置いた机には須原の相勤者がいて、ノートパソコンのキーボードに両手を置いていた。

小町は須原の斜め後ろに椅子を置き、腕と足を組み、聖也の表情を観察していた。

カミソリを左右にすっと滑らせ、細く切り裂いたようなまぶたの間にのぞく眼球に輝きがなく、まるで生気を感じさせない。細面で顔立ちは整っているといえるだろう。鼻筋が通っていて、小鼻が小さい。薄い唇は酷薄そうな印象を与えた。

身長は百七十五センチ前後はありそうだ。痩《や》せていて、手足は細くて長く、あまり筋肉がついているように見えない。軟体動物か、蜘蛛《くも》の脚を連想させる。

髪は耳が隠れるほど伸ばしていたが、きちんと整えられている。前髪が両目にかかっていた。うるさそうだと思った。光線の加減によって髪が赤みがかって見えるのはくり返しブラシをあてているせいかも知れない。

ブルーのチェック柄のネルシャツ、細身のブルージーンズ、白い綿の靴下を履き、深緑色のビニールサンダルをつっかけている。確保したときに羽織っていた黒のフィールドジャケットのほか、革製の明るい茶のベルト、紐付きのスニーカーは下谷署が預かっていた。ベルト、ネクタイ、紐のついた靴をあらかじめ取りあげるのは警察の規則だ。首吊り自殺を防止するためである。

小町は胸の底にまとわりつく気味悪さを追い払えないでいた。小学校に隣接した公園で聖也とモエカを見つけたときからずっとつづいている。

「モエカはなついてたけど、アトムはダメだった」

「モエカというのは公園に来たときに手を引いていた女の子だな？」

須原が訊き、うなずく聖也を見て、小町は眉根を寄せた。

モエカがなついていたというのは嘘ではないだろうと思った。最初に公園を歩いているのを見たとき、あっさり見過ごしたのは本当の父と娘のように見えたからだ。しかし、本当にそんなことがあるのだろうか……。

聖也はしゃあしゃあという。

「珠莉の娘だけど、珠莉よりおれの方が好きだっていってたし」

「アトムというのは？」

「息子。っても赤ん坊だけど」

臨場したとき、珠莉の横で息絶えていた乳児のことだろう。

「どんな字を書くんだ？」

「知らない。興味ないし」

顔を上げず聖也がぼそぼそと答える。須原が重ねて訊ねる。

「アトムがダメって、どういうことなんだ？」

「おれが抱くと泣く。でっかい声が頭にびんびん響いて、ムカつくんだよ。でも、泣いたときにはあやしてやるんだ」

「あやす？」

須原が訊きかえすと聖也はうなずいた。

「子守歌をうたって、揺すって、高い高いをして。あのときはいつもより長くあやしてやったら、静かになった」

死体で発見された乳児――アトムの死因は脳挫傷と見られ、解剖した医師の所見では何者かに強く揺さぶられた可能性があるとされていた。

しかし、聖也があやしたこととアトムの死因の因果関係をはっきりさせ、さらに殺意を証明して、公判を維持するために必要な証拠とするには膨大な時間がかかりそうだ。

ふいに聖也が目を細め、唇の両端を持ちあげた。

「おれ、優しい奴《やつ》だからさ」

長くて、ところどころ茶色くムシが食った前歯が剝きだしになる。唐突に浮かんだ笑みに小町は胃袋が引き攣《つ》れ、かすかに吐き気を感じた。

どうしてこのタイミングで微笑を浮かべられるのか。

本当に自分を優しい奴だと思っているのか。

とらえどころのない気味の悪さとともにいやな予感が胸底に広がっていく。背中を向けている須原がどのような顔をしているかはわからない。落ちついた口調で質問をつづける。

「あのときって、いつだ?」

「珠莉が死んだ日」

声は平板で何の感情もこもっていなかった。

「死んだ？」

「そう。動かなくなった。ぶっ叩いたんだけど、目開けなくて、何もいわないから。だからアパートを出た」

覚醒剤の離脱で昏睡状態に入った珠莉を見て、聖也は死んだと思ったようだ。

「怖くなって逃げたんじゃないのか。モエカちゃんを連れて」

「モエカが勝手についてきたんだよ。モエカはおれのこと好きだから」

聖也の足取りも明らかにしなくてはならない。珠莉のアパートをモエカといっしょに出て、その後、どこへ行ったのか。発見されるまでの三日間、どこにいて何をしていたのかをつまびらかにしなくてはならない。わかっているのは、実家には戻っていないという点だけだ。

「お前、シャブ、やってたろ」

ふいに須原がいった。

顔を上げずに聖也が首を振る。確保されたあと、尿検査をしたが、覚醒剤の成分は検出されていない。

「やってないのか」

聖也がうなずく。

「どうして？」

「馬鹿になるから」

当たり前だろといわんばかりの聖也を見て、小町はため息を吐《つ》きそうになった。

これから須原が取り調べをとおして明らかにしていかなければならないことは山積している。しかも十六歳という聖也の年齢が確実に障害の一つになる。それにアトムをあやしたと平然といってのけた点だ。感情面におけるある種の欠如を感じさせる。人権を盾にしゃしゃり出てくる弁護士がうるさいに違いない。いやな予感の原泉はそこにある。

真実にたどり着くまでのはるかな道のりを思うと気が遠くなるが、真実が明らかになったところで解決とはならない。

思いは伊藤早麻理に向かった。覚醒剤中毒だった母親を所持と使用の覚醒剤取締法違反で逮捕し、小学生だった早麻理は児童相談所に送られ、保護施設で生活することになった。出所してきたあと、うつ状態になった母親が早麻理を離そうとせず、自殺未遂までして縛りつけていると中條逸美から聞いた。

警察の仕事は法を破った者を検挙し、検察に送致するまででしかない。いやというほどわかっていたが、まとわりついてくる無力感や空《むな》しさはどうすることもできなかった。

午前十一時半まで須原の取り調べはつづいたが、はかばかしい進展はなく、休憩に入った。おそらく午後には弁護士が同席することになるだろう。

聖也が取調室から連れていかれると須原は立ちあがり、首を左右に倒した。小町も立ちあがる。

ふり返った須原の目は落ちくぼんでいた。

「お疲れさま」

小町の言葉に須原は力なくうなずいた。

「ガキ相手は疲れます。とくにああいうタイプは……」

「ああいうタイプ?」

「調べ中、ずっとあいつの目を見てたんですが、何もないって感じなんですよね。茫漠《ぼうばく》たる虚無といえば、文学的すぎるかも知れませんが、ぞっとするほど何もない」

目を伏せ、小さく首を振った須原がぼやいた。

「感情でも欲でもかけらでも見つけられれば、とっかかりになるんですけどね。つかみどころがなくて、とにかく気味悪いですよ」

須原も小町と似たような思いを抱いていたようだ。聖也は何一つ悪いことなどしておらず、罪の意識など感じてもいないように見えた。

目の奥に広がっている無限の虚無とは、人としてコミュニケーション能力を欠いているということでもある。

「そうね」小町はうなずいた。「それじゃ、私は引きあげます」

「ご苦労さまでした。誰かに送らせますよ」

「ありがとう。でも、それほどの距離じゃないんで歩いていきます」

「そうですか、それじゃ」

下谷警察署を出て、言問通りに向かって歩きだした小町はふと思いついてスマートフォンを取りだした。東京都嘱託相談員をしている岡崎の番号を選び、通話ボタンに触れる。すぐにつながった。

「はい、岡崎です」

「警察の稲田です。今、お電話大丈夫ですか」

「ええ」

「ちょっとお訊ねしたいことがありまして」

小町は名前こそ出さなかったが、モエカが置かれていた状況、聖也の容姿などについて簡単に説明してから訊いた。

「母親よりその男の方になついていたというんですが、そんなことってあり得ますか」

「その子について直接調べていないので正確には申しあげられないですが、ひょっとしたらアタッチメント障害の可能性がありますね」

岡崎が説明を始めた。

未練かと辰見は思った。左腰に警棒、手錠、右腰にはまだ拳銃を着けたままなのだ。いつもなら分駐所に帰ってきて、真っ先に外してしまうのに今日は当務明け、非番になって、昼を過ぎているというのにまだ着けっぱなしで抽斗の整理をしていた。トイレから戻ってきた浅川がわきに立ち、辰見の手元をのぞきこむ。

「後片付けですか」

「一応な。押収したパケでも紛れこんでるとあとに残ったお前たちに迷惑をかけることになる」

「そんなもん……」浅川が低く笑った。「燃やしちまえばそれっきりですよ」

刑事の机の抽斗には押収してきて突っこみ、そのまま忘れている覚醒剤のパケが奥の方で綿埃《わたぼこり》にまみれていることがよくある。いつ押収したのか、誰から押収したのかなどいちいち憶えていない。正確に思いだしたところで被疑者は送検され、ひょっとしたら服役中かも知れない。手っ取り早いのはライターで火を点け、燃やしてしまうことだ。証拠隠滅ではなく、最初からなかったことにしてしまう。

辰見は唸った。

「燃やすにしても今は四階まで行かなくちゃならんだろ」

かつて机の上にはいくつも灰皿があった。刑事の半数以上が喫煙者だった時代だ。今、分駐所でタバコを喫うのは辰見だけでしかない。

「不便な世の中になりましたね」

浅川もかつてはタバコを喫っていたのだが、何年も前にやめている。辰見の向かいにいる伊佐が割りこんでくる。

「あと三年四ヵ月の間にもっとご清潔になっていきますよ」

「違いない」

抽斗の整理をつづけながら辰見はうなずいた。あと三年四カ月後、東京で二度目のオリンピックが開催される。前回、辰見はまだ小学生だった。次のオリンピックでは……。

生きてるかね――ほろ苦く思った。

テレビをわきに置いた応接セットでは小沼と浜岡がコンビニエンスストアで買ってきた弁当を食べていた。テレビでは昼のワイドショーが都心を突っ切るバイパス道路建設にからむ騒動を取りあげていた。発注が集中している建設業者がある衆議院議員と太いパイプを持っているというのだ。

弁当を食べ終えた浜岡の声が聞こえた。

「初動捜査で事案の六割は解決するって、知ってました？」

初動捜査を間違いなくやれば、だと胸のうちで訂正しながらも辰見は顔を上げようとしなかった。

「結構高い確率なんだな」

小沼が空になった容器に蓋をしながら応じる。二人とも大ぶりの弁当を買ってきていたが、食べ終えるまで十分とかかっていない。早飯は刑事の習性になっている。

「いやいや」浜岡が顔の前に立てた人差し指を左右に振る。「そんなもんに驚いてちゃいけません。中には七割五分って人もいます。その人が初動に駆けつけるとたいていの事案は片付いちゃう」

「へえ」

感心した小沼が嘆声を漏らす。七割五分の人こそ小沼なのだ。辰見は噴きだしそうになるのをこらえる。

「ただいま」

声をかけて稲田が分駐所に入ってきた。自分の席に近づきながら周囲を見まわす。

「どうしちゃったの？　まだ誰も上がってないの？」

「昨夜《ゆうべ》はいろいろありましたからねぇ」伊佐がいい、立ちあがる。「逮捕手続書《テツヅキショ》に弁解《ベン》録《ロ》取書《ク》と大変ですよ」

小沼と浜岡が近づいてきて、辰見も立ちあがる。自然と稲田を囲んで輪になった。未決箱に山積みされた書類に目をやった稲田が顔をしかめる。

「全部読み終わったら日が暮れちゃってるわね」

「日付が変わってるかも知れませんよ」

小沼がいい、稲田が睨む。

「ご親切に。ありがとう」

「いえ」

小沼がにやにやしながら答えた。

稲田が顔を上げ、一同を見渡した。

「とりあえずご苦労さまでした。下谷ＰＳで神代聖也の取り調べに立ち会ってきたけど、これからが大変そうだね」

「何が少年だか」

伊佐がぼそりとつぶやき、全員がうなずく。稲田があとを受けた。

「本当にそう思う。たぶん午後の取り調べには弁護士が出てくるでしょう。先が思いやられる。とはいうものの我々の営業はこれまで。書類が終わった人は上がってちょうだい」

次いで稲田が辰見に目を向ける。

来た、と胸のうちでつぶやいたが、表情は変えなかった。しんみりとした愁嘆場は苦手だが、さばさばドライにお別れというのも似合わないような気がする。

「辰見部長、皆にひと言、お願いします」

「いやぁ」辰見は頭を掻いた。「おれは今日で……」

「ごめん」

稲田が詫び、シャツの胸ポケットからスマートフォンを抜きだした。表示を確認し、耳にあてて席を離れていく。

「はい、稲田です」

辰見は苦笑し、伊佐、浅川、小沼、浜岡に順に目をやり、うなずいていった。別れの挨拶などしゃらくさい。

「送別会については、改めてご連絡します」

最後に浜岡がいった。

『今日の午後六時に立原珠莉の息子の火葬をすることになりました』

辰見にひと言挨拶を求めた直後、下谷署の須原から電話がかかってきて知らされた。珠莉は意識不明のままだが、いつまでも遺体をそのままにしておくわけにはいかない。しかも珠莉がいつ目を覚ますかわからないという。

電話を終えたときには、部下たちはそれぞれの席に戻っていた。もう一度集めるのも間が抜けている。小町は席について提出された書類に目を通しはじめた。その間、一人、また一人と分駐所を出ていく。

モエカの手を引いて公園に現れた聖也に声をかけたときの捜査状況報告書を作成した

のは辰見だ。小町は聖也に近づき、声をかけた。そのときには辰見が聖也のすぐ後ろに立ち、ほどなく小沼、浜岡、伊佐、浅川の四人も臨場した。もっとも聖也は逃げだそうとせず、無表情に小町を見返していた。周りで起こっていることは自分とはまるで関係がないといった顔つきだった。

モエカの前にしゃがんだ小町は名前と年齢を訊ねた。

『モエカ、四歳』

顔の前に指を四本出し、はっきりと答えた。

思いは下谷署を出たあと、岡崎に電話し、歩きながら聞いた話に向かっていく。

『研究者や精神科医はそれなりに面倒な言い回しをしますが、アタッチメント障害といっても大袈裟《おおげさ》なことじゃありません』

アタッチメントとは、簡単にいえば、幼い子供が一人で家に置かれたり、転んで膝をすりむいたりしたあと、つまり不安、恐怖、痛みにさらされたとき、母親にすがりつこうとすることなのだそうだ。母親が抱きあげることで精神的に安定を取りもどす、ごくありふれた行為を指す。

ところが、虐待を受けていたり、育児放棄に遭っている子供は母親に抱いてもらって安定を取りもどすことができなかったり、当の母親に暴力を振るわれていたりすれば、恐怖の対象でしかない。

『そこに生ずるのがアタッチメント障害で大きく二つのパターンに分かれます。一つは抑制型、もう一つは反対の脱抑制型……、抑制型というのは母親の保護を求めなくなること、脱抑制型は誰に対しても愛想よく接し、必要以上にべたべたすることです』

母親以外の人間にすり寄るのは防衛本能の一つの表れだと岡崎はいった。そのあと間があり、ためらいがちに言葉を継いだ。

『立原さんにも、娘さんにも直接面談していないので正確かどうかはわかりませんが、ひょっとしたら立原さんも同じような経験をしてきたんじゃないかと思うんです。自身がネグレクトに遭って、脱抑制型になっていた。そして娘さんが同じような行動をしていたとしたら、そこにかつての自分を見いだしてしまうわけです。これ、虐待の要因の一つになるんですよ。あくまでも仮定の話ですが、立原さんが子供の頃誰かれの見境なくべたべたしていたとすると、そんな自分をものすごく嫌っているわけです。できれば、忘れてしまいたい。しかし、目の前で、よりによって自分の娘が同じ行動をしているとなると憎悪の対象になってしまう。娘に対しては憎悪、そして自分の中には子供の頃と同じ恐怖が蘇るわけです』

提出された書類をようやく半分ほど読み終え、顔を上げたときには辰見の姿もなかった。小町は首を動かした。首筋が張り、肩が凝っている。そのときになって腋の下に拳銃を吊ったままなのに気がついた。

書類を既決箱に入れて、立ちあがり、階段で四階に上がった。廊下の突き当たりに分厚い扉が開きっ放しになっているのが拳銃保管庫だ。入ってすぐがカウンターになっており、出納係と辰見が話をしていた。

「とっくに引きあげたと思ってました」

「書類読みが忙しそうだったから声をかけなかったんだ」辰見が照れくさそうに笑みを浮かべる。「大袈裟な挨拶ってのも得意じゃないし」

カウンターには回転式拳銃S&W M37エアウェイトと透明なプラスチックケースに収めた執行実包五発が並べてあった。小町の視線に気づいた辰見がぼそぼそという。

「机の整理なんかやってたらこんな時間になっちまって」

「最後だもの未練があったんじゃないの？」

にやにやしながらいう出納係の言葉がまるで自分に向けられたような気がしてひやりとする。出納係をしている男性は二年前に定年退職し、任用延長をしていた。辰見とほぼ同年代になる。

「かも知れん」

あっさり認めた辰見の言葉にもひやりとする。小町はカウンターに置かれたエアウェイトを見ながらいった。

「赴任してきた頃、辰見部長のことをひそかにニューナンブさんと呼んでたんですよ」

「ニューナンブさん？　ニューナンブって何だ？」

真顔で訊きかえす辰見に出納係が呆《あき》れたようにいう。

「おいおい、我々の世代が一番世話になったチャカじゃないか。鉄製のアレだよ」

「ああ、あの重いのか」

辰見が小町に目を向ける。

「それとおれと何の関係があるんだ？」

「単なるイメージですよ。お巡りさんらしいお巡りさんって、ニューナンブって感じがして。でも、使ってるのはエアウェイトなんですね」

辰見の目が拳銃に向けられる。

「これはいいよ」

「軽いですもんね」

「錆《さ》びないから気を遣わないで済む」

「ニューナンブって錆びるんですか」

「毎日ぶら下げるとね、汗なんかがついて気がつかないうちに茶色になってたりする」

錆びないのがいいと辰見がくり返し、穏やかな笑みを浮かべた。

# 終章　氷雨葬

分駐所にプリンターの音が響いていた。不動産会社社長千種を覚醒剤所持の現行犯で逮捕した事案の報告書を作り終え、ようやく印刷までこぎつけた小町は壁の時計に目をやった。午後六時をまわろうとしている。

机に置いたスマートフォンが振動し、須原の名前が表示された。とりあげて耳にあてる。

「はい、稲田」

「須原です。今、電話大丈夫ですか」

「ええ」

「いやぁ、神代聖也なんですがね、びっくりの連続ですよ。午後、弁護士が来て、同席した上で取り調べとなったんですが、まあ、ぺらぺら喋るんです」

「弁護士は黙ってたの?」

「必死で止めてましたけどね」

須原が電話口の向こうで忍び笑いを漏らす。

「まるで関係ないっていうか、おれは悪いことしたわけじゃないから平気だって。何よりびっくりしたのは、覚醒剤の販売ルートのことなんですが、父親が逮捕されるきっかけになったヘタレの元組員を使ってたのは自分だっていうんですね。卸元が沢であるには違いないんですが、元組員と聖也は何年か前からの知り合いで、そいつを通じて沢を知ったらしいんです。それで販売について、父親のタクシーを使えばいいってアイデアを出したって」

「千種がそんなことをいってたよね？」

「ええ、父親は運転手で、実際の売買を仕切っていたのが聖也という印象だったといってました。本当のところはわかりませんが」

「それで？」

「とにかく聖也は自慢話でもするように喋るんです。こっちも、へえ、すごいなとか、頭いいな、お前とかおだててましたけどね」

また、須原がくっくっくっと笑う。

「弁護士なんか真っ赤な顔して、さえぎろうとしたんですけど聖也は止まりませんでした」

「なるほどね。ところで、聖也と元組員って、どこで知り合ったの？」

「それがですね」須原の声が低くなった。「どうも聖也の母親がらみなんですよ。母親がママ友といっしょにヅケてて、何度か元組員から買ってたって」

取調室で覚醒剤を使っているのかと訊かれた聖也はきっぱり否定した。

『馬鹿になるから』

聖也もまた放りだされ、忘れられた子供の一人だったということか。

須原がつづける。

「それと取り調べが終わったあと、弁護士が精神鑑定の手続きを始めましてね」

やっぱり——小町は胸のうちでつぶやいた。

聖也の取り調べに立ち合っていて、わきあがってきたいやな予感はそこにあった。

「解離性同一性障害の疑いがあるって。かつては二重人格といいましたが、今はそういうらしいです」

「二重人格なら別の人格がやったことは憶えてないんじゃなかったっけ？　でも、聖也は赤ちゃんを揺さぶって、子守歌をうたったっていってたじゃない」

「ええ。その点は弁護士もわきまえていて、二重人格だけじゃなく、他人とのコミュニケーション上の障害もあるとかいろいろ申し立てるようです。心神耗弱と未成年で合わせ技一本を狙ってくるでしょう」

「長引きそうだな」

「そうですね。何が正義だか……」ため息を吐いたあと、須原が付けくわえた。「うちらとしても想定内の対応ですけど。今日のところは、そんなもんです」

「わざわざありがとう。また、何かあったら連絡して」

「はい。引きつづきよろしくお願いします。それじゃ」

電話を切った小町は作成した書類の点検にかかった。二、三ヵ所字句の訂正を行い、打ち直しを終えたときには午後六時半をまわっていた。

小町はノートパソコンの電源を切り、ロッカーからコートを出すと小走りに分駐所を出た。来合わせたタクシーを止め、乗りこむと江戸川区の葬儀場の名前を告げた。

分駐所からは三十分ほど走っただけだが、タクシーを降りたときには雨が降っていた。それほど強くはなかったが、ひどく冷たい。傘を持っていない小町は空に一瞥《いちべつ》をくれたあと、コートの襟を立てて歩きだした。

須原が知らせてきた葬儀場から南に二キロほど下り、江戸川を渡れば千葉県になる。拳銃保管庫で辰見に会ったとき、電話が入ったせいで挨拶の腰を折る恰好になったことを詫び、立原珠莉の息子の火葬が行われることを須原が教えてくれたと告げた。

『時間外だな』

辰見がぽつりとつぶやくのを聞いたとき、小町は行こうと決めた。

唯一の肉親である母親はいまだ意識不明だ。火葬には東京都の職員が立ち会うという。生まれて、たった二年で生を終えた子供が骨になる。身内ではないものの、少しでも関わりのある自分が見送ってやりたいと思った。

葬儀場に着いたときには午後七時になろうとしていた。

正面玄関はすでに施錠されていて、ガラス扉の向こうに〈御用の方は通用門へどうぞ〉と記された看板が立っていた。通用口に行くと、受付の小さな窓の向こうに濃紺の制服を着た初老のガードマンが座っていた。

小町はズボンのポケットから警察手帳を抜き、バッジと身分証を提示した。珠莉の息子の火葬に立ち会うのは職務ではないし、江戸川区は管轄から外れている。手帳を持ってきたのは、置いてくるのを忘れただけに過ぎない。

身分証を見たガードマンが小さく頭を下げる。

「ご苦労さまです」

「立原アトム君の件で来たんですが」

「ちょっとお待ちください」

ガードマンは手元にあったリストを眺めた。指でたどり、一ヵ所で止まった。

「二号炉ですね」

それから腕時計を見る。

「午後六時から始まってますし、お子さんですからね。もう焼き上がっているでしょう」

淡々とした口調ながら焼き上がっているという言葉が小町の胸に突き刺さる。腰を浮かせたガードマンが右を手で示した。

「そこのドアから入ってまっすぐ進んでください。突きあたって左が炉前ホールになってます。こちらから行くとホールの左側が収骨室になってましてね、二号炉ということは一番奥の収骨室で骨揚げをしていると思います。途中、案内表示が出てますけど、すぐにわかると思いますよ」

「ありがとうございます」

警察手帳をポケットに戻し、受付の先にあるガラスの内扉を押しあけて中に入った。

廊下は最小限の照明しか点いておらず、暗かった。ガードマンがいっていた案内板はすぐに見つかり、順路と添えられた矢印に従って歩く。ひとけはなく、間延びした靴音が天井や壁に響いた。

廊下の突き当たりに立ちどまって左に目をやると奥行きのあるホールの右側の壁にずらりと鉄扉が並んでいた。ホールもほとんどの照明が消されているので鉄扉はぼんやりと見えるに過ぎない。

左には鉄扉が三つあり、もっとも奥の一つが開け放たれて光が漏れていた。小町はコートを脱いで腕にかけると奥へと進んだ。開いている鉄扉から中を見る。腰ほどの高さがあるコンクリートの壁の間にキャスターの付いたステンレスの台が運びこまれていて、スーツ姿の男性二人、女性一人が台を挟んで立っている。コンクリートの壁には棚が差し渡されていて白木の箱が載せてあった。

女性が小町に気づき、近づいてきた。

「失礼ですが、ご遺族の方ですか」

男性二人が小町に目を向けている。

「いえ」小町はふたたび警察手帳を出し、身分証を提示した。「立原アトム君の事案で臨場しました。せめてお参りさせていただきたいと思いまして」

「ご苦労さまです」

女性は一礼し、ステンレスの台を手で示した。

「どうぞ」

「失礼します」

小町は収骨室に入ると壁際に寄せてあった椅子にコートを置き、ステンレス台のそばへ行くと女性のとなりに並んだ。

立ちのぼる熱気が頬を打つ。台の上には白い灰と骨があった。

頭蓋骨、頸骨《けいこつ》、肋骨《ろっこつ》、手足の骨——あまりの小ささに胸がきりきり痛む。

ごく自然に南千住にある寺で見た地蔵が浮かんだ。Y事案の被害者となった四歳の男の子を供養するために建立された地蔵は見上げるほどに大きかったが、左腕に抱かれた子供は小さかった。

抱かれた子供が合わせていた小さな手までくっきりと見えた。

「それでは、始めましょう」

女性が声をかけ、二人の男性がうなずく。

「合掌」

女性の声に合わせ、小町も両手を合わせて瞑目《めいもく》した。


「ちょうど七年か」

右手に傘の柄を持ち、氷雨の中でたたずむ辰見は独りごちた。拳銃出納をしているとき、稲田がやって来て立原珠莉の息子が火葬されると告げた。火葬場の名を聞いた瞬間、七年前に引き戻された。

目の前にある火葬場は、真知子の骨を拾ったところだ。

あのときも雨だった。辰見は駐車場に停めた車の中にいて、間をおいて動くワイパーがフロントガラスの雨滴を拭い、そのたび短い煙突から立ちのぼる薄い煙がくっきり見えたのを思いだした。

タバコの煙、人を焼いたときに出る煙のどちらも嫌われる。今は一切煙が出ないようになっているのだろう。

「くだらねえな」

車回し《エントランス》の上にひさしが突きだし、入口が見える。真知子が骨になる頃を見計らって中に入り、炉から引きだされた、まだ熱い灰を前に呆然と立ち尽くしている亜由香《あゆか》——真知子の娘に会った。

制服姿の中学二年生で、骨揚げは箸でつまみ上げた骨を別の者が箸で受けとり、白木の箱に入れるのが風習だといわれた。しかし、亜由香は独りぼっちで骨を渡そうにも相手がいなかった。

辰見は亜由香が拾いあげた骨を受けとる役を買って出た。

父親がおらず、母親を殺された亜由香は真知子の姉に引き取られた。警邏の途中、引っ越していく亜由香を見送ったときにいわれた。

『お母さんがいってたんです。女の子は皆、マリア様になれるって。子供を産んで、母親になれば』

真知子はマリアになり、辰見はマリアの骨を拾った。

三年後、亜由香が辰見を訪ねてきた。ストーカーにつきまとわれ、くだんのストーカーが連続殺人事件を引きおこしていた。当時、亜由香は伯母夫婦といっしょに富山市に住んでいた。辰見は亜由香を救うべく、富山へと走った。たった四年前なのにしみじみと思う。

あのときは若かった……。

亜由香も今では二十歳を過ぎている。辰見にとってはあっという間の七年だが、亜由香にとっては決して短くはなかったろう。

諸行無常だと笑う澁澤の面差しが脳裏を過ぎっていく。

そのとき正面玄関わきの通用口から稲田が出てきて、歩きながらコートを羽織った。胸の底がきゅっとすぼまった気がする。ときめいている自分に気がついて苦笑する。

「年齢《とし》を考えろよ」

エントランスに立つ稲田に近づいていった。

きりっとした顔立ちに何ごとにも怖《お》じない強さが表れ、体軀《たいく》はすらりとしていた。それでいてよく動く眸《め》に愛嬌《あいきょう》がある。犯罪に対しては厳しく、細部に目を配った。意味は多少違うかも知れないが、『神は細部に宿る』という言葉を耳にしたとき、刑事の仕事も同じだと思った。物証《ブツ》、現場《ゲンジョウ》、被害者《マルガイ》や被疑者《マルヒ》の心のひだ——どれも細かく、複雑に絡まり合っている。解いていくには子細に、辛抱強く見つめつづけることが必要だ。

そして声が良かった。しっとり落ちついた大人の女の声が辰見の耳に心地よかった。

近づく辰見に気づくと稲田は目を見開き、その声でいった。

「あら、辰見部長」

当たり前に聞いていた声も明日からは遠くなる。

「どうしたんですか」

「近くに用事があって……」

気が変わった。火葬場に目を向ける。

「昔、女がここで骨になった」

「大川真知子さんですね」

ずばりといわれた。だが、捜査資料にすべて記されている。さん付けにしたのは、資料に記されている以上を読みとっている証《あかし》に違いなかった。

辰見はうなずいた。

「班長からここの名前を聞いたとき、縁かなと思った」

最後の当務明けにふさわしいという言葉は嚥みこんだ。

「小さな骨でした」

顔には目を向けなかったが、声音だけで痛みは伝わってきた。冷徹なだけでは務まらない。人の痛みをわが身に引きうける優しさがなければ……。

稲田小町は間違いなく刑事《デカ》だ。

「きつかったな」

「でも、引きうけてあげなきゃと思ったんです」

大きく息を吐くのが聞こえた。

「辰見部長はこの辺りに詳しいですか。きれいに解決とはいえませんが、立原珠莉の事案も千束の射殺事案も一応目処《めど》が立ちましたし、どこかで打ち上げといきません？」

「小さな居酒屋を知ってる。酒はビールとホッピーだけ、あては豆腐一丁まるごと入った煮込みだけって古い店だ」

「いいですね。好きです、そういう感じ」

また、気が変わった。いや、これ以上踏みこむ勇気が湧かなかったというべきか。

「すまん。実はこのあと野暮用がある。浜岡がいってたが、送別会をやってくれるそうじゃないか。そのときに打ち上げもやろう」

「そうですか」

稲田の声が沈んだ。わずかに間があったあと、稲田が顔を上げる気配を感じた。

「実は私……」

辰見は稲田を正面から見据えることで黙らせた。

「すまんね」

「いえ」

「この間、班長の前任をしてた成瀬と犬塚に会った。犬塚、憶えてるか」

「ホテルの保安部長をされてる人ですよね。辰見部長に連れていってもらって、一度会ってます。成瀬さんも犬塚さんもたしか……」

「警察学校の同期だよ」

「おれのことが心配らしい。犯人《ホシ》を追っかけるくらいしか芸のないおれが警察を放りだされたらどうなるのかって」

稲田が眉間にしわを刻んだが、辰見はかまわずつづけた。

「あいつらの心配もわからないでもない。おれはずっとこの稼業だったからな。おれが気にかけるのも、おれのことを気にかけてくれるのも同業か、さもなきゃ犯罪者、被害者くらいのもんだ」

稲田の表情がますます曇っていく。

「五十の坂を半ばまで登ったとき、班長が目の前に現れた。最初に会ったときからみょうに気になってね」

辰見は自分の胸の真ん中あたりをぽんと叩いた。

「年甲斐《としがい》もなくときめいたりしてた。笑ってくれ」

稲田が目をまん丸にしている。

辰見はゆっくりと声を圧しだした。

「理由がわかったんだ。昨日だったか、一昨日だったか、突然な。コマチ……、マチコ……、アナグラムだった」

「何かあったんですか」

何かいいかけた稲田がびくりと躰を硬直させた。スマートフォンが振動する低い音が聞こえる。辰見は顎をしゃくった。稲田が低い声でいう。

「失礼します」

胸ポケットからスマートフォンを抜いて表示を見る。

「小沼からです」

「どこかで緊急配備《キンパイ》でもかかったか。出て」

「はい」

稲田がスマートフォンに触れ、耳にあてる。眉根がぐっと寄せられ、しわが刻まれていた。

「はい、稲田……、ええ……、何かあった？」

直後、稲田の眉間が広がった。同時にほろ苦く思った。

キンパイがかかったところでどうする？——ほろ苦い思いが湧きあがってきた——老いぼれの出番は終わった。

雨足が強くなる。

辰見は足元に傘を置くと背中を向けた。

「今、さっき粟野の母親から電話がありましてね」

張り切った小沼の声が耳元でびんびん響き、小町は顔をしかめた。粟野の母といえば、千束の総合病院で看護師をしている。

「つい先ほどなんですが、立原珠莉の意識が戻ったそうなんです。問いかけるとちゃんと自分の名前がいえたって、医者がびっくりしてたそうですよ。それで真っ先に娘のことを訊いて、無事に保護したと伝えると大泣きしはじめたって」

「そう」

「回復には時間がかかるそうですが、ふたたびクスリに手を出さないなら……」

難しいかなとちらりと思う。だが、ひょっとしたら母であることが勝つかも知れない。二人の子供を見ていた中條逸美の面差しが浮かぶ。

母は強い。

「これで立原事案や覚醒剤ルートについての解明に着手できます」

「そうね。今度はそっちに……」

いいかけた小町は足元に濡れた傘が開いたまま置いてあるのに気がついた。目を上げる。街灯に照らされ、強くなった雨の中を歩いていく辰見の姿が浮かびあがった。肩をすぼめ、足元を見ている。

そして闇に呑みこまれるように消えた。

「もしもし、班長？　聞こえてます？」

「ええ。わざわざありがとう。でも、そっちは下谷ＰＳがやるよ。うちらは機捜だから」

「そうですね」

「それじゃ、また明後日」

「はい」

電話を切った小町は辰見が消えた闇を凝視していた。辰見を見分けることはできなかった。

足元に置かれた傘を拾いあげる。

取っ手にはまだ温《ぬく》もりが残っていた。

本書は書き下ろしです。

本作品はフィクションであり、実在の個人および団体とは、一切関係ありません。

文日実
庫本業 な29
社之

鎮魂《ちんこん》　浅草機動捜査隊《あさくさきどうそうさたい》

2017年2月15日　初版第1刷発行

著　者　鳴海《なるみ》 章《しょう》

発行者　岩野裕一
発行所　株式会社実業之日本社
〒153-0044　東京都目黒区大橋 1-5-1
クロスエアタワー8階
電話 [編集]03(6809)0473 [販売]03(6809)0495
ホームページ　http://www.j-n.co.jp/
ＤＴＰ　株式会社ラッシュ
印刷所　大日本印刷株式会社
製本所　大日本印刷株式会社

フォーマットデザイン　鈴木正道(Suzuki Design)


ISBN978-4-408-55331-3（第二文芸）